KiWi

1933

Das Buch

Jede Familie hat ein Geheimnis. Die Familie Thalberg hat zwei. Das Rezept für den besten Käsekuchen der Welt und die Frage, was wirklich in der Sturmnacht geschehen war, in der der Vater ums Leben kam. In den großen Ferien kehren die vier Sommerschwestern an die holländische Nordseeküste zurück. Der Strandurlaub verwandelt sich in die ultimative Zerreißprobe. Alles kreist um die entscheidende Frage: Wohin war Johannes Thalberg in der Sturmnacht unterwegs? Alle Schwestern besitzen ein Puzzleteil der Wahrheit und führen ihre jeweils eigenen Geheimnisse mit sich.

Die Autorin

Monika Peetz studierte Germanistik, Kommunikationswissenschaften und Philosophie in München. Seit 1998 lebt sie als Drehbuchautorin in Deutschland und den Niederlanden. Monika Peetz ist die Autorin der Bestsellerreihe »Die Dienstagsfrauen«. Ihre Romane um die fünf Freundinnen waren *SPIEGEL*-Bestseller und verkauften sich allein im deutschsprachigen Raum über eine Million Mal. Ihre Bücher erscheinen in 26 Ländern und sind auch im Ausland Bestseller. Bei Kindler Jugendbuch hat sie die Romantriologie »Herz der Zeit« vorgelegt.

Monika Peetz

SOMMER-SCHWESTERN

Die Nacht der Lichter

Roman

Kiepenheuer & Witsch

1. Bist du noch wach?

Die Zeiger der Uhr wollten sich einfach nicht weiterdrehen. Vorsichtig öffnete Helen die Tür zu Pauls Arbeitszimmer. Das bläuliche Computerlicht erhellte sein ernstes Gesicht. Als Student arbeitete ihr Freund mit Transparentpapier und weichen 6B-Bleistiften, heute erledigte er den Löwenanteil seiner Arbeit am Computer. Vor Abgabeterminen gerne auch mal in Nachtschichten. An seinem Stehtisch feilte der Architekt an Details für einen Wettbewerb, entwarf und verwarf. Über Wochen hatte Helen gespannt mitverfolgt, wie auf dem Computer aus einem Industriebrachland eine virtuelle Wohnlandschaft wuchs, in der Ateliers, Eigentumswohnungen und sozialer Wohnungsbau zu einer Einheit verschmolzen. Helen drückte ihm einen Kuss in den Nacken.

»Lust auf einen Abendspaziergang?«, fragte sie.

»Es ist drei Uhr«, sagte Paul nach einem schnellen Blick auf seine AppleWatch.

»Lust auf einen Morgenspaziergang?«, antwortete Helen.

Paul legte seinen elektronischen Stift aus der Hand.

»Wann hast du das letzte Mal sieben Stunden Schlaf abbekommen?«, fragte Paul besorgt. »An einem Stück?«

In Helens Kopf kämpften jede Nacht Stimmen um ihre Aufmerksamkeit. Die meisten wollten einfach nur schlafen. Doch diese eine, die penetranteste von allen, gab keine Ruhe und feuerte immer neue Fragen ab: Was mache ich an meinem Dreißigsten? Feiern? Mit Amelie? Mit der Familie? Wegfahren? Wieso sind die Nachbarn schon wieder so laut? Kann man angesichts der Weltlage überhaupt Urlaub planen? Wo ist der Zettel von der Reinigung? Warum meldet sich niemand aus der Familie? Wie geht es Mama? Hat der Krebs weiter gestreut?

»Ich bin eben eine Nachteule«, sagte Helen.

»Die tagsüber aktiv ist«, antwortete Paul.

»Ach was, halb so schlimm«, wiegelte sie ab.

Dabei kreisten Helens Gedanken seit Monaten vierundzwanzig Stunden am Tag um Schlaf. Manchmal war sie die ganze Nacht nur damit beschäftigt, nachzurechnen, wie viel Zeit ihr blieb, bis der Wecker sie unnachgiebig aus dem Bett jagte. Und das natürlich immer in dem Moment, in dem sie endlich eingenickt war. Morgens wollte sie gerne schlafen, nachmittags schlief sie beinahe ein, abends begann das Spiel von Neuem. Bis sie an einem Mittwoch um 10.20 Uhr im Labor zusammenklappte.

Helen öffnete mühsam die Augen. Die Neonbeleuchtung blendete sie. Über ihr schwebten drei Augenpaare. Verblüfft erkannte sie die besorgten Blicke ihrer indischen Werkstudentin Shivani und der Kollegen aus dem Labor nebenan. Plötzlich rückten sie zur Seite und machten Platz für die riesengroßen wasserblauen Augen von Dr. Schmitt, die hinter einer dicken Hornbrille aufblitzten.

»Was ist passiert?«, fragte der Betriebsarzt.

Helen war zu benommen, um direkt eine Antwort zu finden.

»Sie ist umgekippt, einfach so, mitten im Satz«, sagte Shivani, der der Schreck ordentlich in die Glieder gefahren war.

»Mein Kreislauf, vielleicht habe ich einfach zu wenig gegessen«, stammelte Helen.

In Wahrheit hatte sie sich schon den ganzen Tag merkwürdig zittrig gefühlt.

Dr. Schmitt ließ sie nicht mit einer Notlüge davonkommen.

»Synkopen haben immer eine tiefere Ursache«, sagte er. »Besser wir schauen nach, wenn Ihr Gehirn Sie im Stich lässt.«

»Ich bin vollkommen gesund«, sagte Helen. »Mir fehlt nichts.«

Er untersuchte die Beule am Kopf. »Nichts zu nähen«, sagte er enttäuscht. »Schade, da freuen sich meine Assistenten immer besonders.«

So viel schonungslose Ehrlichkeit überforderte sie. Helen wusste sofort wieder, warum sie Arztbesuche gerne vor sich herschob.

»Haben Sie Stress?«

Jetzt schon, dachte sie.

»Nicht dass ich wüsste«, sagte Helen.

Falsche Antwort. Dr. Schmitt durchbohrte sie mit seinem Röntgenblick.

»Jeder hat Stress«, sagte der Betriebsarzt tadelnd.

»Nicht mehr als sonst«, sagte sie.

»Vielleicht ist es auch sonst schon zu viel«, schloss er folgerichtig.

»Ich habe ein paar Nächte nicht so gut geschlafen«, sagte Helen. »Es geht schon wieder.«

Dr. Schmitt leuchtete ihr mit einem Licht in die Augen: »Die Pupillen reagieren, beide, und noch dazu gleich. Sehr schön. Wenn sich da nichts rührt, muss man mal nachsehen, ob der Patient überhaupt noch lebt.«

Er strahlte über das ganze Gesicht, als erwarte er Beifall für seine geniale Diagnose. Helen lächelte schief: »Mir geht es großartig.«

»Und seit wann leiden Sie unter Schlaflosigkeit?«, fragte der Arzt.

Helen konnte das Datum genau benennen. Seitdem ihre Mutter sie an den traumatischen Ort ihrer Kindheit eingeladen und mit einem Überraschungsehemann konfrontiert hatte, seitdem sie fünf Tage mit ihren Schwestern verbracht hatte. Seitdem sie wieder vermehrt an ihren Vater dachte. Seit ihrem Kurzurlaub an der holländischen Küste. Seit Bergen.

»Zwei, drei Wochen«, sagte sie.

Zwölf Monate wäre die Wahrheit gewesen. Aber sie hatte nicht das geringste Interesse daran, ihr Innenleben vor dem schrägen Betriebsarzt nach außen zu stülpen. Sie fand es ohnehin restlos übertrieben, dass Shivani ihn hinzugezogen hatte.

Der Betriebsarzt musterte sie mit seinen wässrigen Augen.

»Und in Wirklichkeit?«, fragte er.

»Ein bisschen länger. Ein paar Wochen, höchstens.«

»Bettruhe«, beschied er kurz und knapp.

»Auf keinen Fall«, sagte Helen energisch. Dass die Wörter Bett und Ruhe eine eheähnliche Verbindung eingingen, erschien ihr ohnehin eher unwahrscheinlich. Sie sprang auf und sackte sofort wieder zusammen. Ihr war immer noch schwindelig.

»Drei Tage, dann das Wochenende, der Brückentag … Sie brauchen dringend eine Pause.«

»Ich habe den ganzen Schreibtisch voll. Wir müssen die Testreihe bis nächste Woche abschließen …«, sagte Helen schwach.

»Und dann wundern Sie sich, warum Sie nicht schlafen?«

»Ich wundere mich nicht«, sagte Helen.

»Ich kann Sie an eine Kollegin verweisen. Ich arbeite mit einer sehr guten Psychologin zusammen«, sagte er.

Helen verzichtete darauf, weiter mit Dr. Schmitt zu diskutieren.

»Das sind Kreislaufprobleme«, presste sie eilig hervor. »Ich bekomme meine Tage.«

»Eine Woche Bettruhe«, befahl der Betriebsarzt. »Und keinen Tag weniger.«

2. Geburtstagsgeschenke

»Eine Woche? Unmöglich«, klagte Helen.

Einmal zu Hause auf dem Sofa, fühlte sie sich schon fast genesen. Gegen Abend brachte Shivani ihr einen Topf wunderbar scharfen Currys vorbei.

»Das Capsaicin im Chili reizt die Schleimhäute«, erklärte sie. »Um den Schmerz erträglicher zu machen, schüttet der Körper Endorphine aus. Darum macht Chili glücklich.«

Helen rührte die liebevolle Geste der Studentin, die sich anscheinend aufrichtig Sorgen um sie machte. Wie eine Mutter, schoss ihr durch den Kopf. Dabei konnte sie sich nicht daran erinnern, dass ihre eigene Mutter ihr jemals etwas Spezielles gekocht hatte, wenn sie krank war. So eine Art Mutter war Henriette nie gewesen. Bei Erkältungen hielt sie eher Abstand von ihren vier Töchtern. »Ich will mich nicht anstecken«, hatte sie immer gesagt. »Wenn ich ausfalle, bricht hier alles zusammen.«

Helen seufzte beim Gedanken an ihre Mutter schwer auf. Ihre überstürzte Hochzeit lag ein Jahr zurück und noch immer hatten die Wogen sich nicht geglättet. Im Gegenteil: Der Familienausflug hatte bei Helen alte Wunden aufbrechen lassen. Im letzten Jahr war sie nicht sie selbst gewesen, das musste sie sich ehrlich eingestehen. Die Konfrontation mit dem Ferienort ihrer Kindheit hatte sie nachhaltig aus dem Gleichgewicht gebracht. Jetzt führte die erzwungene Ruhigstellung dazu, dass sie nur noch mehr Zeit hatte, nachzudenken.

Helen grübelte endlos, warum die Familie seit dem gemeinsamen Ausflug nach Holland weiter auseinanderdriftete. Nie waren sich die vier Schwestern näher gewesen als in den endlosen Sommern, die sie als Kinder traditionell an der Nordseeküste in Bergen verbrachten. »Wir sind eben Sommerschwestern«, hatte Doro immer gesagt. Doch von der alten Einheit war nicht mehr viel zu spüren.

Seit der Hochzeit ihrer Mutter hatte sich keine Gelegenheit mehr ergeben, mit der gesamten Familie zusammenzukommen.

Gesundheitlich hatte ihre Mutter sich dank Chemo und Bestrahlung wunderbarerweise erholt. Wann immer ihr das Behandlungsschema Luft zum Atmen und gute Momente bescherte, bestieg sie ihren Camper, um mit ihrem holländischen Ehemann die Welt zu erkunden. Im Leben der vier Thalberg-Schwestern jedoch glänzte Henriette vor allem mit Abwesenheit. Das gemeinsame Weihnachtsfest ließ sie ausfallen, den eigenen Geburtstag verbrachte sie lieber alleine mit Thijs, Einladungen ihrer Töchter schlug sie grundsätzlich aus. Allein Doros Premieren verpasste sie nie. Sie liebte es, an der Seite ihrer ältesten Tochter, die es als Kostümbildnerin zu Berühmtheit gebracht hatte, über rote Teppiche zu stolzieren. Seit sich Henriette und Thijs vor sechs Wochen für eine längere Tour Richtung Süden aufgemacht hatten, war selbst der Strom schriftlicher Ratschläge verstummt.

So exzentrisch und anstrengend ihre Mutter auch war, auf ominöse Weise hatte sie Doro, Yella und die Zwillinge Helen und Amelie immer zusammengehalten.

Helen hätte nie gedacht, dass der familiäre Klebstoff so porös war. Die Thalbergs waren auf dem besten Weg, sich in eine dieser Familien zu verwandeln, die nur noch zu Beerdigungen aufeinandertrafen. Und was sie am meisten erschreckte: Ohne ihre Mutter drohten auch die Sommerschwestern komplett auseinanderzufallen. Düstere Gedanken raubten ihr den Schlaf.

Helen hatte in den vergangenen Monaten alles versucht, ihre nächtliche Unruhe in den Griff zu bekommen: früher ins Bett gehen, später ins Bett, eine Nacht durchmachen, regelmäßige Schlafzeiten, Schäfchen zählen, Apps mit Meeresrauschen, Hörbücher, absolute Stille, Verzicht auf Kaffee und Alkohol, ein Schlummertrunk, Kamillentee, keine Getränke nach 19.00 Uhr, Bett umstellen, Temperatur verändern im Schlafzimmer, Kissen austauschen, Teppich raus, neuen Pyjama, neue Vorhänge, Entspannungsbäder, Abendspaziergänge, Sport, Sex, Fenster auf, Fenster zu, keine Tagesschau, keine aufregenden Filme nach 22.00 Uhr, keine Elektronik im Schlafzimmer. Nichts half.

»Du musst dir Hilfe suchen«, sagte Paul.

»Die verschreiben mir nur Pillen«, sagte Helen, obgleich sie genau wusste, dass Paul eine andere Art von Hilfe meinte. »Ich bin der wandelnde Beipackzettel«, beeilte sie sich hinterherzuschicken. »Ich beschäftige mich den ganzen Tag mit Nebenwirkungen, da vermeidet man Tabletten von selbst.«

Statt Medizin kaufte sie einen Schwangerschaftstest. Was wäre, wenn das Ausbleiben ihrer Tage nicht auf Stress zurückzuführen war? Was wäre, wenn sie wirklich schwanger wäre? 15 Minuten verlor sie sich in der ungewohnten Vorstellung, wie es wäre, wenn sie ein Kind erwartete. Wie ein Hochgeschwindigkeitszug raste sie durch alle Fürs und Widers, die sie zigmal im Kopf und mit Paul hin und her gewälzt hatte.

Das Ergebnis ließ sie mit gemischten Gefühlen zurück: negativ. Das war positiv und beunruhigend zugleich. Eine Schwangerschaft wäre eine bequeme Erklärung für ihren Zustand. So herrschte das quälende Gefühl vor, dass etwas psychisch bei ihr nicht in Ordnung war.

Neben ihrem Bett stapelten sich Bücher über Schlaflosigkeit, die sie bis tief in die Nacht studierte. Alles, was sie fand, waren immer neue, wundervolle Umschreibungen für ihr Problem.

»Bei schlaflosen Menschen ist der Kopf beleuchtet wie ein Kühlschrank«, las sie Paul vor. »Normalerweise geht das Licht aus, wenn man die Tür schließt. Bei Schlaflosen brennt im Gehirn immer Licht.«

Paul grummelte neben ihr in sein Kissen. So wie er seit vielen Monaten grummelte. Viele ihrer Bemühungen hielten nicht nur sie selbst wach, sondern auch Paul.

»Es gibt Co-Alkoholiker, ich bin Co-schlaflos«, sagte er, als sie wieder einmal um drei Uhr in der Küche aufeinandertrafen. »Wir leben gemeinsam im Kühlschrank.«

»Einem gut sortierten, aufgeräumten Kühlschrank«, ergänzte Helen.

In ihrer ohnehin schon minimalistischen Wohnung fand sich keine einzige Rumpelecke mehr, keine unaufgeräumte Schublade, keine Papiere, die schon längst abgeheftet werden wollten, kein Staubkorn und keine ungeputzten Schuhe. Helen hatte in den langen Nächten den gemeinsamen Bücherschrank alphabetisch sortiert und jedes überflüssige Küchenutensil aussortiert. Sie war mehrmals zum Wertstoffhof gefahren, hatte sämtliche Sozialkaufhäuser in ihrer Umgebung mit ihrem ausrangierten Hausrat erfreut, bis jede Ablenkung aus ihrer Wohnung verschwunden war. In ihrem Kopf blieb es unordentlich.

»Wenn das so weitergeht«, sagte sie, »erlebe ich meinen dreißigsten Geburtstag nicht mehr.«

»Vielleicht solltest du auf Dr. Schmitt hören und mehr Ursachenforschung betreiben«, versuchte Paul es noch einmal.

»Und der Psychologe erklärt mir dann nach 87 Therapiesitzungen, dass ich nicht schlafen kann, weil ich den Verlust meines Vaters nicht verarbeitet habe.«

Sie wusste auch ohne Psychologen an ihrer Seite, dass der Tod ihres Vaters, der in einer Sturmnacht auf einer holländischen Landstraße verunglückt war, eine Narbe auf ihrer Seele hinterlassen hatte.

»Es kann doch kein Zufall sein, dass die Schlafstörungen nach Bergen angefangen haben«, sagte Paul vorsichtig.

»Therapie ist nichts für mich«, beschied Helen. »Da blockiere ich nur einen Platz für jemanden, der echt Hilfe braucht.«

In Wirklichkeit wollte sie nicht tiefer in ihre komplizierte Vergangenheit einsteigen.

Helen staunte immer wieder über Pauls herzliches Verhältnis zu seiner Familie. Er liebte es, seinen Vater an der Tankstelle zu besuchen. An Geburtstagen wurde er von der gesamten Großfamilie gedrückt, geküsst und ausgefragt. Er schwatzte mühelos und aufrichtig interessiert mit seinen Tanten und Onkeln und vergaß keinen einzigen Gedenktag.

»Familie ist ein Geschenk«, sagte er immer.

Helen war sich da nicht so sicher.

Nach einer Woche Zwangspause kehrte sie an ihren Arbeitsplatz zurück, ohne dass sich an ihrem zentralen Problem etwas geändert hatte. Neidvoll lauschte sie, wie Shivani ihrer Schwester am Telefon brühwarm den neusten Klatsch und Tratsch berichtete. Wieso gelang es anderen, scheinbar mühelos Kontakt mit ihren Familien zu halten? Dabei war sie sogar ein Zwilling. In Zeitungen las sie über das spezielle, beinahe symbiotische Verhältnis, das gleichzeitig gezeugte Menschen zueinander entwickeln konnten. Viele Artikel berichteten von getrennten Zwillingen, die fern voneinander aufwuchsen und dennoch ähnliche Lebenswege einschlugen. In keinem Universum der Welt würden sie und Amelie in zwei Läden tausend Kilometer voneinander entfernt, dasselbe Kleidungsstück aussuchen. Ihre Mutter hatte ihnen als Kinder gerne die gleichen Kleidchen angezogen und fand sie immer dann besonders entzückend, wenn sie wie Puppen auf dem Sofa saßen. Als zweieiiger Zwilling war sie Amelie genetisch kein bisschen näher als Doro oder Yella. Die Wahrheit war, dass sich zwischen Amelie und Helen kein unsichtbares Band spann, das sie auf ominöse Weise zusammenhielt. Eher konnte man von einer unsichtbaren Mauer sprechen. Trotzdem erwartete ihre Umgebung unausgesprochen, dass sie eine Einheit bildeten.

»Was macht ihr an eurem Dreißigsten?«, schrieb Yella in ihrer Sommerschwestern-Gruppe.

»Paul und ich ziehen um«, antwortete Helen, bevor Amelie antworten konnte. »Wir haben endlich eine bezahlbare Wohnung in Frankfurt gefunden. Mit Balkon.«

Der Umzug bot ihr eine willkommene Ausrede, sich nicht feiern zu lassen. Helen mochte es nicht, im Mittelpunkt zu stehen. Als ihre Kollegen im Labor unter der enthusiastischen

Leitung von Shivani *Happy Birthday* anstimmten, wäre sie am liebsten im Boden versunken. Ihre junge Werkstudentin bescherte ihr die längsten 45 Sekunden ihres Arbeitslebens. Helen blieb nichts anderes übrig, als mit leicht gefrorenem Dauerlächeln das Ständchen entgegenzunehmen. Sie atmete bereits auf, als Rita aus der Buchhaltung *Wie schön, dass du geboren bist* anstimmte. Rita liebte sie, weil sie als Einzige der 724 Mitarbeiter des Unternehmens Reisekostenabrechnungen perfekt und pünktlich ablieferte. Rita kannte alle Strophen. Helen hoffte vergeblich darauf, dass die kokelnden Kerzen auf dem Kuchen den Feueralarm auslösten. Wenn Shivani so weitermachte, würde das Labor nächstes Jahr *Viel Glück und viel Segen* im mehrstimmigen Kanon aufführen. Helen war froh, den Abend alleine mit Paul zu verbringen. Sie aßen in der noch leeren Wohnung Pellkartoffeln mit Butter und Salz und tranken lauwarmen Weißwein aus Plastikbechern. Sie war glücklich.

Bis sie ins Bett sank und sich wieder schlaflos von einer Seite auf die andere wälzte. Auf einmal fühlte es sich falsch an, den runden Geburtstag ohne Familie gefeiert zu haben. Es war eine Art Phantomschmerz, der sie immer begleitete. Wenn sie ehrlich war, wünschte sie sich, ihren Schwestern näher zu sein.

Um sechs Uhr morgens rätselte sie in ihrer neuen Küche, was sie brauchte: einen doppelten Espresso, eine Woche Schlaf oder eine Umarmung von Paul? Wenigstens auf ihn war Verlass:

»Du kannst ewig darauf warten, dass sich etwas ändert«, sagte er. »Oder du kannst etwas ändern.«

»Du klingst wie ein wandelnder Kalenderspruch«, sagte Helen.

Paul sah sie verletzt an.

»Mir geht es großartig«, sagte Helen. »Ich kann nur nicht so gut schlafen.«

»Dann tu was«, antwortete Paul gereizt.

Die Schlaflosigkeit begann, sich wie ein Geschwür auf andere Lebensbereiche auszudehnen.

Es arbeitete in ihr. Sie war jetzt dreißig. Sollte man in diesem Alter nicht langsam die Probleme der Kindheit endgültig hinter sich gelassen haben? War das die Aufgabe, die sie zu bewältigen hatte? Vielleicht konnte sie deswegen nicht schlafen, weil in ihrem Leben etwas fundamental falsch aufgestellt war. Vielleicht musste sie genau dort anfangen, wo es richtig wehtat, bevor sie heilen konnte. Und schlafen. Endlich schlafen.

»Familie ist wie ein Instrument, das man erlernt«, hatte Yella einmal ihren Therapeuten Dr. Deniz zitiert. »Man muss Mühe und Liebe hineinstecken, bevor man von seinem Instrument zurückgeliebt wird.«

Paul hatte es eher begriffen als sie. Wenn sie ihre innere Ruhe finden wollte, musste sie etwas unternehmen. Gemeinsame Zeit war das Zauberwort. Gemeinsame Zeit mit den Sommerschwestern.

Nächtelang brütete Helen über Berliner Ferienplänen, schickte Terminabfragen via Doodle herum und telefonierte vergeblich Doro hinterher, um einen Termin für ein Treffen zu fixieren. Ludwig berichtete, dass ihre große Schwester den ganzen Sommer über in Amsterdam mit einem weltberühmten Opernregisseur arbeiten würde. Die Puzzleteile wollten einfach nicht zusammenpassen. Bis ihr, eingewickelt in eine Wolldecke und Pauls Arme, bei der Wiederholung von »Der Pate« eine Idee kam. Wenn sie wollte, dass die Familie zusammenkam, musste sie selbst aktiv werden und Nägel mit Köpfen machen. Don Corleone wurde ihr ein leuchtendes Vorbild: Sie musste ihren Schwestern ein Angebot machen, das sie nicht ablehnen konnten.

3. Alles so wie früher

»Helen lädt euch ein?«, fragte David verblüfft.

Yella nickte. »In die *Villa Vlinder.*«

Vor mehr als zwanzig Jahren hatten sie in diesem Ferienhaus ihren letzten Sommer als komplette Familie verbracht. Jetzt hatte Helen die Villa für zwölf Tage angemietet.

Unser Vater hatte sich so auf den Lichtjesavond gefreut, schrieb Helen. *Und dann kam dieser verdammte Sturm. Ich wünsche mir, dass wir noch einmal als Familie am ersten Mittwoch im August in Bergen zusammenkommen, wenn das ganze Dorf traditionell in Kerzenlicht erstrahlt. Ich möchte gemeinsam mit euch Lichtjesavond feiern. Unterkunft, Kinderbetreuung, Sonne, Strand und Meer. All inclusive. Ich lade euch ein.*

»Wenn man sich verirrt hat, muss man an den Ort zurückkehren, an dem man die falsche Abzweigung genommen hat«, zitierte Yella das Mantra ihres Vaters.

Helen hatte den wunden Punkt getroffen. Sie hatten die Erinnerung an den Vater in den letzten Jahren viel zu wenig gepflegt. Johannes Thalberg liebte den alljährlichen *Lichtjesavond,* der jedes Jahr den Höhepunkt ihrer Sommer an der Nordsee bildete. Yella verstand die Botschaft ihrer Schwester. Dieser Urlaub bedeutete mehr als ein Sommervergnügen. Er war ein Tribut an ihren viel zu früh verstorbenen Vater. Amelie lebte nach monatelangem Pendeln zwischen Wuppertal und Holland seit sechs Wochen ganz in Bergen, und Doro plante, aus ihrem zeitlichen Amsterdamer Domizil hinzuzustoßen, sobald der prestigeträchtige Auftrag für die dortige Oper ihr Luft ließ. Es gab nur ein Problem.

»David kann nicht mit«, teilte Yella Helen mit.

Der Schriftsteller hatte einen bezahlten Künstleraufenthalt in Riga ergattert, der sie für zwei Monate in eine alleinerziehende Mutter verwandelte. Der Urlaub würde eine perfekte Unterbrechung der langen Zeit sein.

»Nur wir Schwestern und die Kinder«, hatte Helen daraufhin vorgeschlagen. »Unsere Männer bringen sowieso alles aus dem Gleichgewicht.«

Yella war dankbar, dass Helen sich jede weitere Nachfrage verkniff. Die nüchterne Chemikerin begriff auch ohne weitere Infos, dass Davids lange Abwesenheit kein allzu gutes Zeichen war. Anders als Doro, die mit ihrer Meinung nie hinter dem Berg hielt, und Amelie, die ihre Probleme mit jedem teilte, der ihr ein Ohr lieh, gehörte Helen nicht zu den geschwätzigen Zeitgenossen, die alles zerreden und aussprechen mussten.

»Paul ist zutiefst erleichtert, dass er nicht mitmuss«, sagte sie leichthin. »Er ist uns auf ewig dankbar, eine fantastische Ausrede zu haben, den Sommer durchzuarbeiten.«

Yella kannte die Vorlieben des Mannes, der einmal ihr Kommilitone gewesen war. Helens Freund litt unter einer chronischen Naturphobie und verabscheute kurze Hosen, Wespen und das Gefühl von Sand unter nackten Fußsohlen. Nie im Leben würde der hartnäckige Anzugträger sich freiwillig an den Strand legen. Dörfer wie Bergen waren dem erklärten Großstadtmenschen jenseits ihrer baulichen Besonderheiten suspekt.

»Ich bin auf Asphalt groß geworden und lebe vom Stapeln von Steinen«, sagte Paul immer. »Grün ist für mich Arbeitsmaterial, keine Erholung.«

Yella verstand nur zu gut, was Paul wirklich meinte: Vier Thalberg-Frauen auf einem Haufen waren zu viel. Für alle Beteiligten.

Yella freute sich jedoch sehr über die Einladung. Ihr knapp bemessenes Familienbudget hätte einen Sommerurlaub in einer großzügigen Villa niemals erlaubt. Noch mehr freute sie sich, als ihre kleine Schwester ihr mitgeteilt hatte, dass sie eine pharmakologische Fortbildung in Berlin habe und sie so gemeinsam anreisen konnten.

Bis zur holländischen Grenze lief alles wie am Schnürchen. Sechs Reisestunden und zwei großzügige Pausen lagen bereits hinter ihnen. Während Helen selbst nach einer anstrengenden Seminarwoche keinerlei Ermüdungserscheinungen zeigte, fühlte Yella die Müdigkeit in jedem einzelnen Knochen. Zermürbt von einem langen Schul- und Kindergartenjahr, von nächtlichen Urlaubsvorbereitungen, Grabenkämpfen im Büro und Auseinandersetzungen mit David, freute sie sich auf zwölf entspannte Tage an der Nordsee. Während Helen das Steuer übernahm, kümmerte Yella sich um ihre Kinder. Sie hatte ihren Urlaub als alleinstehende Mutter auf Zeit mit Snacks und Beschäftigungen für Leo und Nick generalstabsmäßig vorbereitet. Sie hatten Lieder geschmettert, so laut sie konnten, Autokennzeichen entziffert und Schnapszahlen gesucht, in Malvorlagen herumgekritzelt, »Ich-packe-meinen-Koffer« gespielt, die Ja-nein-Falle ausprobiert, ein Kinderbuch gehört, Kekse geknabbert, wieder gesungen, an der Autobahnraststätte Pommes gegessen und auf dem Spielplatz herumgetobt. Gegen 22.00 Uhr waren die beiden Jungs erschöpft auf der Rückbank weggedöst. Leo hatte seine Mütze über die Augen gezogen, Nick schlief mit offenem Mund, in der Hand noch ein angebissenes Brot. Die Müdigkeit hatte ihn zwischen zwei Happen übermannt. Yella selbst hatte noch bis zur Grenze bei Bad Bentheim durchgehalten, bevor sie in die Dunkelheit wegsackte. Sie wurde erst wieder wach, als Helen von der A9 auf den Ring Alkmaar abbog und die veränderte Geräuschkulisse sie aus dem Tiefschlaf riss.

»Ich bin wohl eingenickt«, sagte sie schuldbewusst.

»Reicht, wenn eine wach ist«, sagte Helen großzügig.

Yella seufzte zufrieden auf. Bei ihrer kleinen Schwester hatte sie nie das Gefühl, sich verstellen zu müssen. Helen erfüllte ihren Part, ohne allzu viel Beifall zu erwarten. Zu zweit im Auto mit Helen war es wunderbar gemütlich. Seit ihrem letzten Aufenthalt spürte sie eine neue und besondere Verbindung zu ihrer jüngsten Schwester. Yella kuschelte sich in ihre warme Jacke und starrte erwartungsvoll nach draußen, in der Hoffnung, irgendetwas zu erkennen. Morgens um eins gehörte die Landstraße, die sich schnurgerade durch das flache holländische Land zog, ihnen ganz alleine.

Glücklich ließ sie das Fenster runter und steckte für einen Moment ihren Kopf in die kühle Luft. Es roch nach Meer, Urlaub und Kindheit. In der Ferne tauchte das blaue Ortsschild von Bergen auf. Darunter prangte in großen LED-Lettern der Hinweis auf den *Lichtjesavond,* die Nacht der Lichter. Vor 21 Jahren hatte Sturm Ira verhindert, dass sie an der Veranstaltung, die seit 1926 im Dorf abgehalten wurde, teilnehmen konnten. Jetzt würden sie zu Ende bringen, was damals unvollendet blieb, und mitfeiern. Dazwischen lagen zwölf Tage, in denen sie nichts anderes tun würde, als sich am Strand durchpusten zu lassen. Yella konnte es nicht erwarten, Leo und Nick ihr Holland zu zeigen, mit ihnen Zeit am Meer und in den Dünen zu verbringen.

Die Vorfreude stand auch Helen ins Gesicht geschrieben, als sie die Ruinenkirche passierten, wo versprengte Kneipengänger auf der Mauer ihr letztes Bier leerten. Yella zückte die Kamera, um ihrer Mutter ein Foto vom Wahrzeichen des kleinen Dorfs zu senden. So konnte sie ein kleines bisschen dabei sein.

Schwungvoll bog Helen in die Eeuwigelaan ein. Die verträumte Allee mit ihren geneigten Baumriesen wirkte bei Nacht noch magischer. Jede war in ihren eigenen Gedanken gefangen, während das Auto über das Kopfsteinpflaster ruckelte.

»Alles so wie früher«, sagte Helen.

Es war Programm und Beschwörung gleichermaßen.

Endlich Ferien! Endlich ausspannen. Endlich wieder die Sommerschwestern.

Wir sind gut angekommen, vermeldete Yella nach Riga, wo David in seiner Schreiberresidenz auf die erlösende Nachricht wartete. Selbst 2000 Kilometer von ihnen entfernt verband ihn eine unsichtbare Nabelschnur mit seiner Familie.

Wunderbar, antwortete er umgehend. *Dann kann ich jetzt ins Bett. Und nicht vergessen: Was man in der ersten Nacht in einem fremden Bett träumt, geht in Erfüllung.*

Yella schickte ein Herzchen und bekam acht zurück. Seit er zu seinem Stipendium aufgebrochen war, überschlug er sich mit Liebesbekundungen. Sie sendete ein weiteres Herzchen zurück.

Helen lenkte das Auto in eine schmale Wohnstraße am Rand des Zentrums und bremste wenig später vor einem schweren Eisentor, an dem ein Schild prangte mit der verschnörkelten Aufschrift: *Villa Vlinder.*

»Endlich«, sagte Yella erleichtert.

Ihr Glück währte ganze zehn Sekunden.

4. Ein Geist aus Stein

»Da wohnen wir?«, schrie Leo von der Rückbank.

Bei Nacht wirkte die Klinkervilla weitaus düsterer als auf den Fotos, die Yella ihren Söhnen zu Hause gezeigt hatte. Die Beleuchtung über der Tür flackerte bedrohlich, als markierte sie in Wirklichkeit das Portal eines Spukhauses.

»Da geh ich nicht rein«, rief Leo. »Das ist gruselig.«

Yella seufzte. Um Viertel nach eins sehnte sie sich inständig nach einem Bett.

»Komm, wir suchen euer Zimmer«, sagte sie. »Ich glaube, es hat ein Stockbett.«

»Ich bleibe im Auto«, rief der Siebenjährige energisch.

Ein flüchtiger Blick auf das Ferienhaus hatte ihm gereicht, sein Urteil zu fällen. Mit Helens Hilfe hatte es das Quartett problemlos von Berlin bis nach Bergen geschafft. Jetzt drohten sie an den letzten Metern zu scheitern.

»Morgen früh sieht das Haus ganz anders aus.«

»Das Haus guckt gefährlich«, beharrte Leo auf seiner Meinung.

Für ihren Ältesten bestand die Welt aus lauter Fantasiewesen, die sein Leben kompliziert machten. Tausende unsichtbarer Feinde störten jeden Tag aufs Neue seinen Alltag. Garniert mit einer Prise Aufregung, dem Reisefieber und der Übermüdung ein perfektes Rezept für familiäre Desaster.

»Es ist nur ein Haus«, sagte Yella mit aufgesetzt fröhlicher Stimme. »Und es wartet auf dich.«

»Das Haus sieht böse aus«, sagte Leo mit wackliger Stimme. »Da ist ein Geist drin. Er schaut mich an.«

Yella schluckte. Sofort drängte sich das Bild ihres Vaters vor ihr inneres Auge, der seine letzten Lebenstage in dieser Villa verbracht hatte.

»Du hast bestimmt ein tolles Zimmer«, sagte sie schwach.

»Ich bleibe im Auto.«

Wie viele dieser ohnmächtigen Momente zwischen Ratlosigkeit und Ärger hatte Yella in den letzten Monaten mit Leo erlebt? Ihr Erstgeborener hatte die blühende Fantasie seines Vaters geerbt und konnte sich rettungslos in erfundene Schreckensbilder hineinsteigern.

»Ich begreife, was du meinst«, mischte sich Helen ein.

»Lass ihn«, wollte Yella ihr warnend zuraunen.

Noch bevor sie eingreifen konnte, goss Helen Öl ins Feuer: »Du hast vollkommen recht. Da schaut uns jemand an«, sagte sie.

Yella sank in sich zusammen. Im Gegensatz zu ihrer Schwester hatte sie zigmal miterlebt, wie Leos Zustände in Rekordgeschwindigkeit eskalierten.

»Kannst du mehr über diesen Geist erzählen?«, fragte Helen.

»Ich will nicht hinschauen«, sagte Leo, jetzt den Tränen nahe.

Yella hatte ihren Söhnen absichtlich Jogginganzüge angezogen. In einer idealen Welt trug sie nach der langen Reise zwei schlafende Jungen vom Auto direkt in die Betten des Ferienhauses. In der nicht ganz so idealen Wirklichkeit weckte der panische Leo den friedlich schlummernden Nick auf, dem sofort einfiel, dass er lange genug still gesessen hatte.

»Ich will raus, Mama«, rief der eine. »Raus.«

»Ich will nach Hause«, der andere. »Ich will zu Papa.«

»Ich will auf den Mars«, seufzte Yella.

Sie stieg aus, um den ungeduldig gegen den Beifahrersitz trampelnden Nick aus seinem Kindersitz zu befreien, während Helen sich nicht weiter beeindrucken ließ.

»Erkennst du einen Mann, eine Frau oder etwas ganz anderes?«, erkundigte sie sich seelenruhig bei Leo.

Der Kleine presste entsetzt die Augen zusammen.

»Schau ganz schnell«, forderte Helen ihn auf.

Leo öffnete ein Auge, wandte den Kopf zum Haus und in Sekundenschnelle zurück.

»Ein böser Mann«, sagte er. »Er freut sich kein bisschen auf uns.«

»Alt oder jung?«, fragte Helen ungerührt weiter.

»Alt.«

»Und wie sieht er aus?«

Yella blickte Richtung Villa und realisierte mit einem Schlag, was Leo meinte. Vor zwanzig Jahren war das Haus überwuchert von Efeu und zur Hälfte von einer riesigen Eiche verdeckt gewesen. Der Baum war offenkundig dem Zahn der Zeit zum Opfer gefallen, die Fassade von allem Grün befreit. Erst jetzt zeigte das Haus seinen wahren Charakter. Der auffällige Erker der Villa stach aus der dunkelroten Klinkerfassade heraus wie eine dicke Nase, darüber blickten zwei hohe Fenster mit gemütlichen rotweiß gestreiften Baldachinen sie an. Die Straßenlaternen spiegelten sich in den Scheiben und verliehen den eingebildeten Pupillen einen besonderen Glanz. Der Sonnenschutz gab ihnen den Anschein kritisch hochgezogener Augenlider. Aus dem Klinker starrte sie ein glatt geschorenes, neugieriges Gesicht an.

So als könne die *Villa Vlinder* selbst nicht glauben, welche illustren Gäste sich für die nächsten zwölf Tage eingemietet hatten. Das massivhölzerne dunkle Eingangsportal verlieh dem Klinkerbau diesen ewig erstaunten Eindruck.

»Das Haus ist überrascht«, antwortete er.

Yella stimmte der *Villa Vlinder* insgeheim zu. Sie war immer noch überrascht, dass Helen tatsächlich die altehrwürdige Villa gemietet hatte, die sich für immer in die Annalen der Familie Thalberg eingeschrieben hatte. In diesem Haus hatte sie vor zwei Jahrzehnten die Nachricht vom Unfalltod des Vaters erreicht. Spukte er immer noch hier herum? War ein Teil seiner Seele in Holland zurückgeblieben?

Helen nickte ernst: »Du kannst etwas ganz Besonderes, Leo«, erklärte sie. »Dein Kopf ist auf der Suche nach Mustern. Du selbst, du ganz alleine, machst aus den Punkten und Linien ein Gesicht. Ich kann das auch. Bei mir hatte sich gestern ein schlecht gelaunter Opa im Schaum von meinem Cappuccino versteckt.«

Leo blickte misstrauisch auf das Haus. Ganz geheuer war es ihm immer noch nicht.

»Ich habe neulich ein Gesicht in den Käse gebissen«, erzählte er zögernd.

»Genauso ist das mit Häusern«, sagte Helen. »Paul hat ein ganzes Buch über Hausgesichter. Es gibt sogar ein Wort dafür, wenn Dinge Gesichter bekommen. Ein ganz schwieriges. Pareidolie.«

Ihr Ältester wiederholte andächtig das Wort. Yella staunte, wie mühelos Helen Leos Panik umlenkte. Wissenschaftliche Erklärungen beruhigten ihn offenbar nachhaltiger als gutes Zureden. Das musste sie sich für die Zukunft merken.

»Du musst es dir einmal von der Seite anschauen«, sagte Helen. »Dann verschwindet das Gesicht von alleine.«

Zu ihrer Überraschung stieg Leo freiwillig aus seinem Autositz. Dafür war sein mulmiges Gefühl auf Yella übergesprungen. Argwöhnisch begutachtete sie das unheimliche Backsteingesicht, das jede ihrer Bewegungen verfolgte, als sie das Gepäck aus dem Kofferraum hievte. Yella hoffte, dass die optische Täuschung kein schlechtes Omen war. Jeder interpretierte etwas anderes in die Gemäuer, die aus den Zwanzigerjahren des vorherigen Jahrhunderts stammten: Paul, der das Haus ausfindig gemacht hatte, lobte seine besondere Architektur, der auch im Ausland Anerkennung gezollt wurde. Helen betonte vor allem die Möglichkeit, zu beweisen, dass sie aus den Kinderschuhen herausgewachsen waren, Yella sah nur noch ein respekteinflößendes Gesicht. Wie gebannt klebte ihr Blick an der Fassade. Seit wann waren ihre Nerven so dünn, dass sie sich von ein paar Linien und zwei Punkten aus dem Konzept bringen ließ? Vielleicht hatte Leo seine nervöse Fantasie nicht von David, sondern von ihr geerbt.

»Wir überschreiben alle schlechten Erinnerungen«, hatte Helen angekündigt.

Das gruselige Gesicht aus Stein ließ sie zweifeln, ob diese Form der Konfrontationstherapie tatsächlich heilsam war. Sie hatte im Vorfeld zu wenig darüber nachgedacht, wie es sich anfühlen würde, an den schicksalsträchtigen Ort zurückzukehren.

»Es ist nur ein Haus«, sagte Helen.

Yella hoffte, dass ihre Schwester sich nicht irrte.

5. Ein später Gast

Kalter Nordseewind huschte hastig durch die Blätter, Yellas Schritte knirschten auf dem Kiesweg. Zögernd näherten sie sich der imposanten Eingangstür, als diese auf einmal aufsprang. Yella und ihre Schwester schrien vor Schreck spitz auf. Im Gegenlicht erkannten sie einen hageren Mann, der ihrem Vater erschreckend ähnlich sah.

»Da seid ihr ja endlich«, rief eine weiche Stimme.

Es dauerte einen Moment, bis Yella realisierte, dass der Geist in der Tür niemand anders war als ihre Schwester Amelie. Sie hatte ihre Haare streng zurückgenommen, trug eine Art Arbeiterhose und den von Johannes Thalberg geerbten alten Pullover. Ohne die mädchenhaften blonden Locken und ihre ultrakurzen Blümchenkleider war die Illusion perfekt. Noch nie war Yella so eindringlich bewusst geworden, wie ähnlich Amelie ihrem Vater sah. Ihre kleine Schwester hatte sich so sehr gewünscht, mehr über Johannes Thalberg zu erfahren. Offenbar hatte sie ihre Taktik geändert und war stattdessen in seine Haut geschlüpft.

»Willkommen in Bergen«, rief Amelie.

Helen war die unfassbare Ähnlichkeit ebenfalls aufgefallen. Auch ihr hatte es den Atem verschlagen.

»Hallo! Ich bin's!«, sagte Amelie irritiert. »Ihr schaut mich an, als wäre ich ein Geist.«

Helen erlang als Erste die Stimme zurück. Sie umarmte ihre Zwillingsschwester.

»Du siehst anders aus«, sagte sie mit trockener Kehle. »Gut«, schickte sie hinterher.

»Ich habe euch eben den Kühlschrank vollgemacht«, berichtete Amelie. »Fahrräder stehen im Schuppen. Wir sehen uns morgen.«

Ihre Stimme überschlug sich fast.

»Bleibst du nicht hier?«

Amelie schüttelte den Kopf. »Ich bin noch immer dabei, mich in meiner Wohngemeinschaft einzugewöhnen. Wenn ich jetzt in eine Villa ziehe, glauben sie mir nie, dass es mir mit einer nachhaltigen Lebensweise ernst ist«, sagte sie fröhlich.

Die betretenen Mienen ihrer Schwestern ließen sie einen Moment innehalten.

»Glaubt mir, ich hätte auch gerne Urlaub. Oder ein Wochenende ohne Termine oder Veranstaltungen. Den ganzen Tag im Bett liegen und Netflix schauen, das wär's.«

»Wir haben ein freies Zimmer und eine Riesencouch mit Fernseher«, sagte Helen. »Was hält dich ab?«

»Die Angst. Angst, das Leben, wenn ich auf dem Sofa sitzen bleibe, zu verpassen. Während ich in der Jogginghose ›Selling Sunset‹ sehe, passiert auf unserem Gelände irgendetwas Großes, von dem meine Freunde ihren Enkeln noch erzählen.«

Amelie klang kein bisschen unglücklich. Sie hatte diese Neigung, sich mit Haut und Haar in etwas Neues zu stürzen. Schon früher hatte Amelie jeden freundlichen Blick als Heiratsantrag missverstanden. Sie ging immer aufs Ganze. Für einen Abend, für Wochen oder ein paar Monate. Nur um dann mit derselben Energie etwas Neues zu verfolgen. Eine Zeit lang war es der Unverpackt-Ökosupermarkt in Wuppertal gewesen, jetzt hieß ihre neue Liebe *Het Cultuurdorp*, das Kulturdorf, ein alternatives Wohn- und Arbeitsprojekt. Amelie ignorierte die betretenen Gesichter ihrer Schwestern.

»Wir haben morgen Abend ein Konzert«, sagte sie. »Ihr kommt doch?«

So rasch, wie sie gekommen war, entschwand ihre kleine Schwester mit dem Fahrrad in die Dunkelheit. Noch ein Geist, der sich plötzlich materialisierte und ebenso schnell wieder auflöste.

Yella atmete schwer durch. Die Sommerschwestern hatten sich verabredet, um gemeinsam das Leben zu feiern. Und die schönen Erinnerungen, die sie für immer mit Holland und Bergen verbanden, zu erneuern. Sie würde sich nicht von einer Abfuhr beeindrucken lassen. Und noch weniger von Amelies steinernem Gesicht, das nur in ihrer Vorstellung existierte. Yella beschloss, dem Vorbild ihrer herzerfrischend nüchternen Schwester zu folgen. Die Sinnestäuschung ließ sich wissenschaftlich erklären. Es gab keinen Geist aus früheren Tagen, der in den Gemäuern wartete. Sie würde alles tun, was in ihrer Macht stand, um diese altehrwürdigen Mauern mit Leben und neuen Geschichten zu füllen.

Yella hievte ihren schweren Koffer über die Schwelle. Erschöpft schloss sie die Augen und spürte überrascht die Einkerbung in der Treppenstufe, abgelaufen durch die Füße früherer Bewohner. Als Kind hatte sie auf dieser glatten Steinstufe gesessen. Ihr Po hatte perfekt in die Kerbe hineingepasst, als wäre der steinerne Sitzplatz nur für sie erschaffen worden. Ein Lächeln flog unwillkürlich über ihr Gesicht.

Als sie die Haustür hinter sich zuzog, fiel ihr Blick auf das

Haus gegenüber. An einem Fenster im oberen Stock zeichnete sich schemenhaft eine Figur im Dunkeln ab. Diesmal war es keine Einbildung. Starr beobachtete die Gestalt ihre Ankunft. Yella hob verhalten ihre Hand zum Gruß und erhielt keine Reaktion. Sie hoffte, dass es kein Fehler war, ausgerechnet in der *Villa Vlinder* Urlaub zu machen.

6. Windstärke 9

Was man in der ersten Nacht träumt, geht in Erfüllung, hatte David geschrieben. Voller Vorfreude hatte Yella den Kindern seinen Spruch vorgelesen. Aber galt das auch für Helen? Was, wenn man überhaupt nicht einschlafen konnte? In Anbetracht der späten Stunde hatten Helen und Yella die ausführliche Erkundungstour durch das Haus auf den morgigen Tag verschoben. Ruhe fand Helen dennoch nicht. Wie üblich drehte sie sich rastlos von einer Seite auf die andere.

Wie gerne würde sie jetzt zu Paul ins Arbeitszimmer tappen, mit ihm ein letztes Glas Rotwein trinken und den Tag gemeinsam durchgehen. Es gab niemand anders auf dieser Welt, mit dem sie wie mit Paul nachts um zwei problemlos eine Diskussion über Weltpolitik beginnen konnte. Oder sie würde Schuhe putzen. Schuhe putzen ging immer. Ähnlich wie sie war Paul kein Fan von Schlaf, vagen Zuständen und Straßendreck in der Wohnung. Aber jetzt gab es keinen Paul, der ihr die Zeit vertrieb. Sie musste die Leere alleine füllen.

Helen hatte bereits ihren Koffer ausgepackt, alle Kleidung ordentlich gefaltet in den Schrank geräumt, ihre Lektüre auf dem Nachttisch drapiert, Toilettenartikel der Größe nach sortiert und die Schuhe farblich geordnet. Was jetzt? Zum Lesen war sie zu müde, zum Schlafen zu wach.

Nach dem Unfall hatte sie schon einmal eine Phase mit chronischer Schlaflosigkeit durchstanden. Damals hatte sie sich in Bücher geflüchtet und halbe Nächte durchgelesen. Heimlich, versteht sich. Tagsüber bemühte sie sich, eine perfekte Tochter für Henriette zu sein. Die Rolle der Dramaqueen war in der Familie bereits besetzt. Vielleicht sogar mehrfach. Helen wollte kein Problem sein, also durfte sie keines haben. Solange auf ihrem Zeugnis nur Einsen standen, stellte niemand schreckliche Frage wie: »Und? Wie geht es dir?«

Als Erwachsene halfen ihr nicht einmal mehr die Bücher. Helen konnte die nächtliche Stille in Bergen, den Urlaubsstillstand und die endlose Nacht, die sich vor ihr ausstreckte, nur schwer ertragen.

Seufzend durchforstete sie den von Amelie liebevoll bestückten Kühlschrank nach einem Hausmittel, das den Schlaf befördern könnte. Mit der heißen Milch, gesüßt mit einem Esslöffel Honig, spülte sie zugleich ihre Enttäuschung hinunter, dass ihre Zwillingsschwester es vorzog, anderswo zu logieren. Nach Jahren der schleichenden Entfremdung würde es nicht leicht sein, die Familie zusammenzuführen. Auch Doro, die zunächst begeistert zugesagt hatte, hielt sich bedeckt, ob und wann sie kommen würde. In der Schwestern-Chatgruppe sammelten sich widersprüchliche Nachrichten, aus denen man nur eines schließen konnte: Auf der Prioritätenliste der vielbeschäftigten Kostümbildnerin rangierte ihre Herkunftsfamilie auf einem der hinteren Plätze. Helen hatte ihren Schwestern mit der Anmietung der Villa ein Angebot unterbreitet. Um die Schwestern tatsächlich an einen Tisch zu bekommen, brauchte es wohl mehr als ein imposantes Dach über dem Kopf und einen sich nähernden Jahrestag.

Ernüchtert knipste Helen die Lampe an und überflog ihre Ideen für den Urlaub: Wie viel Programm schaffte man mit zwei kleinen Kindern? Ohne Yella kam sie hier nicht weiter.

»Kommt doch zu unserer Morgenmeditation«, hatte Amelie sie eingeladen.

Aber selbst dafür war es zu früh. Der kleine Zeiger der Uhr bewegte sich quälend langsam auf die Drei zu. Sie freute sich schon jetzt auf den Tagesanbruch.

Helen wunderte sich über die Ironie des Schicksals, dass sie ausgerechnet an diesem Ort nicht zur Ruhe kam. Sie hatte geschlafen, als der Sommersturm über Holland fegte, sie hatte geschlafen, als ihr Vater mitten in der Nacht das Haus verließ, sie hatte geschlafen, als ihre Mutter von ihrer Vorstellung in Amsterdam zurückkehrte, sie hatte geschlafen, als die Nachricht vom Tod des Vaters einging. Es machte sie bis heute rasend, dass sie den entscheidenden Moment ihrer Familiengeschichte verpasst hatte. Ihr Bild von den Geschehnissen der Unfallnacht war mehr als undeutlich und unvollständig.

Ihre Familie war keine große Hilfe, ihre Lücken zu füllen. Seit zwei Jahrzehnten umschiffte die gesamte Familie dieses Thema, als wäre es ein Eisberg, der sie nach einer Kollision alle ins Verderben ziehen würde. Unbeirrt hatte ihre Mutter die Schwestern angehalten, nach vorne zu schauen. »Das Leben muss weitergehen«, lautete ihr immerwährendes Mantra.

Auf diese Weise hatten sie nicht nur die gemeinsamen Sommer in Bergen, sondern vor allem auch den Vater totgeschwiegen. Die auferlegte Stille riss nicht nur den Unfall, sondern auch alle schönen Andenken ins Grab des Vergessens.

Helen öffnete ihr Laptop. Paul hatte vermutlich recht. Seit Monaten versuchte sie, der bitteren Wahrheit auszuweichen. Jahrzehnte hatte sie sich in eine Welt gerettet, in der es um Daten und Fakten und nicht um Gefühle ging. Vielleicht musste sie sich, wenn sie ihre innere Ruhe wiederfinden wollte, endlich trauen, in die Tiefen ihrer eigenen Biografie hinabzusteigen und an dem dunkelsten Kapitel ihrer Kindheit zu rühren. Mit zittrigen Fingern wagte sie es zum ersten Mal in ihrem Leben, das Datum der Sturmnacht in eine Suchmaske einzugeben.

Überrascht stellte sie fest, dass das Unwetter, das ihren Vater das Leben gekostet hatte, über einen eigenen Wikipedia-Eintrag verfügte. Sie sog jedes Wort auf über den Sturm, der passenderweise auf den Namen Ira getauft worden war. Ira, das wusste sie aus dem Lateinunterricht, bedeutete Wut und Zorn. Die Unwetterfront mit dem unheilvoll düsteren Namen war am Mittwoch, dem 01.08.2001, über die Niederlande gezogen. Die verlinkten Texte vom KNMI, dem *Koninklijk Nederlands Meteorologisch Instituut,* halfen ihr zu verstehen, wie sich Ira innerhalb weniger Stunden entwickelt hatte. Helen hatte von Meteorologie wenig Ahnung. Sie überflog flüchtig die Erläuterungen zum Entstehen der Depression in der Bretagne, von wo der Wind sich auf den Weg Richtung Nordosten zur holländischen Küste aufgemacht hatte. In Ijmuiden, zwanzig Kilometer Luftlinie von der *Villa Vlinder* entfernt, waren Windstöße von bis zu 102 Stundenkilometern gemessen worden. Über eine Stunde hinweg waren Böen mit Windstärke 9 über das Land gefegt. Die Dünen hatten der Naturgewalt kaum standhalten können, Menschen noch viel weniger. Schon ab Windstärke 5 und 6 war es schwierig, sich dem Wind entgegenzustemmen. Hatte man den Sturm im Rücken, wurde es noch gefährlicher.

Ihr Vater war nicht Iras einziges Opfer gewesen. Die Niederlande beklagten, so las sie, vier weitere Tote. In Amsterdam wurde der Tramverkehr gestoppt, der Zugverkehr in Nord- und Südholland stillgelegt, die Autobahnen A4, A9, A12 und A44 waren wegen umgefallener Bäume und Starkregen, der die Sicht behinderte, gesperrt. Ein Flugzeug der niederländischen Linie KLM hatte gegen 22.45 Uhr auf dem Flughafen Schiphol eine spektakuläre Notlandung hingelegt. Ungefähr zur selben Zeit war ihr Vater auf der Landstraße Richtung Bergen aan Zee verunglückt. Ira hatte den VW-Bus mit voller Härte getroffen und von der Straße gedrängt. Der Sturm zog, nachdem er ihr Leben verwüstet hatte, weiter Richtung Schweden.

Sommerstürme, so lernte sie, hatten eine geringere Verweildauer als ihre Genossen aus dem Herbst und Winter, konnten jedoch dieselbe zerstörerische Kraft entwickeln. Die Vorwarnzeit fiel kürzer aus, was vor allem Freizeitsportler auf dem Wasser und Autofahrer urplötzlich in lebensbedrohliche Situationen bringen konnte. Im butterbrotflachen Nordholland gab es keine Erhebungen, die den Wind abbremsen konnten. Zudem waren Bäume in vollem Ornat sehr viel weniger dazu in der Lage, Böen und sintflutartigen Niederschlägen zu trotzen.

Ihre Augen blieben wie paralysiert an einem Textteil hängen: »Starkregen, der die Sicht behinderte«. Die Familienlegende behauptete, dass ihr Vater das Haus verlassen hatte, um am Strand einen Blick auf den Sturm und das aufgepeitschte Meer werfen zu können.

»Papa wollte sich das Naturspektakel nicht entgehen lassen«, lautete der Standardsatz.

Als Kind hatte sie diese Erklärung hingenommen, schließlich war die Liebe ihres Vaters zu den Naturschönheiten Nordhollands hinlänglich bekannt. Helen war wie elektrisiert. Starkregen? Warum in aller Welt hatte er bei diesen schlechten Sichtverhältnissen die *Villa Vlinder* verlassen?

Helen machte die Probe aufs Exempel und rief eine Website auf, die Auskünfte über historische Mondphasen erteilte. Der 01.08.2001 war eine stockdunkle Nacht gewesen. Was auch immer der Vater hatte sehen wollen: Der Strand und die Wellen waren es wohl kaum gewesen.

7. Wie im Märchen

Yella und die Kinder schliefen noch, als Helen nach vier kurzen Stunden Schlaf ihren ersten Streifzug durch den Garten unternahm. Innere Unruhe und Müdigkeit kämpften in ihr um die Oberhand. Seeluft macht müde, sagte man. Leider verspürte Helen noch keine durchschlagende Wirkung.

Für Juli war es überraschend kühl. Gehüllt in morgendlichen Nebel, schien der Garten geradezu verwunschen. Helen fotografierte die Spinnweben am Klettergerüst, das bereits auf Leo und Nick wartete, die einsame rote Plastikschaufel im Sandkasten, Tautropfen auf zarten Blumenblättern. Die *Villa Vlinder* lag am Rand vom Zentrum, aber dennoch mitten im Grünen, ja fast schon im Wald.

Misstrauisch beäugte sie das Haus gegenüber, das erst im Licht des Morgens seinen erbarmungswürdigen Zustand offenbarte. Schon damals hatte das verfallene Holzhaus ihre Fantasie entzündet. In den letzten zwanzig Jahren hatte sich offenbar niemand um den Erhalt des Anwesens gekümmert.

»Da wohnt eine Hexe«, hatte Doro ihnen als Kind eingebläut.

Sie lachte über die Erinnerung. Vor allem Amelie war sich beim Anblick des verfallenen Gemäuers nie ganz sicher gewesen, ob hinter dem dichten Bewuchs Hänsel und Gretel gefangen waren, und machte jedes Mal einen großen Bogen um das Grundstück. Mittlerweile glich das Haus eher einem Dornröschen-Schloss, so sehr hatten Brombeerhecken den Eingangsbereich zugewuchert. Die Silhouette am Fenster im oberen Stock bewies jedoch, dass das Objekt nicht von Feen, Hexen oder Prinzessinnen aus dem Universum der Gebrüder Grimm bewohnt wurde, sondern von einem älteren Mann, der sie, halb verborgen hinter einer Gardine, verstohlen beobachtete.

Helen verzog sich in den hinteren Teil des Gartens. Sie inspizierte gerade die gemütliche Laube, als sie das Eisentor hörte. Unwillkürlich hielt sie den Atem an. Schritte knirschten über den Muschelpfad. Jemand kam näher. Der Mann von gegenüber? Besuch? Um diese Uhrzeit? Vielleicht Doro? Vorsichtig lugte sie um die Ecke.

Das Tor, das sie gestern hinter sich geschlossen hatte, bewegte sich leise quietschend im sachten Wind. Davor parkte ein riesiges Transportfahrrad. Aus der Kiste heraus knurrte sie ein kleiner, räudiger Hund wütend an.

»Keine Angst«, sagte eine Stimme. »Das ist nicht persönlich gemeint. Er hat Entzugserscheinungen.«

Helen fuhr erschreckt herum und stand vor einer breit grinsenden Philomena. Wo in aller Welt kam die her?

»Wir haben ihn aus einem Raucherhaushalt gerettet. Er hat Atemprobleme und regt sich über alles auf.«

Philomena kam auf Helen zu und umarmte sie herzlich.

»Ich wollte euch gestern schon begrüßen, aber wir hatten eine Veranstaltung. So schön, dass ihr da seid. Wir werden jede Menge Spaß haben.«

Helen starrte die anarchistische kleine Taxifahrerin, die einen geheimen Comedyclub führte und vermutlich der eigentliche Grund war, warum Amelie nach Bergen umgezogen war, fassungslos an. Was machte sie am frühen Morgen hier?

»Ich muss mit dem Hund raus. Morgens geht es am besten, da hat er nicht so viel Grund, sich zu erschrecken. Deshalb habe ich gedacht, ich komme gleich mit dem Material vorbei.«

»Material?«, antwortete Helen.

Die Frau redete in Zungen.

»Ich habe tonnenweise saure Gurken für euch gegessen. Und Marmelade. Ich wiege drei Kilo mehr. Nur wegen dir.«

Helen sah Philomena an wie eine Erscheinung. Das Energiebündel überforderte sie immer wieder.

»Du wolltest doch beim Lichterabend mitmachen«, erklärte Philomena. »Ich habe leere Gläser für euch gesammelt. Und ein paar Farben organisiert. Ihr müsst euch ranhalten, wenn ihr euren Garten mit ein paar bunten Lichtern schmücken wollt.«

Helen war gerührt über die Geste.

»Danke«, sagte sie überwältigt. »Das ist so nett von dir.«

»Ich habe mir immer gewünscht, ein Zwilling zu sein«, sagte Philomena strahlend. »Bei 8 Milliarden Menschen ist es fast unmöglich, seinen Seelenverwandten zu finden.«

»Amelie und ich sind sehr unterschiedlich«, sagte Helen ehrlich. »Immer schon.«

»Ach was«, sagte Philomena und tätschelte ihr jovial den Arm, als wäre sie in Wirklichkeit ihr großväterlicher Berater. »Ihr wart mal eins. So was prägt.«

»Und wir sind zweieiig«, sagte Helen.

»Umso besser«, sagte Philomena strahlend. »Sonst wäre so ein Seelenverwandter ja sterbenslangweilig.«

Der Hund, zutiefst empört über den langen Aufenthalt in der Kiste, ging dazu über, das Holz zu zernagen.

Philomenas Gesicht verzog sich zu einem Bedauern: »Wir brechen besser auf. Wenn das Dorf aufwacht, muss er zu Hause sein. Sonst bekommt er zur Raucherlunge noch einen Herzinfarkt dazu.«

Philomena wandte sich zum Gehen.

»Das wird schon mit dir und Amelie«, rief sie fröhlich. »Ihr müsst euch einfach kennenlernen.«

Helen winkte ihr zu, bis sie im Morgennebel verschwand. Aus der Ferne hörte sie den kleinen Hund heiser bellen und Philomena singen. Amelies Freundin sah in allem etwas Gutes: in einem anstrengenden Adoptivhund und selbst in komplizierten Familien.

Sie drehte sich um und schrak zusammen. Die *Villa Vlinder* behielt jeden ihrer Schritte im Auge. Dem steinernen Geist entging keine Bewegung. Sie lachte laut auf. Als Großstadtkind war sie ein bisschen Nebel und Zauber einfach nicht gewöhnt. Oder löste dieses Dorf mit seinen eigenartigen Bauwerken, die von kreativen Geistern und individualistischen Exzentrikern erzählten, diese merkwürdigen Gedanken bei ihr aus? In dieser Umgebung gelang es selbst Helen, ein kleines bisschen an Märchen zu glauben.

Und sie lebten glücklich bis ans Ende ihrer Tage. Ein Stück weit musste das auch für die Familie Thalberg möglich sein. Philomena hatte es unverblümt ausgesprochen: Sie hatte ihre Zwillingsschwester verloren. Es ging in diesem Urlaub auch darum, sich gegenseitig neu zu entdecken. »Ihr müsst euch einfach kennenlernen«, hallten ihre Worte in Helen wider.

8. Nebelgeister

Helen riss sich von der eigenartigen Szenerie los. Ihr knurrender Magen erinnerte sie an irdische Bedürfnisse. Sie beschloss, dass zu einem Urlaub frische Brötchen und zum ersten Strandtag von Leo und Nick die berühmten holländischen Rosinenbrötchen *krentenbollen* gehörten.

Helen schwang sich auf das Leihfahrrad, das in der Garage bereitstand. Der Weg zum Bäcker führte durch die nobleren Viertel von Bergen. Hinter schmiedeeisernen Toren und dicken Hecken lagen imposante Millionenhäuser im Tiefschlaf. In Auffahrten warteten Teslas, Porsches, dicke BMWs und Mercedes-Cabrios auf ihre Besitzer. In jeder dieser Straßen hing ein Stück Familiengeschichte. Ihre Mutter hatte immer eine Schwäche für das mondäne Bergen gehabt. Monatelang hatte sie ihren Vater bearbeitet, bevor er sich dazu durchrang, die *Villa Vlinder* anzumieten. Henriette Thalberg hatte den Luxus auf Zeit genossen. Endlich hatte sie mit den reichen Amsterdamer Familien, die, für sie unverständlich, den Campingplatz bevorzugten, konkurrieren können. Einen Sommer lang hatte Henriette Thalberg sich in die Rolle einer reichen High-Society-Frau geträumt. Nur um Jahrzehnte später festzustellen, dass das Geld, dem sie nachgejagt war, sie nicht glücklich gemacht hatte. Jetzt war sie mit ihrem holländischen Ehemann im Camper unterwegs, und alle Freundinnen von einst, die sie damals so dringend beeindrucken wollte, waren längst aus ihrem Leben verschwunden.

Die Bäume beugten sich neugierig über den neu angekommenen Sommergast. Helen atmete die kühle Seeluft und die Einsamkeit der frühen Morgenstunde ein. Das Leben hier begann offenbar später als in der Großstadt. Die Konturen der imponierenden Bäume der Eeuwigelaan, der Allee der Ewigen, verschwammen im Zwielicht des frühen Morgens. Amorphe, feenhafte Nebelgeister tanzten über den Asphalt. Der Dunst ließ Bäume, Autos und Menschen schweben.

Insgeheim verstand sie Leo: In dieser mystischen Atmosphäre war es ein Kinderspiel, an unsichtbare Wesen zu glauben, die um einen herumschwirrten. Sagte man nicht, dass Nebelgeister Unglück ankündigen? Die körperlosen Geschöpfe trachteten danach, Ahnungslose lautlos in den Abgrund zu locken. Schon wieder verselbstständigten sich ihre Gedanken.

In ihrem Rücken näherte sich Motorengeräusch. Sie drehte sich um. Zwei gleißende Augen kamen auf sie zu. Im Licht der Scheinwerfer wuchsen die mächtigen Bäume der Allee aus dem Nebel. Helen hielt sich streng rechts, doch der Wagen überholte nicht. Beinahe wäre sie im Straßengraben gelandet, so oft wandte sie sich um. Helen verminderte ihre Geschwindigkeit, bis sie fast zum Stillstand kam. Endlich zog der Wagen vorbei. Ein schwarzer Geländewagen mit niederländischem Kennzeichen glitt an ihr vorüber. Vergeblich versuchte sie, einen Blick in die erhöhte Fahrzeugkabine zu werfen. Ein Stück weiter bremste der Wagen in einer Parkbucht. Die roten Bremslichter stachen unscharf vor ihr aus dem Nebel heraus.

Helen sog hektisch kalte Luft ein. Warum hielt das Auto? Wollte da jemand etwas von ihr? Von unerklärlicher Panik übermannt, bog sie ab. Erst in eine Nebenstraße, dann noch einmal und wieder, bis sie einen kleinen Radweg erblickte, der sich zwischen zwei Anwesen auftat. Sie lenkte ihr Fahrrad ruckartig in den dunklen grünen Tunnel. Selbst als das Dorf bereits hinter ihr lag, trat sie noch immer energisch in die Pedale. Sie legte sich schwungvoll in die Kurve und kämpfte sich wie eine Gejagte eine kleine Steigung hinauf. Auf einmal öffnete sich ihr Blick. Überwältigt hielt sie inne. Sie hatte gar nicht wahrgenommen, dass sie in die Kennemerdünen abgebogen war.

Der grandiose Ausblick raubte ihr den Atem. Das Adrenalin hatte mit einem Schlag die Müdigkeit aus ihren Gliedern vertrieben. Ein wogendes Meer aus Grautönen erhob sich majestätisch vor ihr: friedlich und geheimnisvoll zugleich. Trotz Nebel konnte man die Weite der Landschaft erahnen. Mühevoll zwängte sich die Sonne durch den dunstigen Morgen. Dort, wo es einzelnen Strahlen gelang, die dicke Wolkendecke zu durchbrechen, leuchtete sattgrün wehendes Dünengras auf dem gold glänzenden, sandigen Boden. Die Schönheit dieser einzigartigen Landschaft trieb ihr Tränen in die Augen. Was war nur los mit ihr? Seit wann war sie so emotional? Seit wann glaubte sie an Geister und mysteriöse Verfolger? Wenn sie nur besser schlafen könnte. Die chronische Schlaflosigkeit verwandelte sie in ein nervöses Nervenbündel, das von blinder Paranoia getrieben wurde. Das Dünengebiet war vertrautes Terrain. Sie hatte Urlaub, und es gab doch gerade wirklich nichts, worüber sie sich Sorgen machen musste.

»Pas op, meisje!«

Ein schriller Schrei gellte durch den Morgen.

Helen sah sich angstvoll um. Was war das? Eine Sekunde später fegte sie ein testosterongesteuerter Männerhaufen auf Rennrädern fast vom Radweg.

»Idioten«, schrie Helen zu Tode erschrocken hinter ihnen her.

Die eilige Truppe, allesamt in identischen Trikots, zischte an ihr vorüber und verschwand hinter der nächsten Düne, die übergangslos in den Himmel verschwamm. Gleichzeitig raste ein Dutzend Radler aus der Gegenrichtung heran. Helen war auf der Fahrradautobahn gelandet. Während über dem Dorf eine mysteriöse Stille hing, war in den Dünen rund um den Ort die Hölle los. Offenbar absolvierten sämtliche Rennradfahrer und Freizeitsportler der Gegend ihr Training, bevor Touristen, gemächliche Familien und Strandgänger ihnen die Radwege des Naturgebietes streitig machten. Zahlreiche Jogger überquerten hastig den Radweg und verschwanden wie huschende Geister schemenhaft zwischen konturlosen Bäumen. Hunde mit ihren zweibeinigen Gefährten tauchten aus dem Zwielicht auf und immer wieder diese dämlichen Radrennfahrer, meist männlich, und viele davon in fortgeschrittenem Alter. Der Nebel schluckte die grellen Farben ihrer Sportanzüge und die Geräusche schweren Atmens.

Helen entfloh dem Trubel. Das geniale Ausschilderungssystem mit Knotenpunkten erleichterte Ortsunkundigen die Orientierung und führte sie mühelos über die sanften Hügel. Nach einer großen Runde durch die atemberaubende Landschaft bog sie wieder ins Dorf ein.

9. Willkommen in Bergen

Helen versuchte, das unheimliche Gefühl abzuschütteln. Fröhlich und mit neuem Mut parkte sie ihr Fahrrad an der Raadhuisstraat. Im Zentrum von Bergen war der Tag längst angebrochen. Rund um die Ruinenkirche wurde der Wochenmarkt aufgebaut. Helen schlängelte sich zwischen halb eingerichteten Ständen hindurch. Überall wurden Gemüse, Nüsse, Fleischwaren, Käse und Textilien in Kartons und Schütten herangeschleppt und ausgelegt. Der Geruch frischen Fischs stieg in ihre Nase. Möwen kreisten kreischend über dem Platz auf der Suche nach einem leckeren Frühstück. Helen fotografierte, wie einer der Vögel frech den Wagen mit den Heringen angriff. Als sie das Telefon senkte, blickte sie in das neugierige Gesicht einer Standfrau, die sie ungeniert musterte.

Unwillkürlich sah sie an sich herunter. Hatte sie Zahnpasta auf ihrem Pullover verkleckert oder zwei verschiedene Schuhe angezogen? War irgendetwas an ihrer Kleidung merkwürdig?

Sie stürmte in die Bäckerei. Zwei Marktfrauen, die in der Kaffee-Ecke ihren Morgenschwatz abhielten, stoppten mitten im Gespräch, als Helen den Verkaufsraum betrat. Kein Zweifel möglich: Sie fiel auf. Offenbar war die Familie Thalberg in der 12 000-Seelen-Gemeinde bekannt wie ein bunter Hund. Hatte die Hochzeit ihrer Mutter mit dem geborenen Bergener Thijs dauerhaft Staub aufgewirbelt? Seine Lebensgeschichte mit zwei kaputten Ehen, verlassenen Kindern, finanziellem Bankrott, Schulden, zahlreichen Affären und der überstürzten Hochzeit mit ihrer Mutter sorgte bestimmt für Gesprächsstoff in seinem Dorf. Schließlich hatte er seine einheimische Freundin Fleur für Henriette Thalberg sitzen lassen. Kein Wunder, dass sie so unverhohlen angestarrt wurde.

»Eure Familie war weltberühmt in Bergen«, hatte Fleur berichtet. »Schon vor dem Unfall.«

Die Frau hinter dem Tresen wechselte einen vielsagenden Blick mit den beiden Damen.

Helen sprach nie über die große Familientragödie. Nicht mit ihren Kolleginnen, nicht mit Fremden. Sie brauchte kein Mitleid, jeder hatte sein Päckchen zu tragen. Normalerweise ging sie stillschweigend davon aus, dass ihr persönliches Schicksal niemanden interessierte. Hier in Bergen überfiel sie die unbestimmte Ahnung, dass die Dorfbewohner sie im Auge behielten. Das Gefühl, erkannt zu werden, ohne selbst jemanden zu erkennen, verunsicherte sie. Verlegen trat sie von einem Fuß auf den anderen.

»Welkom terug in Bergen«, begrüßte sie die Frau hinter dem Tresen, als sie dran war. »Willkommen zurück«, wiederholte sie auf Deutsch.

Helen brach der Schweiß aus. War sie der drahtigen Frau mit dem ultrakurzen Haar und dem auffälligen Brillengestell auf der Nase schon mal begegnet? Die Bäckereiangestellte war von Kopf bis Fuß in Tiermuster gekleidet und sah aus, als würde sie ihre Freizeit auf der Sonnenbank verbringen. Gehörte sie zu Thijs' Freundeskreis? War sie etwa Gast auf der Strandhochzeit gewesen? Waren sie einander schon vorgestellt worden? Der raspelkurze Haarschnitt mit den kecken knallroten Strähnen wäre ihr doch in Erinnerung geblieben? Und der Tigerlook, der sich bis zu den langen Kunstnägeln durchzog, mit denen sie spitzfingerig nach den Backwaren griff, sowieso.

Ihre reservierte Miene passte nicht recht zu ihren überfreundlichen Worten. Helen spürte den Vorbehalt hinter der vermeintlichen Offenheit nur zu genau. Leider war sie unfähig, die angespannte Stimmung mit aufgewecktem Small Talk zu entschärfen. Warum fiel ihr nie ein unverfängliches Gesprächsthema ein, das soziale Situationen erträglicher machte? Sie zog sich mit einem mageren »Hallo« aus der Affäre, wies hastig auf das Gewünschte und flüchtete aus dem Laden. Als sie sich umdrehte, sah sie gerade noch, wie eine zweite Angestellte aus der Backstube trat. Es war Fleur, die Ex von Thijs.

Sie hastete zurück zu ihrem Fahrrad, warf die Einkäufe in den Korb, entriegelte die Wegfahrsperre und versuchte anzutreten. Vergeblich. Das Fahrrad fühlte sich merkwürdig an. Entgeistert entdeckte Helen, dass beide Reifen platt waren. Schlecht aufgepumpt. Auch das noch. Schwer atmend schob sie das Fahrrad im Slalom durch die engen Straßen des Dorfs. Zum Glück fand sie vor dem Fahrradladen, so wie früher, eine Art öffentlicher Pumpe vor. Als sie sich zu den Reifen bückte, bemerkte sie, dass die kompletten Ventile fehlten. Irritiert sah sie sich um. Vielleicht ein Kinderstreich? Oder doch ein Angriff? Der neue Mann ihrer Mutter hatte verbrannte Erde in Bergen hinterlassen. Und eine wütende Ex-Geliebte. War das eine Art Sippenhaft, die die Thalbergs traf? Helen quälte das undeutliche Gefühl, unter besonderer Beobachtung zu stehen.

10. Allein

Yella schrak hoch. Sie brauchte einen Moment, um sich zu orientieren. Ihre Nacht war unruhig und traumlos gewesen.

So unbekannt ihr die Villa auf den ersten Blick erschienen war, wann immer sie die Augen schloss und ins Dunkel hineinhorchte, erkannte sie die geheime Melodie des Hauses: das Knarzen im Gebälk, das leise Ächzen des Fußbodens, das Gluckern in den Wasserleitungen, nachdem Helen in aller Herrgottsfrühe Richtung Badezimmer trippelte, das Klappen der Haustür, die knirschenden Fahrradreifen auf dem Muschelpfad. Während der Wind die ganze Nacht um das Haus herumgeschlichen war, als warte er auf eine Gelegenheit, die Bewohner gründlich durchzupusten, blieb es am Morgen seltsam still.

Ohne Davids vertrauten Körper an ihrer Seite fühlte sich das frisch bezogene Bett nur halb so gemütlich an. Alleine in dem großen Doppelbett fühlte sie sich wie halbiert. Dabei dachte sie an David und spürte nur zu deutlich, dass er an einem Scheidepunkt angekommen war. Nach der Hochzeit ihrer Mutter und all den guten Vorsätzen war er sofort wieder in seinen alten Trott verfallen. Mit jeder Woche, die verstrich, ohne dass es ihm gelang, seinen unfertigen Roman entscheidend voranzubringen, wurde er unzufriedener und unleidlicher. Auf seine unerträglichen Launen angesprochen, zeigte er sich jedes Mal zerknirscht.

»Ich will, dass du glücklich bist«, sagte er traurig.

Und mit den Entschuldigungen kehrte zyklisch das trügerische Gefühl wieder: die Hoffnung, dass das Zusammenleben anders und vor allem besser wurde. Yella versuchte, David aufzuheitern, und bekam Rückenschmerzen vom ewigen Verbiegen. Selbst ihre Essgewohnheiten und Schlafenszeiten entwickelten sich mehr und mehr auseinander. Gemeinsame Aktivitäten wurden immer seltener.

»Es muss endlich Schluss sein mit dem Roman«, sagte sie, als David wieder einmal todtraurig einen Geburtstag mit Freunden absagte, weil er zu tun hatte.

»Familie und Kunst passen nicht zusammen«, urteilte ihre Schwiegermutter. »Kein Wunder, wenn er in eurem Chaos nicht vorankommt.«

Yella nahm es persönlich. Sie hatte immer das Gefühl, Davids Mutter mache sie für seine Schaffenskrise verantwortlich. Ihre eigene Mutter blies ins selbe Horn, wenn Yella auch nur die leiseste Andeutung wagte, wie schwer sie sich tat, Davids künstlerisches Ringen immer auszuhalten.

»Du hättest eben nicht so früh Kinder bekommen sollen«, erklärte Henriette Thalberg. Als ob sie die im Zuge einer Selbstbefruchtung alleine in die Welt gesetzt hätte. »Mit einem Künstler …«

»Gib mir acht Wochen«, hatte David sich auserbeten. »Acht Wochen, in denen ich nichts anderes tun muss, als zu schreiben.«

Yella hatte zugestimmt. Ein letztes Mal. Vor zwei Wochen war David zu seinem »endgültig, ultimativ allerletzten« Versuch, den Roman zu Ende zu bringen, aufgebrochen. Mit einem Autorenstipendium, das ihm freie Unterkunft und Taschengeld gewährte, hatte er sich zwei Monate Raum und Zeit freigeschaufelt, sein »Opus magnum« zu vollenden. »Jetzt oder nie«, lautete sein Credo. Das »wir« in seinen Sätzen klang geradezu verzweifelt. Während seine Jungs in Holland waren, schrieb er um sein Leben mit Yella. Sie betete inständig, dass Riga den endgültigen Durchbruch und Erfolg für David bedeutete, bevor der Roman ihrer Beziehung den Garaus machte. Um keinen Preis der Welt wollte sie ihren Söhnen das Schicksal zumuten, alleine mit einer Mutter aufzuwachsen. Hoffentlich war er bald wieder bei ihnen, physisch, vor allem aber psychisch. Yella wusste aus eigener Erfahrung, wie sehr Kinder ihren Vater brauchten. Schon deswegen wollte sie an ihrer Beziehung festhalten. Sie war niemand, der bei den ersten Schwierigkeiten davonlief. Trotzdem fiel ihr das Leben als quasi alleinerziehende Mutter nicht leicht. Sie war überglücklich über Helens großzügige Einladung nach Holland gewesen. Die *Villa Vlinder* überstieg ihr Urlaubsbudget bei Weitem. Sie wollte jede Sekunde genießen. Und endlich einmal ausschlafen.

Zufrieden drehte sie sich noch einmal um. Als sie wieder die Augen schloss, fiel ihr auf, dass ein Geräusch fehlte. In ihrem letzten Bergen-Urlaub hatten sie gemeinsam aus einem alten Stück Stoff eine Sommerschwestern-Flagge gebastelt, die nachts im Wind flatterte. Jetzt schlug das stählerne Hissseil gegen den Pfahl und erinnerte mit jedem Schlag an all das, was sie verloren hatte. Hing in diesen Mauern etwas vom Karma der Sturmnacht? War sie mit dem Schritt durch die Haustür in Wirklichkeit in eine Zeitmaschine getreten, die die dreizehnjährige Yella zu neuem Leben erweckte?

Sie gab die Hoffnung, noch einmal einschlafen zu können, auf. Auf Zehenspitzen schlich sie ins Kinderzimmer, wo Leo das obere Bett in Beschlag genommen hatte. In seinem Arm lag Rudolf, eine Art übergewichtiger Pinguin, der die Form einer verknautschten Kugel hatte und ihren Ältesten überallhin begleitete. Alle Versuche, ihn für einen weniger sperrigen Reisegenossen zu begeistern, waren tränenreich abgeschmettert worden. Leos Kuscheltier hatte sich zu einer echten Plage entwickelt, seit er das Ungetüm neben einem Müllcontainer gefunden hatte. Das ungeliebte Weihnachtsgeschenk, ein fehlerhaftes Modell »Made in china«, war originalverpackt entsorgt worden. Leo zerfloss in Mitleid über das unfassbar hässliche Wesen, das da alleine im Schnee auf die Müllabfuhr wartete.

Leo liebte das Lied vom kleinen Rentier. »Trotzdem war Rudolf traurig, denn nicht einer hat ihn gern«, hieß es in dem Evergreen. Wenn der Weihnachtsmann sich um ein Rentier kümmerte, das aufgrund einer roten Nase ausgegrenzt wurde, war es geradezu Leos Verpflichtung, sich um einen ausgesetzten Pinguin zu kümmern. Gerade weil das Kuscheltier so missraten war.

Leider war der Pinguin nicht halb so sonnig wie das Rentier aus dem berühmten Weihnachtslied. Das Zusammenleben mit »seinem Rudolf« gestaltete sich für Leo ausgesprochen schwierig.

»Rudolf hat Angst alleine«, hatte Leo geschnieft, als sie vorschlug, ihn zu Hause zu lassen. »Er tut sich schwer, neue Freunde zu finden.«

Der Plüschpinguin hatte laut Leo eigentlich vor allem Angst: vor Monstern, harten Fußbällen, dem langen Gang in der Wohnung, dem Meerschweinchen seiner Freundin Penelope, Knöpfen, vor Viren, Blitz und Donner, Krieg und Brokkoli. Seine zarte Pinguinseele war besonders leicht aus dem Gleichgewicht zu bringen.

»Ich mag Rudolf nicht besonders«, hatte Leo sich ihr vor Kurzem anvertraut. »Aber er hat nur mich.«

Aus dem unteren Bett fiel ein Bein heraus. Das Einhornpflaster über dem Knie und eine Schramme im Gesicht dokumentierten deutlich, dass ihr Zweitgeborener der Welt wesentlich forscher begegnete als sein großer Bruder. Nick war tagtäglich auf Konfrontationskurs unterwegs. Mit Hindernissen auf dem Weg, Möbeln, Geschirr, Spielgeräten, Ästen und manchmal auch mit anderen Kindern. Erst letzte Woche musste sie in der Kita antreten, weil Nick sich zum wiederholten Mal geprügelt hatte. Sie strich ihm über seine strubbeligen Haare, die er im Selbstversuch geschnitten hatte, zog sanft die Bettdecke über ihn und drückte ihm einen sachten Kuss auf seine warme Wange. Diese beiden kleinen Wesen zeigten ihr nur zu deutlich, dass sie nicht mehr die dreizehnjährige Yella war.

Es ging um einen Neuanfang. Wenn sie den Jahrestag an diesem schicksalsträchtigen Ort unbeschadet überstand, war der Bann endgültig gebrochen. Dann gab es nichts und niemanden mehr, vor dem sie sich fürchten musste. Sie hoffte, dass keine der Schwestern auf die Idee kam, allzu sehr in die Vergangenheit einzusteigen.

11. Pläne schmieden

»Frühstück«, brüllte Helen aus der Küche.

Im Schlafanzug begab sich Yella auf den Weg nach unten. Die Stufen der alten Stiege knarzten unter ihren nackten Füßen. Es war immer noch dieselbe Treppe, auf der sie in der Sturmnacht gesessen und sich gefürchtet hatte. Die Treppe, von der aus sie gesehen hatte, was nicht für ihre Augen bestimmt war. Yella riss sich energisch am Riemen. Sie war an die Nordsee gereist, um das Trauma von damals mit neuen Erlebnissen und wundervollen Erinnerungen zu überschreiben. Für ihre Söhne wollte sie das schöne, magische Holland heraufbeschwören, eine ausgelassene Ferienzeit mit ihren Schwestern teilen und ein für alle Mal den Fluch brechen, der über ihrer Familie hing.

Sie hatte gestern noch nicht mal das Haus gründlich in Augenschein genommen, nachdem sie die Jungen ins Bett gebracht hatte. Unten schlug ihr der penetrant chemische Geruch von Zitronenreiniger entgegen und machte ihr schlagartig bewusst, wie sehr sich alles verändert hatte. Dort, wo sich jetzt die Küche befand, war früher ein Vorraum gewesen, in dem Gummistiefel, Regensachen und Strandspielzeug zwischengelagert wurden. Und die Schuhe. Das gebellte »Schuhe ausziehen« hatte sich zum Refrain ihres letzten Familienurlaubs entwickelt. »Ich will keinen Sand im Haus haben«, hatte ihre Mutter verzweifelt geklagt. »Ich habe keine Lust, meine Zeit mit Putzen zu verbringen.«

Ihre Vorstellungen von einem mondänen Urlaub waren tagtäglich mit der Existenz von vier Töchtern kollidiert, die ununterbrochen raus- und reinstürmten.

»Bist du eigentlich immer wach?«, fragte Yella Helen, die voller Energie in der Küche werkelte.

»Ja«, gab Helen unumwunden zu. »Ich hasse es zu schlafen. Vor allem hier …«

Das Gespräch erstarb jäh. Yella brauchte keine Erläuterungen. Natürlich spielte Helen auf die alles entscheidende Nacht an. Die Nacht, in der ihr Vater sie ins Bett brachte und sie am nächsten Morgen in einem anderen Leben erwachten. Yella schüttelte sich. Zum Frühstück Vergangenheitsbewältigung? Schon vor dem ersten Kaffee an den Unfalltod des Vaters erinnert zu werden, stand definitiv nicht auf ihrer To-do-Liste. Sie wollte endlich vergessen. Und neu anfangen.

Yellas Vorhaben, nicht ständig gedanklich in die eigene Geschichte abzudriften, hielt keine sechzig Sekunden an. Zu hart war der Kontrast der Szenerie zu den Bildern in ihrem Kopf. Die verwunschene, verwinkelte und magische *Villa Vlinder* hatte sich in ein steriles Luxusdomizil verwandelt. Dieses Haus, gestaltet von jemandem, der eindeutig zu viel Geld und zu wenig Persönlichkeit besaß, buhlte darum, möglichst vielen unterschiedlichen Feriengästen zu imponieren.

Yella begutachtete die Veränderungen mit gemischten Gefühlen. Mit den alten Möbeln, Gardinen, Teppichen, Tapeten und Tischläufern war auch die anheimelnde Atmosphäre verschwunden. Die Zimmer der *Villa Vlinder* wirkten klinisch rein und unpersönlich, als wären sie die allerersten Gäste. Yella schwankte zwischen Erleichterung und Enttäuschung, als sie realisierte, dass nichts in der alten Villa an ihre Anwesenheit vor vielen, vielen Jahren erinnerte. Die Einrichter hatten tief in die Farbpalette neutraler Töne gegriffen: Das Schwarz und Weiß der Inneneinrichtung wurde allenfalls durch einen Tupfer Grau oder einen Hauch Eierschalenfarbe ergänzt. Der Raum glänzte in einem neuen Licht, das früher von der Eiche vor dem Haus geschluckt worden war. Ihre Mutter wäre begeistert über die Renovierung. Jedenfalls die Mutter, die sie bis vor wenigen Monaten zu kennen geglaubt hatte. Sie selbst fühlte sich ein bisschen, als wäre sie in ein Musterzimmer für einen Möbelkatalog geraten.

»In den vergangenen zwei Jahrzehnten hat die Immobilie ein paar Mal den Besitzer gewechselt«, sagte Helen, die immer zu ahnen schien, was Yella gerade bewegte.

Paul hatte die Geschichte der Villa genauestens recherchiert und rekonstruiert. Wände und Leitungen waren rausgerissen und neu gezogen worden, Fenster erneuert, das alte Badezimmer modernisiert, die Küche glänzte in jungfräulich weißem Hochglanzlack. Auch der hypermoderne Tisch wirkte nagelneu. Früher stand hier eine endlos lange Tafel, die mit einer Art Perserteppich bedeckt war. Ihre Mutter riss das unhygienische Ungetüm von der Art, die früher gerne auch in dunklen, niederländischen Cafés die Tische zierte, sofort herunter und verbannte es für den Rest des Urlaubs in den Besenschrank.

Yellas Augen glitten suchend über glatte Oberflächen. Selbst die Küche besaß keine Griffmulden. Sie staunte über die offenen Regale. In Yellas Berliner Zuhause waren solche Exemplare ein ewiger Quell von Ärgernis, Unordnung und Staubnestern. Hier beherbergten sie eine einzige Vase.

»Was kostet so was an Miete?«, fragte Yella.

»Ich habe keine Hobbys«, winkte Helen ab. »Nur Familie.«

Yella schenkte sich eine Tasse Kaffee ein, ließ sich auf einen Küchenstuhl fallen und griff zum Handy. Ihre Mutter hatte ihre Nachricht gelesen, aber wie üblich darauf verzichtet, zu antworten. Dafür hatte David bereits vier Fotos von seinem Blick auf die Dächer von Riga gesendet und ihr einen Guten Morgen gewünscht. Sie war noch nicht in der Lage, mit der Welt zu kommunizieren. Während Yella im Schlafshirt am Tisch saß, wirkte Helen wie aus dem Ei gepellt. Selbst in Freizeitklamotten sah sie aus, als wäre sie auf dem Weg zur Arbeit.

Erst jetzt fiel Yella auf, wie kurzatmig Helen wirkte. Hatte der kurze Fahrradweg zum Bäcker sie so aus der Puste gebracht?

»Gibt's was Neues im Dorf?«, fragte sie.

Helen schüttelte den Kopf. »Nur das Übliche«, sagte sie.

Wieso klang ihre Schwester so gehetzt? Yella registrierte besorgt die dunklen Ringe unter Helens Augen. Sie fühlte sich ein bisschen schuldig. Sie hätte Helen nicht so lange das Steuer überlassen sollen. Oder war es etwas anderes? Machte ihrer Schwester die Rückkehr nach Bergen mehr zu schaffen, als sie zugeben wollte? Sie verzichtete darauf, nachzufragen. Helen lebte in einer Art faradayschem Käfig, der unter Strom stand. Wie eine Schutzhaut. Man durfte ihr nicht zu nahe treten. Offen ausgetragenen Konflikten wich sie eher aus. Wo Doro platzte und eine Szene veranstaltete und Amelie in Tränen ausbrach, machte sie die Dinge mit sich selbst aus und überdeckte Probleme am liebsten mit Betriebsamkeit: Einkäufe einräumen, Teewasser aufsetzen, Tisch decken, Pläne machen.

»Was machen wir als Erstes?«, fragte Helen aufgesetzt fröhlich.

Am frühen Morgen zeigte sich eindrucksvoll, wie unterschiedlich sie doch waren. Einfach mal fünfe gerade sein lassen und entspannen, das war niemals eine Option für ihre kleine Schwester. Yella war gespannt, wie voll der Tagesplan war, den Helen sicher längst verfasst hatte, darauf würde sie ihre Kinder verwetten.

»Wir legen uns faul an den Strand«, sagte Yella.

Ihr Traum war, sich einfach treiben zu lassen. Ohne die Zwänge, die sonst ihren Alltag prägten.

»Ich will alles ausprobieren, wofür es keine direkte deutsche Übersetzung gibt«, verkündete Helen mit lauter Stimme, als müsse sie sich selbst von etwas überzeugen.

Ihre Schwester hatte generalstabsmäßig die einschlägigen Seiten im Internet durchforstet, um ein Programm für die gemeinsame Urlaubszeit zusammenzustellen. Schon im Vorfeld hatte sie ihr zig E-Mails mit potenziellen Aktivitäten zugesandt, die Yella in der vorsommerlichen Hektik nur flüchtig wahrgenommen hatte. Jetzt rächte sich, dass sie viele der Mails nicht einmal geöffnet hatte.

»Mein Programm ist, kein Programm zu haben«, sagte sie ehrlich. »Zwölf Tage ohne Termine und Verpflichtungen.«

»Wir wollen doch etwas zusammen erleben«, sagte Helen.

»Wenn man die Seele baumeln lässt, erlebt man auch etwas«, beschwerte sich Yella. »Müßiggang als Lebenskonzept wird vollkommen unterbewertet. Selbst das Wort ist aus der Mode gekommen.«

Im oberen Stockwerk knallte eine Tür.

»Mama, was machen wir heute?«, brüllte Nick und stürzte mehr fallend als gehend die knarzende Treppe hinunter. Yella freute sich, dass wenigstens die alte Stiege dem Renovierungswahn entkommen war.

»Ich weiß was«, sagte Helen. »Wir gehen zum *korren.*«

Leo, der gähnend hinter seinem kleinen Bruder hertrottete, zeigte sich nicht sonderlich beeindruckt.

»*Korren* klingt gefährlich«, rief Nick begeistert. »Ich will gefährliche Dinge tun.«

»Ich auch«, sagte Leo, der keinesfalls hinter dem Wagemut des Jüngeren zurückstehen wollte, halbherzig.

»Wir müssen in einer halben Stunde am Strand sein«, sagte Helen.

Yella stöhnte. *Korren* am Strand? Was um alles in der Welt sollte das schon wieder sein? Wenn sie die E-Mails gelesen hätte, wüsste sie, was auf sie zukam. Sie traute sich nicht, nachzufragen. Helen hatte sich so viel Mühe mit den Vorbereitungen gegeben. Yella verabschiedete sich seufzend von dem Gedanken, den Rest des Tages faul im Sand zu liegen und vielleicht ein Nickerchen einzulegen. Vielleicht musste sie sich einfach überraschen lassen. Alles war gut, solange die Vergangenheit ruhte.

12. Ablenkungsmanöver

»Für alle Fälle«, sagte Yella. »Wenn wir nachher schwimmen wollen.«

Helen kontrollierte besorgt die Uhrzeit. Ihr Blick fiel wieder auf das geheimnisvolle Hexenhaus von gegenüber, wo immer dieser Schatten herumhuschte.

»Damals wohnte dort ein berühmter Maler«, wusste Yella. »Menschenscheu, aber genial, sagte Papa immer.«

Ganz offensichtlich lebte der Künstler immer noch in dem Haus. An seinem misanthropen Charakter schien sich wenig geändert zu haben. Yella winkte fröhlich, um zu zeigen, dass sie sich von dem heimlichen Beobachter nicht beeindrucken ließ.

»Wenn wir pünktlich sein wollen, müssen wir langsam los …«, sagte Helen.

Ihre Ansage verhallte ungehört. Mit wachsendem Unglauben beobachtete sie, wie Yella und ihre beiden Neffen immer neue Taschen heranschleppten. Sie hatte keine Erfahrung, was für einen Tag mit Kindern notwendig war. Sie konnte sich nicht erinnern, dass ihre eigene Mutter sich so ins Zeug gelegt hatte, wenn sie zum Meer wollten. Die Wahl eines passenden Strandoutfits erforderte ihre ganze Aufmerksamkeit. Helen hatte nie verstanden, wie viel Zeit Henriette Thalberg für so wenig Textilien aufwenden konnte. Nach dreimaligem

Umziehen entschied Henriette sich am Ende ja doch für den klitzekleinen korallenroten Bikini. Bei Yella hingegen galt eher die Devise: Mehr ist mehr.

»Brauchst du das alles?«, fragte Helen ungläubig.

Mit hochrotem Kopf befestigte Yella ihren halben Hausstand mit Expandern am Leihfahrrad. Auf dem Gepäckträger, in den Fahrradtaschen, selbst am Lenker baumelten Beutel mit Bade- und Sandspielzeug. Yella schleppte immer neue Dinge heran: dicke Pullover, UV-Shirts für die Kinder, Sonnenhüte und Windjacken, Wechselklamotten, Sonnencreme, ein paar Snacks, geschnittenes Obst, Getränke für unterschiedliche Geschmäcker, Bücher zur Unterhaltung, eine Flasche mit Wasser, um Sand und Salz aus den Augen zu spülen, Badelatschen und Strandlaken für vier. Helen vermutete stark, dass sich in einer der Taschen ein komplett ausgestatteter Verbandskasten verbarg. Für alle Fälle.

»Die auch noch«, rief Leo und hastete mit der riesigen Schaufel aus dem Sandkasten heran.

»Und der Drachen?«, fragte Nick. »Du hast versprochen, dass wir Drachen steigen lassen.«

»Und wo lässt du das ganze Zeug, wenn wir beim *korren* sind?«, fragte Helen.

»Mist«, antwortete Yella. »Ich habe die Schwimmflügel vergessen.«

Sie verschwand abermals im Haus. Als sie wieder erschien, hatte sie zusätzlich noch einen Windschutz gefunden.

»Das ist eine Strandmuschel. Praktisch, oder?«, freute sie sich. »Passt die vielleicht auf dein Fahrrad?«

Dahinter trabte Leo heran. Im Arm trug er Rudolf. »Er

wollte unbedingt mit«, sagte er gequält. »Er hat Angst alleine in dem fremden Haus.«

»Wir fahren mit dem Auto«, beschloss Helen kurzerhand.

Als sie von der Eeuwigelaan auf die Rotunde einbogen, bereute sie ihren vorschnellen Beschluss bereits. Links ging es zu den drei Orten, die alle Egmond hießen, geradeaus weiter Richtung Nordsee. Alle Wege führen nach Rom, der zum Strand über die N510, den Zeeweg. Die Landstraße hatte sich für immer in das Gedächtnis der Sommerschwestern gebrannt.

Ihre Fantasie reiste voraus. Helen spürte den Unfallort im Magen, lange bevor er in ihrem Gesichtsfeld auftauchte. Auf der Rückbank malten sich Leo und Nick fröhlich alle Abenteuer aus, die am Meer auf sie warteten. Vorne im Wagen blieb es quälend still. Keine der Schwestern wagte, das schmerzhafte Thema anzuschneiden. Dabei ratterte es unaufhörlich in Helens Kopf. Ihre Gedanken kreisten um den Unfall. Seit sie wusste, wie wenig wahrscheinlich es war, dass ihr Vater sich auf den Weg begeben hatte, um das aufgepeitschte Meer zu bewundern, stellte sie sich immer wieder dieselbe Frage: Aus welchem Grund hatte Johannes Thalberg mitten im Sturm überhaupt noch einmal das Haus verlassen?

An dem schicksalhaften Tag war Henriette zu einem exklusiven Charity-Event in die Amsterdamer Oper eingeladen gewesen. Sie hatte im letzten Bergen-Sommer keine Gelegenheit ausgelassen, in die nahe gelegene Hauptstadt zu fahren, um Veranstaltungen zu besuchen oder Shoppingtouren durch die Designerläden der noblen P.C. Hooftstraat zu unternehmen. Ihre Mutter war an diesem Tag wie so oft abwesend gewesen, und Johannes Thalberg hatte seine Töchter alleine in der *Villa Vlinder* zurückgelassen.

Mit Blick auf ihre kleinen Neffen verstand sie noch viel weniger, wie ihr Vater im Ausnahmesturm die vier Kinder ihrem Schicksal hatte überlassen können. Yella dachte immer zuerst an ihre Jungen.

»Mir geht es nur gut«, hatte sie einmal gesagt, »wenn es den beiden gut geht.« Was konnte für Johannes Thalberg so wichtig gewesen sein, dass er seine Vaterrolle für einen entscheidenden Augenblick vernachlässigte? Da stimmte doch etwas nicht.

Einen Moment lang war Helen versucht, mit der brisanten Frage einfach herauszuplatzen: »Was um alles in der Welt suchte unser Vater in dem grimmigen Wetter da draußen? Mitten in der Nacht?«

Yellas angestrengtes Gesicht ließ sie innehalten. Ihre Schwester krampfte sich an der Beifahrertür fest, als ob sie in einem Rennwagen bei höchstem Tempo Halt suchte. Ihre Knöchel schimmerten weiß.

Helen konnte nicht verhindern, dass ihre Gedanken zurückgaloppierten zu dem verhängnisvollen Tag. Der Sturm traf Bergen und Nordholland mit unerwarteter Härte.

»Es ist gefährlich da draußen mit all den Bäumen«, hatte Johannes Thalberg ihnen erklärt.

Sie erinnerte sich nur zu gut daran, wie die im Sturm schwankende Eiche vor dem Haus ihre Äste mit aller Heftigkeit gegen das Fenster geworfen hatte, hinter dem die Zwillinge spielten. Amelie fürchtete sich zu Tode, nachdem Doro erzählt hatte, dass das die Hexe von gegenüber war, die versuchte, sich Zugang zum Haus zu verschaffen. »Im Sturm, wenn niemand aufpasst, klopft sie an und holt die Kinder«, hatte ihre große Schwester ihr plastisch ausgemalt.

Und dann hatte ihr Vater eine verängstigte Amelie und die anderen drei aus purer Sensationslust alleine gelassen? Seit ihrer nächtlichen Recherche zweifelte sie an der Familienlegende.

Sie wandte sich zur Seite. Auf dem Beifahrersitz presste Yella die Lippen zusammen. Angespannt suchte sie am Straßenrand nach der Unglücksstelle, die jeden Moment an der rechten Seite auftauchen musste.

»Sieht nach Regen aus«, sagte Yella, als sie Helens Blick spürte.

»Ach, was macht ein kleiner Schauer«, sagte Helen. »Das zieht an der Küste sofort wieder weg.«

Die eigentlich drängende Frage blieb unausgesprochen. Helen kannte Dokumentationen über waghalsige Draufgänger, die sich unter Gefahr für Leib und Leben auf der Suche nach dem ultimativen Naturfoto absichtlich ins Auge des Sturms begaben. Sie erinnerte ihren Vater als vorsichtigen, geradezu ängstlichen Mann. Passte dieses rücksichtslose Verhalten zu dem risikoscheuen Zahlenmann, der sich nie aus den Fängen seiner Herkunftsfamilie hatte lösen können? Der sein Dasein in einem ungeliebten Beruf fristete, möglicherweise auch in einer unglücklichen Ehe, und sich nur im Urlaub traute, seinen Traum von einem freien Künstlerdasein auszuleben?

»Kannst du dir unseren Papa als Sturmjäger vorstellen?«, wollte sie fragen. Doch weil sie wusste, dass jede Erwähnung ihres Vaters unweigerlich zu Tränen führte, verkniff sie sich auch diese Frage.

Sie selbst hätte sich eher ihre Mutter als Sturmjägerin vorstellen können. Mit dem richtigen Partner, versteht sich. Henriette Thalbergs Leben orientierte sich immer an den Männern an ihrer Seite. Ohne ihren ominösen dritten Ehemann hätte sie sich wohl kaum auf eine Reise im Camper eingelassen.

Noch ein paar Hundert Meter. Helen wünschte sich inständig, sie hätten die Unfallstelle bereits hinter sich gelassen. Leider kamen sie auf dem Zeeweg nur schleppend voran. Vor ihr zuckelte ein Traktor Richtung Strand. Überholen auf der engen und kurvenreichen Straße war gefährlich. Wie war es überhaupt zu dem Unfall gekommen? War ihr Vater wirklich als einziger Verkehrsteilnehmer unterwegs gewesen? Hatte er möglicherweise während eines Überholmanövers die Macht über das Steuer verloren? Gab es doch noch andere Unfallbeteiligte? Zeugen? Vielleicht wohnte jemand im Dorf, der ihr mehr erzählen konnte? Sie dachte wieder an die geklauten Ventile zurück. Gab es etwas, das geheim bleiben sollte?

»Mama, ich habe Durst«, unterbrach Nick ihre Gedanken.

»Darf ich Papa anrufen?«, rief Leo dazwischen. »Ich will ihm erzählen, dass wir an den Strand fahren.«

Sichtlich erleichtert löste Yella ihren Blick vom Asphalt und wandte ihre Aufmerksamkeit den Söhnen zu. Helen bewunderte Yella dafür, wie selbstverständlich sie sich auf die Bedürfnisse dieser kleinen Menschen einstellte. Sie hätte das nie gekonnt. Ihre eigene Mutter konnte es nicht. Sie beobachtete im Rückspiegel, wie Nick hingebungsvoll an seiner Capri-Sonne lutschte, während Leo seinem Vater von den bevorstehenden Abenteuern berichtete. Sein Gesicht glühte vor Aufregung.

»Wir sind in Helens Auto«, rief er. »Sie kann das Dach aufmachen. Aber jetzt nicht. Jetzt gehen wir erst einmal knurren am Strand«, erklärte Leo, der sich keinen Reim darauf machen konnte, was ihn erwartete.

»Korren«, korrigierte Helen amüsiert.

»Ich weiß nicht, wen wir anknurren«, sagte Leo. »Ich glaube, wir knurren das Meer an.«

Yella lachte auf. Nick begeisterte sich sofort für die Idee und verfiel in vollmundiges Gebrüll: »Grrrrrr …«

»Tschüss, Papa«, rief Leo.

Noch lieber, als mit seinem Papa zu telefonieren, erging er sich in lauten Tiergeräuschen.

»Grrrrrrr«, presste er durch seine Zähne.

Yella imitierte ihn belustigt.

»Jetzt du«, sagte sie zu Helen.

Sie schüttelte den Kopf. Yella stieß ihr aufmunternd den Ellenbogen in die Seite.

»Unsinn«, meinte Helen.

»Grrrrrrr«, säuselte Yella ihr ins Ohr.

Nick und Leo grölten von der Rückbank.

Schließlich traute sie sich und brüllte am lautesten von allen.

Das blau-weiße Straßenschild *Bergen aan Zee* tauchte vor ihnen auf. Sie registrierte verblüfft, dass sie vor lauter Knurren und Lachen den Ort, an dem ihr Vater sein Leben gelassen hatte, unbemerkt passiert hatten. Ihre beiden Neffen waren großartig. Sie retteten einen, wenn man drohte, in einer Flut unangenehmer Erinnerungen zu ertrinken.

Erleichtert lenkte sie ihr Auto auf den Parkplatz.

13. Schätze aus dem Meer

Die Nordsee lag dunkel und geheimnisvoll vor ihnen. Helens Augen glitten über den Strand, der an diesem trüben Morgen weitgehend verlassen war. Die Wettergötter empfingen sie mit drohendem Grollen und pusteten kalten Nieselregen in ihre Gesichter. Der Sommer in Holland zeigte sich von seiner frischen Seite. Yella blickte misstrauisch in die düsteren Wolken, die am Horizont im grauen Meer versanken. Die Farben liefen übergangslos ineinander über, als hätte ein Maler bei der Gestaltung des Bildes allzu wässrige Aquarellfarben benutzt.

Ihr Vater hätte sich in dieser einmaligen Stimmung und den dramatischen Wolkenkonstellationen verloren, Yella filmte lieber ihre überglücklichen Söhne, die sich vor Freude fast überschlugen. Jedes Detail wurde ausführlich in Augenschein genommen und wortreich kommentiert: der Sand, die Muscheln, der Wind, die Wellen. Helen registrierte verblüfft, wie sie mit den Kindern an ihrer Seite ihre Umgebung noch einmal mit anderen Augen sah. Für die beiden war alles neu, aufregend, großartig, spannend und überwältigend. Wie gut es tat, die Natur, die sie manchmal als viel zu selbstverständlich hinnahm, als das zu sehen, was sie eigentlich war: ein Wunder, ein einziges großes Wunder.

»Schau mal die Windmühlen im Meer«, rief Nick.

»Da draußen hat Opa gearbeitet. Im Wasser«, erklärte Leo.

»Opa?«, fragte Helen zurück.

Yellas Schwiegervater, der einzige lebende Opa in Leos Leben, hatte sein Arbeitsleben als hoher Regierungsbeamter am Schreibtisch verbracht.

»Thijs«, erklärte Yella.

Helen schluckte.

»Sie waren bei der Hochzeit. Seitdem ist er für sie Opa«, erklärte Yella. »Ich kommentiere das nicht. Solange ich ihn nicht ›Papa‹ nennen muss, ist mir alles recht.«

Ihre Neffen taten sich wesentlich leichter, die neue Situation anzunehmen. Helen rang immer noch damit, dass ihre Mutter sie nie so ganz in ihre Liebesgeschichte mit Thijs eingeweiht hatte.

»Wie ist Opa dahingekommen?«, fragte Leo. »Mit dem Hubschrauber?«

»Wir fragen ihn, wenn wir ihn wiedersehen«, sagte Yella.

Wann das sein sollte, stand in den Sternen. Henriette Thalberg gab sich nach der Hochzeit kaum Mühe, Thijs in die Familie zu integrieren. Die frisch Verheirateten waren sich selbst genug. Thijs und Henriette legten wenig Wert darauf, ihr Glück mit irgendjemandem zu teilen. Vor allem nicht mit den vier Töchtern.

Das Unbehagen, das sie seit der Einladung ihrer Mutter im letzten Frühjahr spürte, ließ sich nicht abschütteln. Helen tat sich schwer, mit so vielen ungeklärten Fragen zu leben. Die Details ihrer unkonventionellen Romanze behielt Henriette Thalberg bis heute für sich. Kannte sie Thijs bereits, als sie noch mit ihrem Vater verheiratet war? Warum machte sie eine Staatsaffäre aus ihrer neuen Beziehung? Was für Geheimnisse verbargen sich noch in ihrer Familiengeschichte?

»Müssen wir da hin?«, unterbrach Yella ihre Grübelei und wies auf eine kleine Menschenansammlung.

Rund zwei Dutzend Menschen in knallbunter Funktionskleidung scharten sich um einen jungen Mann, der sich als Pieter vorstellte. Seine Kleidung wies ihn als ehrenamtlichen Mitarbeiter des IVN aus, des *Instituut voor natuureducatie en duurzaamheid*. Das Institut für Naturerziehung und Nachhaltigkeit hatte sich zur Aufgabe gemacht, Menschen die Natur näherzubringen. Yella lachte laut auf.

»Ich hätte mir denken können, dass es was mit Weiterbildung zu tun hat«, sagte sie.

»Wir lernen, was in der Nordsee lebt«, erklärte Helen.

»Siehst du«, flüsterte Leo Plüschpinguin Rudolf zu. »Du hast dir ganz umsonst Sorgen gemacht. *Korren* ist ganz harmlos.«

Erleichtert drängelten sie sich nach vorne, um mit anderen Kindern den Leiterwagen mit den notwendigen Utensilien Richtung Brandung zu ziehen. Unter den Regenjacken in sämtlichen Farben des Regenbogens blitzten überall nackte Beine und Füße hervor.

Helen fiel es schwer, dem Vortrag zu folgen. Ständig glitt ihr Blick zu den Terrassen am Strand ab, die sich trotz des grauen Tages langsam füllten. Nordseeurlauber gehörten zu der unerschrockenen Sorte Mensch.

Irritiert hielt sie inne. Ein Mann, der gerade noch eine monströse Kameralinse in Richtung der farbenfrohen Gruppe gehalten hatte, schien zusammenzuzucken, als er ihren Blick erhaschte. Er drehte sich demonstrativ in die andere Richtung. Ein Ellenbogen in ihrer Seite brachte ihre Gedanken zum Stillstand.

»Helen, du musst mithelfen«, rief Yella ihr zu und riss sie am Arm mit sich mit.

Widerstrebend löste sie den Blick von dem vermeintlichen Beobachter. Vermutlich war das nur ein harmloser Naturliebhaber auf der Jagd nach der ultimativen Strandaufnahme oder einer besonderen Wolkenkonstellation. Nichts, worüber sie sich Sorgen machen musste.

Helen hatte sich so auf die Nordsee gefreut, jetzt hatte sie die allergrößte Mühe, mit dem Kopf im Hier und Jetzt anzukommen. Dabei stand ihr Unternehmen unter einem guten Stern. Die Tide war günstig.

Watt existierte nicht in Bergen. Ebbe bedeutete schlicht, dass sich das Wasser zweimal am Tag ein paar Meter zurückzog, um dann wieder mit aller Macht Richtung Strand zu drängen. Die Sandfläche vor den Dünen war immer unterschiedlich breit.

»Ebbe ist ideal fürs *korren*«, erklärte Pieter stolz, als hätte er den Gezeitenwechsel höchstpersönlich und nur für seine Gruppe bestellt. »Bei Flut schlittern wir über Abschnitte, wo vor ein paar Stunden noch Leute auf ihren Handtüchern lagen, und finden vor allem Kronkorken, Bierdosen und die verlorenen Schlüssel vom Vortag.«

Im Gegensatz zu Leo und Nick, die trotz kühler Außentemperaturen in UV-Shirt und Badehose im untiefen Wasser herumtobten, um schon mal ein paar Muscheln im Spülsaum zu sammeln, trug er eine unförmige Anglerhose mit fest ansitzenden Regenstiefeln. Pieter legte nicht den geringsten Wert darauf, nass zu werden. Beherzt lief er ins Meer hinein, um zwanzig Meter vom Strand entfernt mitten in der Brandung ein trichterförmiges Netz zu platzieren, das mit einer Konstruktion aus Holzschlegel und Brett offen gehalten wurde.

»Wie eine Süßigkeitentüte«, sagte Nick.

Helen mischte sich unter die Kinder und Erwachsenen, die

sich an einem dicken Tau verteilten, das über fünfzig Meter lang war.

»Und jetzt los!«, schrie Pieter aus dem Wasser.

Die Wellen verschluckten seine Worte. Die Teilnehmer wussten das Zeichen auch so zu deuten. Auf sein Signal hin setzte sich die gesamte Gruppe in Bewegung. Aufgereiht wie Perlen an einer Schnur schleiften sie das Schleppnetz über den Meeresboden. Früher fingen die Küstenbewohner auf diese Weise Garnelen, heute wurde *korren* als lehrreicher Freizeitspaß angeboten.

»Die Nordsee gibt seine Schätze nicht freiwillig preis«, hatte Pieter im Vorfeld gewarnt. »Man muss sich schon ein bisschen anstrengen.«

Hatte es Helen beim Aussteigen aus dem Auto noch gefröstelt, war sie jetzt dankbar über die kühlen Temperaturen. *Korren* stellte sich als schweißtreibende Angelegenheit heraus. Es brauchte viele Hände, um das schwere Ungetüm ein paar Hundert Meter durchs untiefe Wasser und die Brandung zu ziehen. Stöhnend, ächzend, stolpernd und kichernd entrangen sie dem Meer seine Schätze. Mit jedem Schritt wuchs der Berg Sand, der sich im Netz verfing, bevor er ein paar Meter weiter ausgeschwemmt wurde und sich alles, was sich in der Nähe des Grunds versteckt hatte, in den Maschen verfing.

Pieter gab das zweite Zeichen.

Die Gruppe wendete um neunzig Grad Richtung Dünen. Die Urlauber mussten all ihre Kraft aufwenden, um Netz und Fang hinter sich auf den Strand zu schleppen.

Yella machte jede Menge Fotos für David.

»Für später«, sagte sie. »Ich will ihn nicht traurig machen.«

»Jetzt kann es losgehen«, rief Pieter.

Leo griff ihre Hand, bevor er sich auch nur traute, an das Netz zu treten.

»Rudolf hat mir gestern Nacht etwas von Seeungeheuern erzählt«, sagte er. »Glaubst du, er sagt die Wahrheit?«

Helen war gerührt davon, wie unvoreingenommen Leo ihre Nähe suchte. Yellas Söhne hatten keine Ahnung, dass sie den Nachwuchs von Freunden und Kollegen sonst vor allem als anstrengend wahrnahm. Ihre grundsätzlichen Vorbehalte gegenüber Kindern beruhten durchaus auf Gegenseitigkeit. Selbst beim traditionellen Elterntag in der Firma wagten die meisten Kollegen sich nicht mit ihren Sprösslingen in ihr Labor. Sehr zum Leidwesen von Shivani, die bereits große Pläne fürs nächste Jahr schmiedete, um daran etwas zu ändern. Jetzt war Helen geradezu überwältigt davon, wie viel Spaß es machte, die Welt zusammen mit ihren Neffen zu entdecken.

»Beeilt euch«, rief Pieter. »Unsere Nordseebewohner hassen es, am Strand herumzuliegen.«

Nick und Leo halfen, den Fang schnellstmöglich in diverse Wannen mit Meerwasser umzufüllen. Danach wurden die Schätze mit Pieters professioneller Hilfe begutachtet, identifiziert und untersucht.

»Die sind ja mini«, sagte Nick enttäuscht. Die winzigen Fische, die in der weißen Wanne herumflitzten, beeindruckten ihn kein bisschen.

»Die Großen schwimmen weiter draußen im Meer«, erklärte Pieter.

Nick verzog das Gesicht. Das waren die sogenannten Schätze? Er hatte mindestens auf die von Rudolf angekündigten Seeungeheuer gehofft. Oder Kostbarkeiten, die von einem Piratenschiff gefallen waren. Statt Juwelen demonstrierten

Plastikreste, Deckel, Tüten und Snackverpackungen eindringlich, dass noch immer viel zu viel Müll im Meer landete. Nick fand den Block Styropor das Allertollste. Das Dämmmaterial hieß nämlich auf Niederländisch »Piepschaum«, *piepschuim*. Der kleine Junge wollte sich schier ausschütten vor Lachen über das Wort, während Krabben, Seesterne, Plattfische und Algen ihm nur ein müdes Lächeln entlockten. Leo dagegen faszinierte es sichtlich, die lebenden Tiere aus der Nähe betrachten zu können. Ehrfurchtsvoll berührte er einen Fisch. Echtes Leben kam erst wieder in Nick, als Pieter sich ein Stück Qualle auf die Zunge legte. Helen konnte gerade noch verhindern, dass Nick ebenfalls herzhaft in das glitschige Wabbeltier biss.

»Nicht nachmachen«, sagte sie.

Nie im Leben würde sie irgendeine unbekannte Substanz probieren, ohne sie genauestens untersucht zu haben. Da schlug bei ihr die Chemikerin durch, die überall Gefahrstoffe witterte und ständig Hände wusch. Nick sah sie traurig an.

»Das ist Futter für andere Tiere«, erklärte Leo ein bisschen altklug. »Die Möwen haben Hunger.«

Helen zuckte zusammen, als ihr Blick einem dieser großen Vögel folgte und bei den Terrassen landete. Zwischen den Tischen, diesmal schon ein Stück näher, blitzte das Teleobjektiv auf.

14. Im Visier

Helen lauschte Pieters Vortrag nur noch mit halbem Ohr. Statt die große Seenadel zu bewundern, ein schlanker, fast schon wurmförmiger Fisch, und Herzigel, Heringe, Krebse und Garnelen näher kennenzulernen, blieb ihr Blick hängen an dem hochgewachsenen Mann, der die Gruppe nun wieder im Visier seiner enormen Kameralinse hielt. Wie ein Scharfschütze. Seine Nordsee-typische, wetterfeste Montur lieferte keinen Hinweis auf seine Identität. In ihrer Gruppe gab es mindestens zwei Männer, die ähnlich gekleidet waren. Dunkle Softshelljacke, T-Shirt, Jeans. Alleine der tief ins Gesicht gezogene, elegante Strohhut unterschied ihn von den anderen Touristen. Sein leicht rötlicher Bart machte ihn vermutlich älter, als er war. Oder verlieh ihm der Hut dieses altmodische Antlitz? Er wirkte ein bisschen, als wäre er einer Strandaufnahme aus den Vierzigerjahren des vorigen Jahrhunderts entsprungen. Der Mann verschwand hinter einem der Boote und tauchte wenig später ein Stück weiter beim *Paradise Club* auf. Eines blieb immer gleich: Das Objektiv zeigte in ihre Richtung.

Das Gefühl, hier in Bergen unter besonderer Beobachtung zu stehen, überwältigte sie. Vielleicht ein Vater, der seine Familie fotografierte, versuchte sie sich selbst zu beruhigen. Aber zu welchen Kursteilnehmern sollte er gehören? Keiner posierte oder winkte, niemand schenkte dem Mann besondere Aufmerksamkeit.

Helen verzichtete darauf, Yella mit ihren Beobachtungen zu behelligen. Vermutlich war das alles ganz harmlos. Bereits nach 72 Stunden Schlafentzug, so hatte sie in vielen Publikationen gelesen, beginnen Menschen, Depressionen, Angstzustände und Paranoia zu entwickeln. Manche Forscher stellten die Überlegung an, dass ein Zuviel des Nukleosids Adenosin dafür verantwortlich war, andere behaupteten, dass solche Komplikationen vor allem bei Menschen auftraten, die ohnehin einen Hang zu Psychosen aufwiesen. Je länger ihre Schlaflosigkeit dauerte, umso mehr hatte sie das Gefühl, dass die Helen, die sie zu kennen glaubte, sich auflöste wie eine Brausetablette in Wasser. In ihrem Unterbauch rumorte es. Sie hatte ihre Tage immer noch nicht bekommen. Die entscheidende Frage aber war, ob mit ihrem Kopf alles in Ordnung war.

Helen beschloss, der Sache auf den Grund zu gehen.

»Ich muss mal wohin«, verkündete sie. Das war zweideutig genug, um nicht gelogen zu sein. Sie scheute davor zurück, Yella ihre absurden Ängste anzuvertrauen. Was, wenn sie sich das alles nur einbildete? Was, wenn der Schlafmangel sie überempfindlich machte? Was, wenn sie Zusammenhänge konstruierte, wo keine waren? Was, wenn Yella sie auslachte?

Gleichzeitig war sie zu sehr Wissenschaftlerin, um sich mit vagen Vermutungen zufriedenzugeben. Auch im Labor hasste sie es, halb gare Ergebnisse zu präsentieren. Ihr Leben drehte sich um Fakten. Helen war gewöhnt, umfangreiche Testreihen anzustellen, bevor sie pharmazeutische Erkenntnisse in die Welt hinausposaunte. Research war alles.

Eilig entfernte sie sich von der Gruppe. Als der Mann bemerkte, dass sie sich in seine Richtung bewegte, verschwand er hinter dem Windschutz des *Paradise Club*. Die Feuchtigkeit der Nacht und der ständige Ansturm salzhaltiger Luft hatten die Fensterscheiben so milchig werden lassen, dass er sich in eine konturlose Silhouette verwandelte.

Helen beschleunigte ihr Tempo. Ihre Füße versanken tief im Sand und machten ein rasches Fortkommen schwierig. Sie beschloss, sich dem *Paradise* von der Seite zu nähern. Schon damals war das Restaurant am Nordstrand, das dem Bootsclub angegliedert war, wo man sich für Katamarantouren, Ausflüge zum Fischen oder Surfunterricht einschreiben konnte, der Treffpunkt der Jüngeren gewesen. Als Teenager wählten Doro und Yella den Platz für ihr Handtuch am Strand grundsätzlich so, dass sie das Geschehen immer im Auge behalten konnten.

Vorsichtig betrat Helen die Treppe zur Terrasse. Das Restaurant schwebte auf Stelzen ein Stück weit über dem Strand, wo es Wind und Sturm trotzte. Eine Hollywoodschaukel bewegte sich sachte. Die Loungestühle, die einen in die Horizontale zwangen, lagen noch verlassen. Während nebenan bereits Kaffee, Apfelkuchen, Heineken und *bitterballen* serviert wurden, öffnete der hippere, auf ein jugendlicheres Publikum zugeschnittene *Paradise Club* seine Pforten erst am späten Nachmittag. Auf einer Tafel wurden ausgefallene Cocktails und vegane Speisen angepriesen.

Helens Herz schlug bis zum Hals, als sie den einzigen Besucher des Clubs ins Visier bekam. Das Gebälk seufzte unter dem Tritt ihrer Füße. Das Rauschen des Meeres und der Wind schluckten alle Geräusche, als sie sich zwischen den Bänken näher an ihn heranpirschte. Sie konnte seine Erscheinung leider nur von hinten in Augenschein nehmen. Ihr vermeintlicher Verfolger wirkte jünger als erwartet, schlank und ganz und gar auf die Kamera in seinen Händen konzentriert. An der Bewegung seiner Finger konnte sie ablesen, dass er ranzoomte, um Details seiner Aufnahmen näher in Augenschein zu nehmen. Was genau hatte er fotografiert?

Sollte sie ihn ansprechen? Es zählte schon unter normalen Umständen nicht zu ihren besonderen Fähigkeiten, auf Menschen zuzugehen. Vor ein paar Tagen hatte sie noch in einem Konferenzraum vor 400 Kollegen gestanden und Ergebnisse ihrer neuesten Forschungen präsentiert. Es bereitete ihr nicht die geringsten Schwierigkeiten, öffentlich vor einem Expertengremium über ihre Arbeit zu sprechen. Der spätere Empfang mit dem lockeren Small Talk hingegen hatte sie restlos überfordert. Während Shivani wie ein Schmetterling von einer Gruppe zur nächsten geflattert war, hatte sie sich frühzeitig ins Hotel verabschiedet.

Ihr Blick fiel zu ihrer *Korren*-Gruppe, die in Auflösung begriffen war.

»Helen«, schrie Nick. »Wo bist du?«

Der Mann, aufgeschreckt durch das Kind, blickte sich um. Helen konnte sich gerade noch wegducken. Hatte er sie gesehen?

Unvermutet kam Bewegung in ihn. Blitzschnell flog er die Treppen hinunter und verschwand eilig. Helen zückte ihr Handy, um ein Bild von ihm zu machen. In ihrer Hektik übersah sie eine kleine Stufe, die unter nächtlich herangewehtem Sand verborgen war. Mit einem Knall ging sie zu Boden. Vor ihr baute sich Nick auf und begutachtete sie mit einem Blick, der eher zu einem Tierfilmer passte, der eine aussterbende Spezies studierte.

»Soll ich pusten?«, fragte er mit der ganzen Ernsthaftigkeit eines Fünfjährigen.

Die liebevolle Zuwendung tröstete sie genauso wie das Wissen, dass sie den Unbekannten mit der Kamera erwischt hatte. Jetzt musste sie nur noch rausfinden, wer sie da im Visier hatte.

15. Das Dorf im Dorf

Das Adrenalin pumpte noch stundenlang durch Helens Körper. Nach dem *korren* brauchte sie eine kleine Ewigkeit, um sich halbwegs zu beruhigen. Sie konnte kaum erwarten, mit Amelie zu sprechen. Ob sie ähnliche Erfahrungen gemacht hatte? Und was war mit Philomena? Wenn jemand den Mann identifizieren konnte, dann wohl am ehesten jemand, der in diesem Dorf aufgewachsen war. Aber wie konnte sie dezent nachfragen, ohne sich komplett lächerlich zu machen? Was, wenn ihre Schwestern sie für wahnsinnig hielten? Was, wenn sie wirklich auf dem besten Weg war, ihren Verstand zu verlieren?

Helen musste sich einen Strandtag lang, der nach den Aufregungen des Morgens überraschend ereignisarm verlief, gedulden. Amelie und Philomena hatten sie für den Abend eingeladen.

Das Tempo, mit dem ihre Zwillingsschwester Ortswechsel und Beziehungen durchlebte, war atemberaubend. Der Enthusiasmus, mit dem sie sich immer wieder mit Haut und Haar auf neue Situationen einließ, noch viel mehr. Ihre Schwester überschlug sich beinahe vor Freude, ihre Familie durch alle Winkel ihres neuen Lebens zu führen. Sie erwartete Yella, Helen und die beiden Jungen bereits an der Zugangsstraße zum *Cultuurdorp*.

Das Kulturdorf, Amelies aktueller Wohnort, lag malerisch am Rand von Bergen auf einem ehemaligen Militärterrain. Jahrzehntelang hatte das Gelände zwischen Dünen und Eichenwäldern in tiefem Schlaf gelegen, bevor die bunte Schar um Philomena es für sich entdeckte. Rund um ein großes freies Feld standen lose Zelte, Bauwägen und die für Holland typischen zweirädrigen Wohnwagen, die nicht für Touren, sondern als *stacaravans* für einen festen Standort gedacht waren.

»Ihr werdet sehen. Bei uns dreht sich alles um Nachhaltigkeit und Miteinander«, sagte Amelie. »Wir wollen dieses besondere Gebiet langfristig für alle Einwohner Bergens erhalten und nicht nur für diese geldgierigen Bauunternehmer, die Einfamilienhäuser für Besserverdienende draufsetzen. Hier tauchen jede Woche Architekten in ihren viel zu teuren Anzügen auf, die es kaum erwarten können, das alles in Asphalt zu verwandeln.«

Mit Blick auf Helen unterbrach sie sich, als realisiere sie plötzlich, dass Helen mit einem Vertreter dieser Zunft zusammenlebte.

»Ich bin auf den Campingplatz unserer Kindheit zurückgekehrt«, sagte Amelie trotzig. »Diesmal als Lebensmodell.«

Bereits im dritten Jahr bespielte die Aktionsgruppe die große Wiese mit allerlei kulturellen Aktivitäten. Ergänzt wurden die zeitlichen Unterkünfte mit Gemüsebeeten, einem Bunker-Café und einer Bühne. Besucher konnten hier Bauch und Kopf gleichermaßen nähren und wärmen.

»Unser Kulturdorf ist Podium, Zeltlager, Baustelle, Garten und Versuchsanordnung in einem«, erklärte Amelie. »Wir hoffen so sehr, dass es angenommen wird und wir hierbleiben können.«

Helen versuchte aufrichtig, Amelies Begeisterung für dieses improvisierte Leben nachzuempfinden. Sie staunte, mit welcher Leichtigkeit Amelie das »Wir« aussprach. Sie selbst liebte Menschen vor allem in geringen Dosen. Amelie hingegen genoss das Bad in der Menge. Auf dem Weg zur Bar plauschte sie mal hier, mal dort mit Bewohnern und Gästen.

»Hi, Dima«, rief Amelie. »Das hier ist meine Familie.«

Der junge Mann, der gerade Stühle für das Konzert heranschleppte, begrüßte sie begeistert. »Magst du ein paar Lieder mitsingen?«, fragte er.

Amelie reckte den Finger in die Höhe. »Immer«, rief sie.

»Dima ist mit seiner Freundin im letzten Frühjahr aus der Ukraine gekommen«, erzählte sie. »Heute Abend sind die beiden für das Programm verantwortlich.«

Helen hörte nur noch halb hin, denn im Hintergrund hatte sie Philomena entdeckt.

Das kleine Energiewunder stimmte auf der Bühne voller Inbrunst ein schräges Lied an, um das Mikrofon zu testen. Der kleine Hund, den Helen bereits am Morgen kennengelernt hatte, jaulte zur Freude von Nick und Leo herzzerreißend dazu.

»Ist das Ukrainisch?«, fragte Yella.

»Ich vermute Kauderwelsch«, sagte Amelie. »Wir leben hier mit einer bunten Truppe: Manche kommen aus Bergen, ein paar aus anderen Teilen der Niederlande. Aber wir haben auch zwei Männer aus Syrien, die Ukrainer, eine Kanadierin, einen Italiener. Künstler, Handwerker, eine Lehrerin, einen Bäcker, queer, straight … alles durcheinander. Da muss man sich mit Armen, Beinen und Fantasieworten behelfen.«

Im Freiluft-Café bediente ein Mädchen mit asiatischen Zügen.

»Drie Koffie, twee ranja en vijf keer taart«, bestellte Amelie an der Bar.

»Oat milk or regular?«, lautete die Antwort.

Die Sprachen, die auf dem Gelände gesprochen wurden, waren ebenso divers wie die Bewohner.

»Woher kommt die?«, fragte Yella interessiert, während sie auf die Bestellung warteten.

»Aus Amsterdam«, sagte Amelie.

»Und die spricht Englisch mit dir?«, fragte Helen.

»Ist eine Seuche. Sobald Holländer merken, dass man einen Akzent hat, wechseln sie ins Englische«, sagte Amelie. »Philomena ist da auch keine Hilfe. Wenn ich etwas nicht verstehe, kann sie es nur lauter wiederholen, aber auf keinen Fall langsamer. Das eskaliert sofort. Ihr kennt Philomena: Die kann unglaublich laut werden.«

»Das habe ich gehört«, brüllte Philomena fröhlich aus dem Hintergrund. Strahlend warf sie eine Kusshand in Richtung Amelie.

»Ist das was Ernstes zwischen euch?«, fragte Yella.

Amelie zuckte nur mit den Schultern. So ganz sicher war sie sich wohl auch dieses Mal nicht. Vielleicht waren Philomena und Bergen nur ein Stopp mehr auf Amelies rastloser Reise durch ihr eigenes Leben?

»Es ist nicht so leicht, mit mir zusammen zu sein«, gab Amelie zu.

Sie wies auf die zusammengewürfelte Sitzgruppe aus Sofas und Sitzsäcken, wo sich bereits andere Mitbewohner und erste Gäste versammelt hatten. Helen ahnte, dass es eine schwierige Aufgabe sein würde, ihre Schwester auch nur für einen Moment loszueisen. Wie führte man in einem Kollektiv vertrauliche Gespräche, die nicht für die Ohren Fremder bestimmt waren?

Das Amsterdamer Mädchen trug ihre Bestellung heran. Leo und Nick stürzten ihre Limonade runter, die hier *ranja* hieß, und stürmten mit anderen Kindern los. Helen kannte das von früher. Auf dem Campingplatz brauchten sie keine Anlaufzeit. Ein Ball reichte vollkommen aus, jenseits von Sprache und unterschiedlicher Herkunft Gemeinsamkeiten zu entdecken. Wann hatte sie verlernt, so unkompliziert und unvoreingenommen auf Menschen zuzugehen?

»Käsekuchen«, seufzte Yella überwältigt.

»Das ist das Rezept von Oma«, sagte Amelie stolz.

Johannes Thalbergs Eltern tischten den Kuchen jeden Sonntag auf. Ihre Mutter hasste diese erzwungenen Besuche und eisernen Rituale. Nach dem Tod des Sohnes riss der Kontakt über heftigen Erbstreitigkeiten ab. Die alten Thalbergs taten alles dafür, die ungeliebte Schwiegertochter aus ihrer Firma herauszuhalten. Ihre Unfähigkeit, die verwitwete Henriette als Familienmitglied anzunehmen, kostete sie den Kontakt mit den vier Enkelinnen.

»Für euch habe ich sogar Rosinen reingemacht«, sagte Amelie. »Ich backe ihn jeden Sonntag.«

Als Yella nach den Kindern sah, bot sich endlich die Gelegenheit, Amelie auf einen möglichen Verfolger anzusprechen.

»Wie ist es eigentlich, auf Dauer hier zu leben?«, tastete Helen sich vorsichtig an das Thema heran, während der Kuchen geradezu in ihrem Mund schmolz.

»Großartig«, sagte Amelie begeistert. »Die Leute vom Dorf sind supernett.«

»Alle?«

»Natürlich«, sagte Amelie. »Und mit den Schlechtgelaunten habe ich sowieso nichts zu tun.«

»Hast du mal mit Anfeindungen zu tun gehabt?«

»Anfeindungen?«, wiederholte Amelie fassungslos. »Wieso sollte ich?«

»Wegen unserer Mutter?«, meinte Helen vorsichtig.

»Was hat die damit zu tun?«

»Immerhin hat Thijs eine andere Frau für sie verlassen. Und er hat Schulden.«

»Das interessiert hier niemanden«, sagte Amelie. »Im Dorf hat Thijs Narrenfreiheit. Die kennen den seit über sechzig Jahren. Der kommt mit allem durch.«

»Und Fleur?«, fragte Helen weiter.

»Du musst sie kennenlernen. Sie ist wirklich nett.«

»Keine unangenehmen Erfahrungen?«, bohrte Helen.

»Ich glaube, die freuen sich einfach, dass wir nach so vielen Jahren wieder hierherkommen«, sagte Amelie. »Und dass es uns so gut geht.«

Helen ließ es dabei bewenden. Ihre Schwester hatte es sich zur Lebensaufgabe gemacht, nur das Gute in Menschen zu sehen. Doro nannte das oft naiv, Amelie nannte es Überlebensstrategie: »Wenn man Schlechtes über Menschen denkt«, war ihre Devise, »vergiftet das einen von innen.«

Das Gespräch erstarb. Ihre Zwillingsschwester erkundigte sich weder nach Paul noch nach ihrer Arbeit. Helen hatte den Hollandurlaub angeleiert, weil sie die familiären Bande erneuern wollte. Sie wünschte sich so sehr, einen besseren Kontakt zu ihrer Zwillingsschwester aufzubauen. Doch hinter den unterschiedlichen Lebensweisen schlummerten tiefe ideologische Gräben. Ein gemeinsames Thema zu finden, war gar nicht so einfach. Wie oft war die Chemikerin Helen von Amelie auf sämtliche Missstände ihres Gewerbes angesprochen worden, als wäre sie persönlich für sämtliche Desaster ihrer Branche verantwortlich? Chemie hatte einen schlechten Ruf, und nicht selten fand sich Helen in der Defensive wieder. Umweltverpestende Unfälle in Chemiefabriken, Düngemittelskandale, Treibhausgase in der Atmosphäre, krebserregende Chemikalien im Essen und Kunststoffe in Hygieneprodukten hatten das Image ihres Forschungsfelds nachhaltig beschädigt. Helen stöberte verzweifelt in ihrem Kopf nach einem unverfänglichen Thema. Ihre Zwillingsschwester hielt die plötzliche Spannung zwischen ihnen nicht mehr aus.

»Bleib so, das Licht ist toll«, rief Amelie und rannte weg. »Wir nehmen ein Schwesternporträt auf. So wie früher.«

16. Bringschuld

»Wo bleibt sie denn?«, fragte Helen.

Während sie langsam ungeduldig wurde, hörte Yella Nick plötzlich brüllen. Er prügelte sich mit zwei Mädchen um den Ball. Yella hastete erneut hinüber und hatte alle Hände zu tun, die Kontrahenten auseinanderzuhalten.

Ein paar Minuten später kehrte Amelie mit einer altmodischen Spiegelreflexkamera zurück. War sie noch vor ein paar Monaten fest mit ihrem Handy verwachsen und ständig auf Instagram unterwegs gewesen, immer auf der Suche nach Beifall und Likes, fotografierte sie jetzt mit einer alten Minolta.

»Ich lebe hier viel langsamer«, erklärte Amelie, um die Stille zwischen ihnen zu füllen. »So ein analoges Foto zwingt einen zum Innehalten. Wenn man nicht alles ständig wiederholen kann, muss man achtsamer mit seinen Ressourcen umgehen.«

»Das ist doch die Kamera von Papa«, sagte Yella, die nach dem Scheitern der internationalen Friedensverhandlungen mit einem brüllenden Nick zurückkehrte.

Amelie nickte aufgeregt. »Ich habe sie in einem *kringloopwinkel* in Egmond aan den Hoef gefunden«, sagte sie. »So eine Art Sozialkaufhaus, wo man alles hinbringt, was man nicht mehr braucht, und dann wird es für einen guten Zweck verkauft«, erklärte sie.

»Und woher weißt du so sicher, dass es die von Papa ist?«, fragte Helen misstrauisch.

»Weil ich es mir wünsche«, sagte Amelie selbstbewusst.

Sie war immer noch auf ihrem persönlichen Kreuzzug unterwegs, der ihr helfen sollte, sie ihrem Vater näherzubringen.

»Ich habe nicht gewusst, dass sich die Beziehung zu einem Verstorbenen verändern und verbessern kann«, sagte sie. »Alles ist anders geworden, seit ich hier wohne. Neulich habe ich bei *Jonkmans* Papier gekauft. Dann stelle ich mir vor, dass er hinter einem der Regale steht und neue Pinsel sucht. Und hinterher trinken wir an der Ruïnekerk etwas zusammen. Ich proste ihm dann heimlich zu, so als säße er mir wirklich gegenüber.«

Helen bewunderte Amelies überbordende Fantasie. Ihr selbst war es nicht gegeben, solche Momente imaginärer Nähe zu erfinden. Die Faktenlage war eindeutig: Ihr Vater war tot und seine Kamera verschollen.

»Nach Bergen zu ziehen, war das Beste, was ich für unsere Beziehung tun konnte«, verkündete Amelie.

Helen verstand, was sie wirklich bewegte: Sie versuchte, in die Haut ihres Vaters zu schlüpfen. Wie in den Pullover. Helen beschlich das Gefühl, einem Theaterstück beizuwohnen, in dem ein Drama als Komödie verkauft wurde. Amelie wirkte verloren in ihrem deutlichen Versuch, irgendwo anzukommen. Unter der Oberfläche demonstrativen Glücks spürte Helen ihre Traurigkeit heraus. Sie fragte sich, ob ihre Schwester schlafen konnte.

»Erst mal ein Foto für Mama«, sagte Yella und wedelte mit ihrem Handy.

»Das können wir uns sparen«, sagte Helen. »Sie antwortet ja doch nie.«

»Vielleicht kommt sie beim nächsten Mal mit, wenn sie sieht, wie schön es hier ist«, hielt Amelie ihr entgegen.

Umständlich baute sie ein Stativ und einen Lichtschirm auf, während die Diskussion um die Mutter munter weiterging.

»Bist du mit ihr in Kontakt?«, fragte Yella skeptisch.

»Nicht mehr als ihr«, gab Amelie ehrlich zu.

Sie schob ihre Familie vor das Schwarze Brett, auf dem ein knallbuntes *Vandaag in het Cultuurdorp,* Heute im Kulturdorf, die Besucher begrüßte. Darunter informierten bunte Plakate Interessierte über das umfangreiche Programm, das von Musik, Theatervorstellungen, Naturkursen und Yoga bis zu kreativen Kinderaktivitäten reichte. Auch Philomenas Kabarett, der *Secret Comedy Club,* für den Amelie bei ihrem ersten Besuch die Werbetrommel gerührt hatte, hatte hier eine Sommerheimat gefunden. Amelie platzierte ihre Schwestern so, dass man das Programm gut lesen konnte.

»Damit Mama sieht, was sie hier in Bergen alles verpasst.«

Helen hätte auf das Foto verzichten können. Sowohl analog als auch digital. Die WhatsApp-Gruppe *Mama und vier* war dafür bestimmt, den Kontakt mit ihrer Mutter aufrechtzuerhalten, während sie im Camper durch Europa gondelte. Die blauen Zwillingshäkchen verrieten, dass sie die gestrigen Reisefotos sehr wohl zur Kenntnis genommen hatte. Eine Antwort blieb sie dennoch schuldig. Henriette Thalberg genügte ihre Rolle als passiver Mitleser, sie selbst meldete sich nie spontan oder aus eigenem Antrieb.

»Mein ganzes Leben hat sich immer nur um euch gedreht. Ich habe meine eigenen Bedürfnisse viel zu lange zurückgestellt«, schmetterte sie den Wunsch der Töchter, sie regelmäßiger an ihrer Reise teilhaben zu lassen, ab. »Jetzt will ich mich nur noch an einem einzigen Ort der Welt aufhalten. Im Hier und Jetzt.«

Habt ihr was von Mama gehört?, lautete der wiederkehrende Refrain in ihrer Sommerschwestern-Gruppe. Henriette Thalberg kommunizierte mit jeder Tochter einzeln, nach Gutdünken, Stimmungslage und ihren eigenen willkürlichen Regeln.

Kontakt mit der Mutter lief unter Bringschuld. Sie hatte, so ihre Einschätzung, ihr Leben für die vier Kinder geopfert, da war es doch selbstverständlich, dass sie sich ab und zu meldeten. Gespräche eröffnete sie grundsätzlich mit einem verschnupften »Von dir hört man ja gar nichts mehr«. Rief sie selbst an, lautete der leicht beleidigte Eröffnungssatz konsequent: »Ich wollte nur mal hören, ob du noch lebst.«

Helen nervte dieses egozentrische Gebaren. Nie unterrichtete sie alle gleichzeitig, sondern immer nur einzeln und bruchstückhaft. Ihre Mutter verteilte Informationen, als wären es Belohnungen für gutes Verhalten. Was als solches zu werten war, bestimmte sie alleine.

»Wann hast du zuletzt was gehört?«, fragte Yella.

»Vor drei Wochen«, sagte Amelie. »Da waren sie gerade in Österreich angekommen.«

»Ich dachte, sie wären längst in Italien«, wunderte sich Yella.

»Kroatien«, fiel Amelie ein. »Ich dachte, sie wollten nach Kroatien.«

Ratlos richtete sie sich an Helen: »Weißt du was Genaueres?«

Helen schüttelte den Kopf: »Mich behandelt sie wie Tante Luise, der sie jedes Jahr dieselbe nichtssagende Weihnachtskarte schickt.«

»Nimm es nicht persönlich«, sagte Yella. »Seit Thijs sind wir alle ein bisschen Tante Luise.«

»So sind frisch Verliebte eben«, sagte Amelie aufgeweckt, während sie versuchte, die richtige Blende für ihre Aufnahme einzustellen.

Es störte sie nicht im Geringsten, dass Henriette Thalbergs Reise genauso vage blieb wie ihr Gesundheitszustand. Ihre Mutter weigerte sich hartnäckig, ihre Kinder auf dem Laufenden zu halten.

»Ich bin doch keine Pressesprecherin, die amtliche Gesundheitskommuniqués versendet«, verkündete sie per WhatsApp.

Vor allem Helen hätte gerne mehr erfahren über die Krankheit und die gewählte Chemo. Die Tatsache, dass Helen in einem Pharmaunternehmen arbeitete und ihr auch in medizinischer Hinsicht zur Seite hätte stehen können, schien nicht bis zu ihrer Mutter durchgedrungen zu sein. Ihre eigene Expertise schätzte sie grundsätzlich höher ein als die der studierten Chemikerin.

»Wichtig ist nur, dass ich die Statistik überlebe«, schrieb Henriette. »Das ist alles, was zählt.«

Je länger sich die Krankheit zog, umso weniger konnte Helen mit der Geheimniskrämerei umgehen.

»Ich möchte gerne wissen, was Sache ist«, hatte sie ihre Mutter neulich aufgefordert.

»Es reicht, wenn ich Thijs damit belaste«, antwortete sie. »Ich will euch nicht mit ständig wechselnden Prognosen und Details beunruhigen.«

»Alles besser als dieses Ratespiel«, hatte Helen geantwortet.

Ihre ungeduldige Nachfrage beantwortete Henriette Thalberg mit einem Foto von der Eingangstür ihres Campers, an der sie einen quietschgrünen Zettel befestigt hatte: *Hinter dieser Tür wird nicht über Krankheiten gesprochen.* Das Problem war nur, dass diese Regel anscheinend auch für die Welt außerhalb des Campers galt.

»Glaub mir«, hatte ihre Mutter sich verabschiedet. »Das willst du alles gar nicht wissen.«

Helen machte dieser Unterton, in dem immer die nahende Katastrophe mitschwang, rasend. Es fehlte nur noch, dass sie verkündete, dass ihr Schweigen nur zu ihrem Besten sei.

Auch Yella rang auf ihre Weise damit, die Entscheidungen ihrer Mutter nachzuvollziehen. »Ich verstehe nicht, warum sie ihre Probleme nicht mit uns teilen kann«, sagte sie.

»Manchmal ist es leichter, sich Unbekannten zu öffnen«, mutmaßte Amelie. »Ich habe auch schon Leuten im Zug mein ganzes Leben erzählt.«

»Thijs ist kein Unbekannter«, sagte Helen. »Ich glaube, sie kennt ihn wesentlich länger, als sie zugibt.«

»Jeder Mensch hat ein Recht auf Geheimnisse«, sagte Amelie verständnisvoll. »Selbst Mütter.«

Helen und Amelie konnten sich auf keine gemeinsame Sichtweise einigen. Fakt war: Keine der Sommerschwestern verstand wirklich, wie ihre Mutter tickte. Jede bastelte sich ihre eigene Theorie zusammen, die vermutlich mehr über die eigenen Befindlichkeiten als die ihrer Mutter aussagte.

»Ich bin so weit«, rief Amelie.

Endlich war sie zufrieden damit, was sie im Sucher der Spiegelreflexkamera sah. Sie betätigte den Selbstauslöser und rannte ins Bild. Der erste Versuch scheiterte, denn mitten in der Aufnahme radelte ein Mann in orange-blauer Uniform ins Bild.

»Ich habe was für dich«, schrie der Postbote und warf ihr ein Paket zu.

Helen stöhnte: schon wieder eine Unterbrechung.

»Post von Doro«, sagte Amelie überrascht.

Aus dem Umschlag fiel die neue *Cosmopolitan*. Die Augustausgabe titelte mit einem Special über prominente Töchter und ihre Mütter. Ein Post-it mit einem dicken Ausrufezeichen wies auf die Doppelseite hin, die Doro und ihrer Mutter gewidmet war. Das atemberaubende Doppelporträt stammte von einer Theaterpremiere in Wien. Henriette Thalberg strahlte in einem phänomenalen blassblauen Kleid neben Doro auf dem roten Teppich. Im Hintergrund war Thijs zu erkennen, offenbar von Doro in einen knallblauen Anzug gesteckt. Noch erstaunlicher war die Überschrift. »Unsere Verbindung ist sturmerprobt«, wurde ihre älteste Schwester zitiert.

Natürlich war ihnen allen bewusst, dass Doro weit mehr in das Leben ihrer Mutter eingebunden war. Sie hatte Thijs längst kennengelernt, als der Rest der Familie noch im Dunkeln tappte. Ihre älteste Schwester war von Anfang an in die Heiratspläne eingeweiht gewesen. »Die Schicksalsschläge in unserer Familie haben meine Mutter und mich zu einer unauflöslichen Einheit zusammengeschweißt«, gab Doro in dem Artikel zum Besten. »Unsere Verbindung ist etwas ganz Besonderes.«

»Das ist ein Pressetext«, gab Amelie zu bedenken. »Da übertreibt man immer ein bisschen.«

Helen störte etwas anderes: »Es gibt Tage, da frage ich mich, ob sie wirklich krank ist«, sagte sie beim Anblick der strahlenden Erscheinung.

Die Hochglanzbilder ließen sie wieder einmal zweifeln, ob Henriette die Wahrheit über die Schwere ihrer Erkrankung gesagt hatte. Litt sie wirklich an Krebs im Endstadium? Oder war dies eher die Eigendiagnose, die ihre heimlichen Ängste reflektierte? Möglicherweise lag das Paranoide in der Familie.

»Make-up und Licht machen viel aus«, hielt Yella dagegen.

»Warum sollte sie über die Krankheit lügen?«, fragte Amelie kopfschüttelnd.

Um wichtig zu sein. Um zu spüren, wie viel Sorgen wir uns um sie machen. Um uns in emotionaler Geiselhaft zu halten, dachte Helen. Um das Rampenlicht für sich zu reklamieren. Weil die Welt sich immer um Henriette Thalberg drehen musste.

»Ich weiß auch nicht«, sagte sie stattdessen.

»Du musst aufhören, dir den Kopf über unsere Mutter zu zermartern«, empfahl Amelie. »Nimm sie einfach, wie sie ist.«

Als wenn das so einfach wäre.

»Zum Glück sind wir erwachsen«, sagte Yella verbindlich.

»Zumindest theoretisch«, schickte Amelie kichernd hinterher.

Einen Moment verfielen sie alle drei in nachdenkliches Schweigen, dann ergriff Yella das Wort.

»Wir schicken Mama trotzdem ein Foto«, sagte sie. »Ich will nicht so werden wie sie.«

17. Vincent

Helen setzte ihre Hoffnung auf Philomena. Wenn Amelie ihr keine Auskunft über mögliche Konflikte im Dorf erteilen wollte, dann vielleicht ihre Freundin.

Herzzerreißend melancholische Weisen wehten über den Platz. Das Feuer loderte. Der Wald hob sich dunkel gegen den Himmel ab. Die Stühle um die Bühne waren voll besetzt. Die beiden Ukrainer sangen am Lagerfeuer. Ihre Stimmen klangen so entsetzlich traurig, dass Helen schwer schlucken musste. Die Sommerschwestern waren wahrlich nicht die Einzigen, die aus dem Paradies der Kindheit vertrieben worden waren. Der Wind trug die wehmütigen Töne über die Wiesen, auf denen Schafe sich zur Ruhe legten. Die feuchte Kälte, die sich mit dem Abend über den Platz legte, ließ Helen frösteln.

Yella röstete mit Leo und Nick Brot, das sich wie eine Schlange um einen Stock ringelte. Ihre Gesichter glühten vor Stolz, dass Yella ihnen erlaubte, so nah ans Feuer heranzutreten. Amelies Wohnprojekt war für sie ein einziger großer Abenteuerspielplatz. Der harzige Geruch verbrannten Holzes kroch in ihre Kleider und Poren. Pinguin Rudolf lag alleine auf dem Boden im Dreck. Seine Augen starrten hilflos in den Himmel. Für einen Moment hatte Leo seinen ewigen Begleiter vergessen.

Amelie stimmte in das Lied ein. Drei Stimmen verschränkten sich auf eine wehmütige Weise. Ihr Sopran ergänzte perfekt Dimas rauen Ton. Philomena sah sie verliebt von der Bar aus an. Die Gelegenheit war günstig, ungestört unter vier Augen mit Philomena zu sprechen.

»Kann ich dich was fragen?«, sagte sie.

Helen versuchte, ihrer Stimme Festigkeit zu verleihen. Sie wollte keine schlafenden Hunde wecken. Vor allem wollte sie niemandem die Gelegenheit geben, sie für verrückt zu halten.

»Ich habe heute jemanden getroffen, den ich kenne, aber ich komme einfach nicht darauf, woher …«, log sie.

Helen holte ihr Handy heraus und zeigte Philomena das kurze Handyvideo, das sie am Strand aufgenommen hatte.

»Das Meer ist sehr hübsch getroffen«, sagte Philomena. »Das Ende ist etwas abrupt.«

»Es geht um den Mann«, sagte Helen und kontrollierte kurz, ob Yella immer noch beschäftigt war. Bevor sie ihre Schwester einweihte, wollte sie sich die Gewissheit verschaffen, dass sie sich das nicht alles nur einbildete.

»Vielleicht solltest du ein bisschen an der Schärfe arbeiten«, sagte Philomena. »Das sagte mein Zeichenlehrer früher immer. Du musst nicht alle Details richtig haben, aber ein paar wichtige Einzelheiten.«

Helen hatte so gezittert, dass die Aufnahmen reichlich verschwommen waren. Sie ärgerte sich, dass das Foto kaum als Beweis taugte.

»Ich glaube, er ist aus dem Dorf«, sagte Helen.

»Bist du auf der Suche nach einem Zweitmann?«, fragte Philomena.

»Kennst du ihn?«, überging Helen ihre Bemerkung.

»Vincent«, sagte Philomena.

»Vincent?«, wiederholte Helen.

»Blaues Jackett, weißes Hemd, der Strohhut, der Bart, der in der Sonne ein bisschen rötlich schimmert: Vincent.«

»Du kennst ihn?«

»Nur die Ohren passen nicht.«

»Die Ohren?«

Gespräche mit Philomena glichen grundsätzlich einem Gang übers Minenfeld.

»Der sieht aus wie Vincent van Gogh«, sagte Philomena.

»Der Maler?«

»Der Maler«, sagte Philomena. »Der hat auch immer so einen Hut getragen. Bart, rötliche Haare. Alles stimmt. Nur hat dieser hier zwei Ohren. Bis jetzt.«

»Du weißt nicht, wer das ist«, schloss Helen ernüchtert.

»Ich interessiere mich leider nicht für Männer«, sagte Philomena. »Ab einem gewissen Alter sehen die alle gleich aus.«

Helen fällte eine Entscheidung. Wenn sie etwas herausfinden wollte, musste sie sich aus der Deckung wagen.

»Der Mann hat uns am Strand mit einer Kamera verfolgt«, sagte sie.

Der Hund neben ihr sprang auf seine vier Pfoten. Er fletschte die Zähne und bellte sich die angegriffene Lunge aus dem Leib. Irgendeine Bewegung bei den Steinmauern, die mitten in der Wiese aus dem Boden wuchsen, verstörte ihn.

»Das sind Bunker aus dem Zweiten Weltkrieg«, sagte Philomena. »Die ganze Küste ist voll davon. Gruselig, oder?«

Helen starrte angestrengt in die Ferne.

»Dein mysteriöser Verehrer könnte auch ein Vogelliebhaber sein«, sagte Philomena. »Diese Männer mit Tele gibt es nicht nur am Strand. Bei uns treiben sie sich auch rum. Wegen der Eulen.«

Sie wies vage auf das Waldstück im Hintergrund.

»Vergiss ihn«, sagte sie. »Vogelfreunde sind die allerlangweiligsten Menschen auf der Welt. Auf so jemanden würde ich mich auf keinen Fall einlassen. Da musst du die ganze Zeit still sein.«

Philomena legte den Zeigefinger über ihre Lippen und wies nach oben.

Helens Blick ging hoch in die Baumwipfel. Tatsächlich hörte sie ein merkwürdiges Rufen. Sie hätte schwören können, dass es eine menschliche Stimme war.

18. Zombies

Helen beugte sich über den Computer und starrte auf das Selbstbildnis von Vincent van Gogh. Während alle schliefen, versuchte sie, sich einen Reim auf die Geschehnisse des Tages zu machen. Gab es überhaupt einen geheimen Verfolger, der sie beobachtete? Waren die verschwundenen Ventile mehr als ein Dummejungenstreich? Sicher war, dass sie wenig Talent für Ferien hatte. Und noch weniger dazu, Ruhe zu finden. Wann immer sie die Augen schloss, wachten die Gespenster der Vergangenheit auf.

»Jeder Mensch hat ein Recht auf Geheimnisse«, hatte Yella gesagt.

Aber diese Geheimnisse wucherten wie Tumore. Vielleicht war ihr Verhältnis zu ihrer Zwillingsschwester auch deshalb kompliziert, weil es zu viel gab, worüber sie schwiegen.

Chemie hatte sie immer fasziniert, weil diese Wissenschaft ihr eine eigene Sprache anbot, mit der man die Welt beschreiben konnte. Menschliche Beziehungen waren so viel komplizierter als chemische Verbindungen. Vielleicht konnte sie erst dann schlafen, wenn es ihr gelang, die seltsame Dynamik ihrer Familie zu enträtseln und damit auch sich selbst besser zu verstehen?

Neben ihr kreiste eine Motte penetrant um ihre Schreibtischlampe. Nachdenklich betrachtete Helen ihre vergeblichen

Mühen. Normalerweise orientierten sich Insekten am Mond und blieben in einem gewissen Winkel zum Himmelsgestirn. Dieses Exemplar wurde magisch angezogen von einer falschen Lichtquelle. Die Glühbirne verwirrte den Falter, der in endlosen Spiralen um eine imaginäre Mitte kreiste. Waren sie nicht genauso wie dieses verwirrte Insekt? Ihr Vater war der helle Punkt, um den sie alle fälschlicherweise kreisten. Was, wenn er nicht die Lichtgestalt gewesen war, für die ihn alle gehalten hatten? Hatte ihr Vater ein geheimes Leben geführt, von dem die Familie nichts ahnte? Mit wem traf er sich, wenn er sich nicht in der *Villa Vlinder* aufhielt? Vielleicht wollte Philomena ihr mit dem Hinweis auf Vincent van Gogh einen versteckten Hinweis auf Bergens Kunstwelt geben?

Eines war sicher: Ihr Vater war sicher nicht aufgebrochen, um einen Blick auf das Meer zu werfen. Dazu war es zu dunkel, zu nass, zu windig. Es musste einen triftigen Grund gegeben haben, der ihn geradezu zwang, das Haus noch einmal zu verlassen. Etwas, das für ihn noch wichtiger war als seine vier Kinder. Etwas, das keinen Aufschub duldete. Irgendwo in Bergen musste es jemanden geben, der mehr wusste. Und einen guten Grund hatte, zu schweigen. Doch wie passte der Mann mit der Kamera da rein?

Endlich. Jetzt hatte sie sie. Mit einem beherzten Griff fing Helen das dumme Biest ein und öffnete das Fenster, um das Insekt in die Freiheit zu entlassen. Der Wind, der unablässig vom Meer her wehte, nahm sich des winzigen Tieres an und trug es eilig davon. Wieder fiel ihr Blick auf das Nachbarhaus. Ein kleines rotes Licht blinkte in die Nacht und deutete darauf hin, dass das verfallene Holzhaus mit Videokameras ausgerüstet war. Wer auch immer da wohnte, hatte fürchterliche Angst vor Einbrechern. Oder ein vehementes Interesse an den Bewohnern der *Villa Vlinder*.

Ein Geräusch riss sie aus den Gedanken. Waren das Schritte? Auf dem Gang? Reflexartig klappte sie den Computer mit der Datei, in der sie alle offenen Fragen sammelte, zu. Die kleine Nachtlampe flackerte leise. Irgendwo schlug eine Tür, die Holzdielen knarzten unter dem Gewicht eines nächtlichen Besuchers. Helen lauschte angestrengt. Panisch blickte sie auf die Klinke, die sich wie in Zeitlupe nach unten senkte. War sie hier in einem Horrorfilm gelandet? Eine Sekunde später öffnete sich die Tür mit einem lauten Krach. Erschrocken schrie Helen auf.

»Mama?«, fragte eine ängstliche Stimme aus dem dunklen Gang.

Helen brauchte einen Moment, um wieder zu Atem zu kommen. In der Tür stand ein verängstigter Leo mit Rudolf unter dem Arm. Er hatte sich mindestens genauso heftig erschreckt wie Helen.

»Deine Mama ist schon ins Bett gegangen«, sagte sie. »Ich bin die Einzige, die noch wach ist.«

Leo trat unschlüssig von einem Bein auf das andere. Er umklammerte den Pinguin und sah aus, als würde er jeden Moment in Tränen ausbrechen.

»Ich kann auch nicht schlafen«, sagte Helen.

»Rudolf hält mich wach«, sagte Leo. »Er behauptet, dass es hier im Haus Geister von Toten gibt, die ihm geheime Botschaften schicken. Ist das Opa?«

Yella und sie hatten es stets vermieden, in Gegenwart der

Jungen die Vergangenheit auch nur anzuschneiden. Leos feine Antennen reagierten auf die unterliegenden Spannungen. Wie ein Seismograf fing er selbst geringste Störungen auf. Schon als Kleinkind besaß Mini-Leo einen Zugang zu magischen Welten jenseits des Sichtbaren. Als Helen Yella nach Nicks Geburt in Berlin besuchte, saß ihr kleiner Neffe staunend vor der Wiege des Neugeborenen. Er konnte einfach nicht begreifen, dass die Bewegungen des Babys die Wiege in Schwingung versetzten. Helen schluckte ein paar Tränen runter, als sie hörte, welche Erklärung er sich zurechtgelegt hatte.

»Das ist mein unsichtbarer Opa, der Nick schaukelt«, hatte er ihr eröffnet.

Die *Villa Vlinder* hatte den liebevollen Großvater in ein Gespenst verwandelt. Leo hatte nicht nur die Augen von Johannes Thalberg geerbt, sondern auch dessen melancholische Ernsthaftigkeit. Es hatte wenig Sinn, ihm zu erklären, dass es keine Geister gab. Die Schwestern konnten noch so sehr tun, als wäre dies ein normaler Sommerurlaub und die Vergangenheit längst begraben. Hatte sie nicht selbst den Eindruck, dass ihr Vater als Untoter in Bergen herumspukte? Dabei war sie Wissenschaftlerin.

»Ich habe keine Angst«, sagte Leo tapfer. »Nur Rudolf. Der fürchtet sich.«

»Soll ich mich eine Weile um ihn kümmern?«, fragte Helen. »Ich gehe noch nicht schlafen.«

»Wenn er das will«, sagte Leo.

Ihr kleiner Neffe war sich seiner Sache absolut nicht sicher. Er machte nicht die geringsten Anstalten, den nervigen Pinguin zu übergeben.

»Ich lese ihm ein bisschen was aus meinen Fachbüchern vor«,

sagte Helen. »Die meisten Leute schlafen bei chemischen Formeln sofort ein.«

Leo zweifelte immer noch.

»Ich bin gut in Gespenstern«, sagte Helen. »Ich bin Expertin darin, mit Geistern zu kämpfen. Bei mir im Labor heißen sie Viren und Bakterien. Sie sind unsichtbar, weil sie so winzig sind, aber sie können uns furchtbar krank machen.«

»So was wie Corona?«, fragte er.

Leo hatte ein Drittel seines Lebens in Pandemiezeiten verbracht. Das war ein Bild, das er sofort verstand.

Helen nickte: »Das waren Kollegen von mir, die gegen diese Viren gekämpft haben«, sagte sie.

Sein Gesicht hellte sich ein bisschen auf. Wer es mit dem unsichtbaren Covid aufnahm, der würde wohl auch einen übellaunigen Pinguin in den Griff bekommen. Vorsichtig schob Leo Rudolf in ihre Richtung.

Helen setzte das hässliche Kuscheltier neben sich auf einen Stuhl.

»Verschwinde schnell«, flüsterte sie Leo ins Ohr. »Ich lenke ihn ab.«

Leo tapste auf seinen dünnen Jungenbeinen eilig davon. Sein Weg führte nicht ins Kinderzimmer, wie sie unschwer ausmachen konnte, sondern in das Schlafzimmer ihrer Schwester. Dort traf er auf Nick, der bereits eine Stunde zuvor ins Bett seiner Mutter umgezogen war. Sie hörte entfernt Yellas gedämpfte Stimme. Wenigstens hatten die drei nächtliche Gesellschaft.

Helen gähnte. Vielleicht war es auch für sie an der Zeit, endlich ins Bett zu gehen. Sie löschte das Licht und trat noch einmal ans Fenster. Der Westwind huschte um das Haus, Äste knackten, die Videokameras gegenüber blinkten weiter. Anders als in Frankfurt, wo immer ein Stück Licht über dem Horizont schwebte, kam ihr die Nacht in Bergen sehr dunkel vor.

Ein schrilles Geräusch in ihrem Rücken fuhr ihr durch Mark und Bein. Helen drehte sich ruckartig um. Woher kam dieser unterdrückte Schrei?

»Leo?«, fragte sie in das Dunkel hinein. »Bist du das?«

Sie lauschte angestrengt in die Stille. Wo um alles in der Welt war der Lichtschalter? Vorsichtig tastete sie sich durch den Raum, als sie auf etwas Weiches trat. Der Schrei ertönte ein zweites Mal.

Es war Rudolf, der zu Boden gegangen war. Als sie ihn aufhob, stellte sie fest, dass in seinem Inneren ein Soundsystem verborgen war. Dieses Quieken sollte wohl die Laute von Pinguinen nachahmen und war genauso missraten wie der Rest des Stofftiers. Die Töne, die er beim Knuddeln und Drücken von sich gab, lagen im Bereich zwischen heiserer Schiffshupe, jammernder Möwe und sterbendem Schwan. Nachdenklich betrachtete sie das exzentrische Kuscheltier. Das ehemals weiße Fell hatte einen hässlichen Grauton angenommen, eines der eisblauen, leicht fluoreszierenden Knopfaugen hing ein bisschen aus der Höhle heraus. Rudolf war aus der Form geraten und roch merkwürdig. Wer auch immer dieses dämonische Stofftier erschaffen hatte, hasste Kinder oder Pinguine, vermutlich beides.

Kein Wunder, dass Leo sich fürchtete. Leo war von so vielen Ängsten geplagt. Der Großvater, den er nie kennengelernt hatte, hatte sich in seine Albträume geschlichen. Das Gespräch mit ihrem Neffen hatte ihr drastisch klargemacht, dass es nicht mehr alleine um die Sommerschwestern ging. Es war geradezu eine zwingende Notwendigkeit, den Tod ihres Vaters ein für alle Mal aufzuarbeiten. Sie musste herausfinden, was wirklich geschehen war, wollte sie verhindern, dass das Trauma auch die Leben kommender Generationen wie ein Virus befiel.

In ihrem Arm quiekte Rudolf zustimmend.

19. Eine Frage zu viel

»Du siehst müde aus«, sagte Yella.

Anders als bei Amelie, die ihr Dauerlächeln als Allzweckwaffe einsetzte, und Doro, die vom Theater kam, konnte man an Helens Gesicht sofort ablesen, wenn etwas nicht stimmte.

»Ich konnte nicht schlafen«, sagte Helen ehrlich. »Ich kann schon eine ganze Weile nicht mehr richtig schlafen.«

»Hast du es schon mal mit Yoga probiert?«

»Und mit allem anderen«, sagte Helen. »Mir geht zu viel im Kopf rum.«

Fast schon hätte sie ihrer Schwester alles anvertraut, als die beiden Jungen hereinstürmten.

»Wir wollen Boot fahren«, schrie Nick.

Yella zeigte auf Helens Excel-Tabelle. »Wir wollen doch etwas erleben«, sagte sie.

Helen lächelte gequält. Warum lief ihr Schwesternleben nie synchron? Heute wäre sie am liebsten in der Küche geblieben, um alles mit Yella zu besprechen, stattdessen lief sie bereits eine halbe Stunde später durch die engen Straßen von Alkmaar. Die Kleinstadt lag nur ein paar Kilometer von Bergen entfernt.

»Die Bootsfahrt ist was ganz Besonderes«, sagte Amelie, die sich überraschenderweise freigenommen hatte, um sie zu begleiten. »Ich schwöre euch, so was habt ihr noch nicht mitgemacht.«

Was genau an einer Bootstour durch Alkmaar so besonders sein sollte, behielt sie für sich.

Das flache Flüsterboot, das sie in einer Dreiviertelstunde einmal über die Grachten von Alkmaar tragen sollte, hatte kaum vom Steg in der Innenstadt abgelegt, als Helen nicht mehr an sich halten konnte.

»Was hat unser Vater im Sturm auf der Straße Richtung Strand gesucht?«

Amelie und Yella sahen einander erschrocken an. Zum Glück waren ihre kleinen Neffen damit beschäftigt, um den Platz an der Außenseite zu kämpfen.

Die Frage entfaltete die Wirkung einer Bombe. Ihr Vater wurde normalerweise behandelt wie der Bösewicht aus »Harry Potter«. »Der, dessen Name nicht genannt werden darf« gehörte bei den Thalbergs zu den festen Familienmitgliedern. Er saß immer mit am Tisch, auch wenn man ihn nicht sehen konnte. Wenn jemand es wagte, seinen Namen zu erwähnen, wurde es schlagartig still am Tisch.

Keine der Schwestern konnte sich mehr auf die Umgebung konzentrieren. Niemand schien an den monumentalen Bauten, den kleinen Kaufmannshäusern mit den Treppengiebeln und malerischen Zugbrücken interessiert. Helen wollte bereits weitere Fragen abfeuern als sie auf einmal begriff, was Amelie mit ihrer kryptischen Ankündigung gemeint hatte. Hundert Meter weiter tauchte vor ihnen eine Brücke auf. Sie war so niedrig, dass Helen die allergrößte Mühe hatte, sich vorzustellen, wie ihr Boot diese passieren konnte.

Yella hielt im dichten Ufergebüsch Ausschau nach einem Nebenarm, in den sie in letzter Sekunde abbiegen würden. Aber so etwas schien überhaupt nicht zu existieren. Der

Bootsführer lachte diebisch, während die Brücke näher und näher rückte.

»Das ist nicht sein Ernst«, sagte Yella.

Nur wenige Meter trennten sie noch von dem steinernen Gemäuer. Der Übergang über die Gracht war so tief, dass die Bootstruppe Gefahr lief, von der Brücke enthauptet zu werden.

»Und jetzt bücken«, schrie der Bootsführer. »Alle.«

Leo und Nick ließen sich voller Begeisterung theatralisch auf den Boden fallen. Eine Welle nervöser Heiterkeit erfasste die Touristengruppe. Das alte Rentnerehepaar neben ihnen wurde geradezu panisch. Die Schwestern tauchten weg. Alles wurde schwarz. Und das ganz wörtlich. Einen halben Meter über ihren Köpfen sauste die Unterseite der Brücke vorbei. Eine Grachtenrundfahrt in Alkmaar hatte rein gar nichts mit einem gemütlichen Bootstrip zu tun. Eher mit einer Turnübung. Yella packte Nick am Schlafittchen, um zu verhindern, dass er beim Versuch, seine Hände ins Wasser zu tunken, kopfüber in die Gracht stürzte, während Leo auf die Sitzbank kletterte, um allen Insassen des Bootes lautstark die nächste, spektakulär niedrige Brücke anzukündigen.

»Ist die etwa noch niedriger?«, fragte Yella.

22 Brücken und 45 Minuten später war Yella erschöpft und durchgeschwitzt und Amelie befreundet mit dem Rentnerpärchen. Helen ärgerte sich, keinen Zentimeter weitergekommen zu sein. Es hatte noch nie den richtigen Ort und die richtige Zeit gegeben, den Tod ihres Vaters auch nur anzusprechen. Aber diesmal würde sie nicht zulassen, dass die Schwestern das dunkelste Kapitel ihrer Familiengeschichte zuschlagen ließen.

Beim Mittagessen in einem alten Klosterhof im Zentrum von Alkmaar wiederholte sie noch einmal ihre Frage, sobald die Jungen vom Tisch aufgestanden waren und durch den ummauerten Innenhof tobten.

»Mir ist es wirklich ernst«, sagte Helen. »Ich zermartere mir den Kopf darüber, was Papa mitten in der Nacht am Strand wollte.«

»Die Wellen anschauen«, wiederholte Amelie voller Überzeugung die Familienlegende. »Der Sturm hat ihn fasziniert.«

»Es war eine stockdunkle Nacht«, sagte Helen. »Ich habe das recherchiert. Es hat so stark geregnet, dass man die Hand vor Augen nicht sehen konnte.«

»Vielleicht hat er das nicht gewusst«, sagte Amelie.

Helen blickte zu Yella, die vollkommen durcheinander schien. Die Frage überrumpelte und überforderte sie sichtlich.

»Weißt du mehr?«, fragte Helen.

Amelie rollte mit den Augen. »Wir sind hier für einen Neuanfang, nicht um zurückzuschauen«, sagte sie mit ihrer weichen Stimme.

Helen verstand die Welt nicht mehr. »Du wolltest doch mehr über unseren Vater herausfinden.«

»Über sein Leben, doch nicht über seinen Tod«, entgegnete Amelie energisch. »Was soll das bringen, gedanklich in die Todesnacht einzusteigen? Ich will nicht wissen, wie er gestorben ist, ich will wissen, wie er gelebt hat.«

Leo eilte an den Tisch, um etwas zu trinken. In diesem Moment flog das Fristi um. Das pappsüße Getränk gehörte zu Kinderzeiten zu ihren Holland-Favoriten. Jetzt wurde ihr vom künstlichen Geruch fast schlecht. Eine pinke Lache ergoss sich über den Tisch, dann über Leos weiße Shorts. Yella hatte das Glas unvorsichtigerweise umgestoßen. Oder hatte sie es etwa absichtlich touchiert? Helen konnte sich des Eindrucks nicht erwehren, dass Yella äußerst erleichtert war, ihren Fragen zu entkommen. Sie lotste Leo Richtung Toiletten.

Amelie malte verlegen mit ihrem Zeigefinger eine Linie in die rosa Flüssigkeit, bevor sie realisierte, dass sie sich in Gedanken verloren hatte.

Sobald Yella außer Hörweite war, platzte sie ihren Vorwurf heraus: »Warum ist das plötzlich so wichtig für dich, Helen?«

Helen ahnte, dass es nur eine einzige Möglichkeit gab, ehrliche Antworten zu bekommen. Sie selbst musste ihr Innerstes nach außen kehren und endlich Farbe bekennen.

»Ich habe den wichtigsten Moment unserer Familiengeschichte verschlafen«, beichtete sie.

»Und wenn schon. Was macht es aus? Es ändert nichts«, sagte Amelie.

»Ich habe mir immer vorgestellt«, begann Helen und unterbrach sich sofort.

Die Bedienung eilte mit Lappen und Putzeimer heran, um den Tisch von der klebrigen Lache zu befreien. Die Unterbrechung gab Helen die Gelegenheit, noch einmal Atem zu holen. Sie hatte gehofft, diesen Satz nie aussprechen zu müssen.

»Ich hatte gedacht …«, hob sie wieder an. »Ich dachte, ich hätte ihn aufhalten können. Wenn ich nur wach gewesen wäre.«

Amelie schluckte schwer. »Wir waren Kinder. Neun Jahre alt. Und er ein erwachsener Mann.«

»Ich habe jahrelang gedacht, es ist meine Schuld, dass unser Vater nicht mehr lebt«, sagte Helen. Ihre Stimme brach. Sie sprach ihre Schuldgefühle zum allerersten Mal laut aus.

»So was darfst du nicht denken, Helen«, sagte Amelie schnell. »Niemand ist schuld. Es war ein Unglück.«

Das Gespräch erstarb. Um sie herum tobte das Leben. Gäste kamen und gingen. Die Bedienung trug Teller mit Essen an ihnen vorbei. Kinder tollten auf der Grasfläche mit einem Hund herum, Touristen flanierten an den Läden im Innenhof vorbei. An ihrem Tisch stand die Zeit still.

»Und du? Hast du geschlafen in der Sturmnacht?«, fragte sie.

»Natürlich«, sagte Amelie.

Ihre Augen glitten unruhig von links nach rechts. Ihre Zwillingsschwester bestand darauf, sich kaum an den Vater zu erinnern. Helen hatte immer ihre Zweifel, ob das der Wahrheit entsprach.

In dem Moment kam Yella mit den beiden Jungen zurück.

»Lasst uns gehen«, sagte sie erschöpft.

Amelie sprang sofort auf. Helen blieb zurück. Mit dem süßlichen Himbeergeruch von Fristi in der Nase und einem merkwürdigen Gefühl im Magen. Wichen ihre Schwestern der Frage absichtlich aus? Wussten die beiden mehr über die Sturmnacht, als sie behaupteten? Was hatten Amelie und Yella in der Nacht erlebt und gesehen? Und was war eigentlich mit Doro?

Helen realisierte mit einem Schlag, dass sie auf der Suche nach der Wahrheit alleine unterwegs war.

20. Ein ungebetener Gast

»Ich weiß nichts«, wiederholte Yella noch einmal. »Und ich wäre dir dankbar, wenn wir es dabei belassen könnten.«

Ihre Augen wanderten zu ihren Söhnen, um Helen wortlos zu verstehen zu geben, dass sie fand, dass das Thema nicht für die Ohren der Jungs geeignet war. Jetzt hatte sie auch noch Ärger mit Yella.

Schweigend setzten sie Amelie im Kulturdorf ab, bevor sie zu ihrem Ferienhaus abbogen. Helen steuerte das Auto in die Parkbucht vor der *Villa Vlinder* und erstarrte, als sie realisierte, dass die Haustür offen stand.

»Ich hatte abgesperrt«, sagte Helen. »Ganz sicher.«

»Vielleicht die Reinigungskraft?«, meinte Yella.

»Habe ich nicht mitgebucht«, sagte Helen.

Sie starrten in Richtung Eingang. Jemand war in ihrer Abwesenheit in die Villa eingedrungen. Und dieser Unbekannte bewegte sich vielleicht immer noch durch die Räume.

»Wir kennen niemanden hier«, sagte Yella. »Besuch wird es nicht sein.«

Aber alle kennen uns, dachte Helen. Sie ließ ihren Blick suchend über die Umgebung gleiten. Kein unbekanntes Fahrrad auf dem Muschelpfad, kein Auto, das auf einen Besucher schließen ließ. Nur die Tür, die sachte im Wind auf und zu schlug. Sie nahm jedes Detail in sich auf. War da eine

Bewegung hinter dem Fenster? Ein Schatten? Im Badezimmer?

»Was soll schon sein?«, sagte Yella ohne jede Überzeugung in der Stimme.

»Du bleibst im Auto«, schlug Helen vor.

»Ist das der Geist?«, fragte Leo ängstlich.

Helen öffnete die Fahrertür. Ihre Schuhe knirschten auf dem Untergrund. Wie immer beobachtete das Backsteingesicht jeden ihrer Schritte.

»Hallo«, rief sie.

Keine Antwort.

Vorsichtig näherte sie sich der Eingangstür und steckte den Kopf hinein.

»Ist da jemand?«

Wer auch immer in die Villa eingedrungen war, hatte nicht vor, sich freiwillig zu offenbaren.

»Und?«, rief Yella vom Auto. »Was ist?«

Jetzt klebten auch die beiden Jungengesichter an der Scheibe.

»Was machst du da?«, rief Nick begeistert.

Das war eine berechtigte Frage. In Filmen gingen Leute grundsätzlich in den Keller, wenn sie verdächtige Geräusche aus dem Untergeschoss aufschreckten. Am liebsten nachts, wenn zur Geisterstunde das Licht ausgefallen war und ein bekannter Serienmörder sein Unwesen in der Gegend trieb. Helen war weder eine Actionheldin noch mutig. Am liebsten würde sie davonlaufen. Aber wenn sie herausfand, wer sich so lebhaft für die Familie Thalberg interessierte, kam sie vielleicht den Geheimnissen, die sich immer noch um die Sturmnacht und ihre Familie rankten, ein Stück näher.

Vorsichtig betrat sie den Vorraum und lauschte in die Räume

hinein. Irgendwo lief Wasser. Kein Zweifel. Irgendjemand war in das Haus eingedrungen.

»Hallo«, rief sie noch einmal und versuchte, ihrer Stimme einen harmlos-heiteren Grundton zu geben. »Wir sind wieder zurück.«

Irgendwo fiel etwas herunter. Offenbar hatte sie den Eindringling erschreckt. Dann wieder Stille. Helen griff den Feuerhaken vom Kamin und kam sich nachgerade lächerlich vor. Nie im Leben würde sie damit zuschlagen, aber vielleicht genügte es, wehrbar auszusehen. Vorsichtig näherte sie sich der Küche, wo die Geräusche herkamen. Sie zuckte zusammen, als eine düstere Gestalt aus der Ecke beim Kühlschrank hervorschnellte.

21. Plötzlich erwachsen

Zwei schrille Schreie gellten über den Vorplatz. Yella hielt es nicht mehr auf ihrem Sitz. Sie stürmte ins Haus. Wo war Helen? In der Küche erkannte sie zwei Personen, die einträchtig auf dem Boden nebeneinanderknieten und versuchten, einem Chaos aus Scherben und verschütteter Milch Herr zu werden. Es dauerte einen Moment, bis sie die Gestalt neben Helen erkannte.

»Lucy«, rief sie überrascht.

Ihre vierzehnjährige Nichte war dabei, die Glasstücke aufzukehren. Zumindest ähnelte sie entfernt dem Teenie, den sie zuletzt bei der Hochzeit ihrer Mutter gesehen hatte. In der Zwischenzeit hatte sich Doros Tochter ihre langen Haare platinblond färben lassen. Sie pulte Airpods aus den Ohren.

»Bist du verrückt geworden?«, sagte sie empört zu Helen. »Ich habe mich zu Tode erschreckt.«

Yella konnte kaum fassen, wie sehr Lucy sich in so kurzer Zeit verändert hatte. Bei ihrem letzten Besuch in Bergen war ihre Nichte fast noch ein Kind gewesen, jetzt stand eine junge Frau vor ihr. Sie hatte einen enormen Schuss nach oben getan und wirkte fast schon erwachsen.

»Wo kommst du denn her?«, fragte sie verblüfft. »Und wo ist Doro?«

Helen ließ sich auf einen Hocker fallen und versuchte, zu Atem zu kommen. In der Hand hielt sie immer noch den Feuerhaken.

»Doro muss noch was fertig machen«, sagte Lucy. »Sie hat gesagt, ich soll schon mal vorfahren.«

»Alleine?«, fragte Yella.

»Ich bin so froh, dass ich bei euch sein kann«, gab Lucy an. »Mama ist supergestresst. Sie will mich nicht mal in Amsterdam ausgehen lassen. Sie hält mich als Geisel.«

»Und Ludwig?«

»Ist nach Köln. Irgendwas brennt im Atelier. Mal wieder.«

Lucy zeigte sich nicht sonderlich unglücklich darüber, dass ihre Mutter sie ohne Begleitung mit Zug und Bus nach Bergen geschickt hatte. Ihre Offenheit erlaubte Helen und Yella einen unvermuteten Einblick in das Leben ihrer großen Schwester, das hinter der glänzenden Fassade wohl nicht ganz so glamourös und erfolgreich war, wie Doro das ihre Schwestern glauben lassen wollte.

»Ich such was Essbares«, rief Lucy. »Ich habe unfassbaren Hunger.«

Als sie wenig später im riesigen Schlaf-T-Shirt übrig gebliebenen Kartoffelbrei mit Rührei verputzte, während sie mit Leo und Nick Uno spielte, sah sie schon mehr aus wie das kleine Mädchen, das sie in Wirklichkeit noch war.

Helen wunderte sich über das Verhalten ihrer älteren Schwester. »Doro setzt uns ungefragt als Babysitter ein?«, raunte sie Yella zu. »Sie hätte wenigstens fragen können, ob es uns recht ist.«

Yella war milder gestimmt: »Ein Kind mehr oder weniger macht doch nichts aus. Sollen wir Lucy nach Amsterdam zurückschicken?«

»Kind?«, fragte Helen und musterte fragend ihre Nichte.

Lucy war sehr groß und weit entwickelt für ihr Alter. Sie war unter Erwachsenen aufgewachsen, oft auf sich alleine gestellt und benahm sich dementsprechend. Doro hatte nie Zeit gehabt, mit Lucy am Sandkasten zu sitzen oder Spielnachmittage für Kinder zu organisieren. Von klein auf hatte sie ihr »Mini-Me« ins Atelier, zu gesetzten Essen, Theatervorstellungen und Premierenpartys mitgenommen. Lucy begleitete sie auch jenseits ihrer Schlafenszeiten, oft genug als einziges Kind.

»Ich kann problemlos auf mich selbst aufpassen«, sagte Lucy. »Ich störe euch kein bisschen.«

Yella runzelte die Stirn. Wenn sie ihre Tochter so kommentarlos bei ihnen ablud, hatte das Arbeitspensum der Kostümbildnerin offenbar ein neues Stresslevel erreicht. Sie fand nicht einmal die Zeit und Muße, ans Telefon zu gehen.

Lucy hielt Nachfragen ohnehin für überflüssig: »Mama sagt, wenn man sie ungestört arbeiten lässt, kann sie ganz schnell nachkommen. Für mich muss sie sich übrigens nicht beeilen.«

Sie warf ihren Kopf kämpferisch in den Nacken. Ihr selbstbewusster Blick unter den dick geschminkten Augenlidern ließ vermuten, dass sie jede Form von Betreuung für hochgradig lästig und komplett überflüssig hielt.

Was bedeutete »ganz schnell« in Doros Theaterwelt? Von ihrer großen Schwester waren offenbar weder Erklärungen noch Gebrauchsanweisungen zu erwarten.

Yella betrachtete ihre Nichte mit gemischten Gefühlen. Was durften Vierzehnjährige heutzutage? Was durfte Lucy? Sie hatte keinerlei Erfahrungen im Zusammenleben mit rebellischen Teenagern, Helen noch viel weniger. Wenn ihre Nichte auch nur ein kleines bisschen nach ihr selbst kam, blühten ihnen turbulente Zeiten.

22. Das Surferparadies

»Willst du dir nicht was anziehen?«, fragte Yella.

Bereits am ersten Morgen kollidierten ihre Vorstellungen. Sie musterte zweifelnd den ultraengen, knallgrünen bauchfreien Sportdress, den Lucy für den Ausflug zum Strand gewählt hatte, und fühlte sich zum ersten Mal in ihrem Leben uralt. Lucy hatte nicht das geringste Gespür dafür, wie sexy sie in ihrem knappen Outfit aussah, das ihre neuen Rundungen in Szene setzte.

»Noch ist es ganz schön frisch«, sagte sie, als ob das Wetter je ein Argument für modebewusste Teenager gewesen wäre. War sie nicht selbst in dem Alter mit Daunenjacke und freien Knöcheln durch den Schnee gestapft?

»Sie haben eine Hitzewelle angekündigt«, sagte Lucy.

»Der Wind am Strand kann kalt werden«, schickte Yella matt hinterher. »Vor allem abends.«

Lucy lenkte ein. Sie zog einen kurzen, weiten Rock über ihr Turnoutfit.

Yella bekam reichlich Gelegenheit, ihre Einmischung zu bereuen. Nach den Erfahrungen des Vortages hatten sie sich dazu entschieden, den Zeeweg zu meiden und mit den Fahrrädern durch die Dünen zum Strand zu fahren.

Als Yella hinter Lucy herradelte, konnte sie den Blick nicht von dem hochwehenden Röckchen lassen, das ihrer Nichte einen echten Marilyn-Moment bescherte und die Aufmerksamkeit erst recht auf sie lenkte.

Lautes Klingeln fegte sie vom Radweg. Eine Gruppe Jungs zog lachend und gestikulierend an Lucy vorbei und ließ sich wieder zurückfallen, um noch einmal einen Blick auf das Mädchen zu werfen. Sie summten um ihre Nichte herum wie ein Schwarm Bienen, der um einen Honigtopf schwirrte, und riefen Lucy etwas auf Niederländisch zu. Sie strahlte, obwohl sie vermutlich kein Wort verstand.

»Die Sprache der Hormone braucht keine Übersetzung«, sagte Helen, der ähnliche Gedanken durch den Kopf gingen.

Das Spiel wiederholte sich ein paar Mal, bevor sie an der letzten Düne den Fahrradparkplatz erreichten, wo die Jugendlichen bereits warteten. Offenbar trödelten sie absichtlich, um Lucy abzufangen.

»Wir chillen beim *Paradise*«, sagte einer der Jungen mit einem rührenden Akzent. »Falls du Lust hast.«

Der Surfertreffpunkt. Natürlich! Wind und Wetter hatten die Landschaft verändert, Dünen waren gewachsen, vom Wind verweht und gewandert. Manche Dinge blieben immer gleich.

Lucy schien nicht abgeneigt.

»Darf ich?«, fragte sie.

»Erst mal ankommen«, sagte Helen.

Einen Moment lang trat Yella aus ihrem eigenen Körper. Ihr war, als stände ihr dreizehnjähriges Ich vor ihr. Lucy war fast im selben Alter wie sie damals. Die Surfer zogen ihre Nichte ebenso magisch an wie sie sie angezogen hatten. Unter ihren Shorts und lässigen T-Shirts zeichneten sich durchtrainierte, sonnengebräunte Körper ab.

»Mal sehen«, sagte Lucy, noch unschlüssig, wie sie mit der ungewohnten männlichen Aufmerksamkeit umgehen sollte.

Die Nordsee zeigte sich von ihrer allerschönsten Seite. Die Sonne brannte am wolkenlosen Himmel und tauchte Wasser und Firmament in scharf abgegrenzte Blautöne. Kleine Wellen rollten malerisch an den gold glänzenden Strand, der betupft war mit Hunderten bunter Handtuchinseln, Strandmuscheln und Sonnenschirmen.

Ideale Bedingungen für einen unvergesslichen Sommertag. Der endlose Strand, der sich zu beiden Seiten ausstreckte, diente zugleich als Bühne.

»Dahinten ist Platz«, rief Lucy.

Jeder Strandabschnitt und jedes Strandrestaurant pflegten ihren eigenen Stil und Charakter. Lucy hatte mit einem schnellen Augenaufschlag den legendären *Paradise Club* ausgemacht, der Yella nur zu gut in Erinnerung war. Ihre Eltern hatten Doro zum sechzehnten Geburtstag einen Surfkurs geschenkt. Yella wurde im September vierzehn und hatte vergeblich gebettelt, mitmachen zu dürfen.

»Du bist zu jung«, hatte ihr Vater mit Blick auf die Surfer befunden.

Yella hatte erbost auf ihrem Handtuch gelegen und musste mitansehen, wie Doro gemeinsam mit ihrer alten Campingfreundin Milou ihre Tage ohne sie verbrachte.

Lucy verhielt sich ähnlich. Während Yella und Helen im Getümmel ihren Platz absteckten, glitten die Blicke ihrer Nichte interessiert Richtung Surfer. Sie platzierte ihr Strandlaken strategisch, sodass sie zwischen den Sonnenschirmen hindurch scheinbar zufällig die Jugendlichen im Auge behalten konnte.

Lucys Anwesenheit wirkte wie ein Brennglas. Die Geschichte des damaligen Sommers wiederholte sich vor ihren Augen. Es war Yella, als träte sie aus sich heraus und existierte in zwei Paralleluniversen. Wie in einem Film betrachtete sie sich von außen. Während sie die zappelnden Kinder von Kopf bis Fuß erst mit Sonnencreme einschmierte und dann in UV-Shirts einpackte, studierte sie heimlich ihre Nichte, als wäre sie ihr eigenes dreizehnjähriges Alter Ego. In Lucys Gesicht las sie dieselben Gedanken, denselben Wagemut, denselben Erlebnishunger, dieselbe Verletzlichkeit und unendliche Neugier auf das andere Geschlecht. Doro hatte damals so hartnäckig über ihre ersten Erfahrungen mit Jungen geschwiegen, dass Yella voller Erwartung gewesen war. Jeden Morgen fragte sie sich, wann ihr richtiges Leben endlich anfing.

Lucys Bewunderer wurden lautstark an der Hütte begrüßt. Die mageren Windverhältnisse hielten die Jugendlichen nicht davon ab, zur Surfhütte zu ziehen, um den Tag am Strand zu verbringen. Gemeinsam wartete es sich viel besser auf das passende Surfwetter. Unablässig wehten Musik und fröhliches Lachen herüber. Yella erwartete jeden Moment, in der Menge Frenkie, Milou und Doro zu entdecken, als wären die Jahre zusammengeschmolzen wie ein Wassereis. Frenkie, ihre erste große Liebe!

»Lucy könnte einen Surfkurs machen«, schlug Yella vor.

»Sie ist vierzehn«, sagte Helen.

»Vierzehneinhalb und ein bisschen«, sagte Yella.

Zum ersten Mal spürten die Schwestern am eigenen Leib

die Nöte, für einen lebenshungrigen Teenager verantwortlich zu sein. Und das vollkommen unvorbereitet.

»Unser Vater hat Doro den Surfkurs erst erlaubt, als sie sechzehn war«, sagte Helen.

Yella erinnerte sich nur zu gut daran, dass es vor allem die Verbote und daraus folgenden Heimlichkeiten gewesen waren, die sie in gefährliche Situationen gebracht hatten.

»Frenkie Visser hieß er«, sagte Helen unvermittelt. »Und ich wollte ihm den Hals umdrehen.«

Yella zuckte zusammen. Es war schwer, ihrer kleinen Schwester etwas vorzumachen. Sie sah den schmalen, blassen Jungen mit den halblangen, immer leicht unordentlichen Haaren noch vor sich. Ihr hatte gefallen, dass er so anders war als alle anderen Surfer: unsicher und verlegen. Am ersten Urlaubstag spielte er mit seinen Freunden Fußball am Strand. Und wie es der Zufall wollte, landete der Ball ständig in ihrer Nähe. Er hatte diese neugierigen grauen Augen, die ihr immer öfter folgten, bevor sie vor der Pommesbude scheinbar zufällig aufeinandertrafen. Zehn Meter gemeinsames Schlangestehen reichten zum Verlieben. Frenkie verlieh ihren Strandtagen eine ganz besondere Spannung. Von ihrem Handtuch aus versuchte sie herauszubekommen, mit welchen Freunden er sich umgab. Doro stellte für Yella den Türöffner zu dieser Welt dar. Leider dachten ihre große Schwester und deren Freundin Milou nicht im Traum daran, sie allzu oft miteinzubeziehen. Und ohnehin nur dann, wenn Johannes Thalberg nicht in der Nähe war. Erst jetzt, mit Blick auf Lucy, konnte sie die Bedenken ihres Vaters ansatzweise nachvollziehen.

»Die Verbote haben es nicht besser gemacht«, sagte Yella. »Im Gegenteil.«

»Lucys Gehirn ist komplett im Umbau«, gab Helen zu bedenken. »Da ist man nur bedingt zurechnungsfähig. Es hat schon einen Grund, warum man in dem Alter noch nicht strafmündig ist.«

»Wir können Lucy schlecht festbinden«, flüsterte Yella, die sich keine Haltung zu geben wusste.

»Wir könnten es wenigstens versuchen«, sagte Helen.

»Sie wird wohl kaum den ganzen Tag mit ihren Cousins im Sand buddeln«, sagte Yella so leise sie konnte. »So wie ich das früher mit euch getan habe.«

»Aber nicht freiwillig«, sagte Helen.

»Unsinn«, widersprach Yella.

»Unser Vater war unterwegs, Mama hat Doro mitgenommen zum Shoppen, und du durftest auf uns aufpassen«, sagte Helen.

»Habe ich gerne gemacht«, sagte Yella.

»Hast du nicht«, sagte Helen nüchtern. »Kein bisschen.«

»Stimmt«, gab Yella zu.

Sie schämte sich ein bisschen dafür, dass ihre kleinen Schwestern ihr damals so lästig gewesen waren. Yella hatte sich im letzten Familiensommer in Bergen chronisch einsam gefühlt. Sie stand irgendwo in der Mitte zwischen Doro, die mit sechzehn schon eigene Wege ging, und den kleinen Zwillingen.

»Du wolltest nur noch cool sein. Mindestens so cool wie Doro oder wie Milou«, rekapitulierte Helen. »Und du hattest ständig Ärger mit Papa. Alles nur wegen Frenkie und der Bunkerparty, zu der du nicht durftest.«

Sie war jung gewesen. Das bestimmt. Vermutlich hatte ihr Vater jedoch vor allem Probleme damit, dass ihm nun nach Doro auch Yella entwuchs. In seiner Hilflosigkeit hatte er Yella sogar zu Hausarrest verdonnert. Als ob das half. Selbst seine

Ehefrau suchte ihre Anerkennung vor allem außerhalb der Familie. Yella erinnerte sich lebhaft daran, wie peinlich sie es fand, wenn ihre Mutter gurrend wie ein Täubchen zwischen den Badegästen stolzierte und glockenhell und übertrieben lachte. Sie liebte es, mit Doro anzugeben, und genoss es, wenn sie für Schwestern gehalten wurden.

»Ich glaube, unser Vater hatte Mühe, sich damit zu arrangieren, dass ich nicht mehr sein kleines Mädchen war«, sagte Yella.

»Das hatte er doch schon mal mit Doro durchexerziert.«

Yella überlegte. »Die war schon immer ein Mamakind«, meinte sie.

Sie wedelte mit der *Cosmopolitan,* die sie zum Strand mitgenommen hatte.

»Vielleicht konnte er deswegen so schlecht loslassen«, sagte Helen. »Du warst viel mehr sein Kind.«

»Doro hätte uns wenigstens ein paar Tipps für Lucy geben können«, zischte Yella leise.

Eine Gebrauchsanweisung, die verhinderte, dass Lucy sich in gefährliche Situationen begab und sich auf Dinge einließ, die sie später bereute. Wenn Yella nur einen Moment zurückreisen könnte in der Zeit, würde sie alles wiedergutmachen, was sie damals vermasselt hatte.

Yella wollte nicht weiter über den damaligen Sommer und Frenkie nachdenken und vor allem nicht darüber, was daraus entstanden war. Darüber reden noch viel weniger. Am allerwenigsten mit Helen. Sie hatte in den Urlaub eingewilligt, weil sie nicht laut aussprechen wollte, warum sie die *Villa Vlinder* lieber gemieden hätte. Sie wusste, dass jede Ausrede schal geklungen hätte. Helen hatte die Neigung, unerbittlich nachzuhaken.

Die Sonne stach, der Geruch von Salzwasser und Sonnencreme ließ Vergangenheit und Gegenwart zusammenschmelzen. Seit dem Ausflug nach Alkmaar war die Stimmung zwischen Helen und Yella angespannt. Yella vergrub nachdenklich ihre Zehen im Sand und dekorierte die Sandburg der Jungen mit gefundenen Muscheln.

»Wenn du etwas weißt, musst du es mir sagen«, sagte Helen.

»Nicht schon wieder, Helen.« Yella stöhnte.

»Du kannst mir vertrauen.«

»Es gibt nichts«, sagte sie. »Alles liegt auf dem Tisch.«

»Es ist wichtig. Wir müssen endlich Schluss machen mit den Geheimnissen.«

»Ich geh aufs Klo«, sagte Lucy, die die dicke Luft zwischen den Schwestern spürte. Oder sie hatte nur den erstbesten Moment abgepasst, sich zu verziehen. Yella blickte ihr hinterher, wie sie zwischen den Sonnenschirmen davonstolzierte. Ihr Auftritt blieb an der Surferhütte nicht unbemerkt.

Als sie sich wieder Helen zuwandte, traf sie auf zwei Röntgenaugen. Ihre Schwester musterte sie mit einem sezierenden Blick, mit dem sie sonst vermutlich Proben unterm Mikroskop begutachtete.

»Ich geh ins Wasser«, sagte Yella.

23. Ein Sack Flöhe

Helen rutschte ungeduldig auf ihrem Handtuch herum. Wo war eigentlich Lucy abgeblieben? Die hatte sich vor einer halben Ewigkeit Richtung Toilette verabschiedet. Wie lange war die jetzt schon weg?

Auf drei Kinder aufzupassen, war nicht so einfach, wie Helen sich das vorgestellt hatte. Solange Yella auf dem Handtuch neben ihr lag, lief ein Strandtag wie von selbst. Yella hatte einen untrüglichen Instinkt dafür, wer wann etwas trinken, aus der Sonne kommen oder dringend eingecremt werden musste. Alleine mit drei Kindern schien alles viel komplizierter. Welcher Aktionsradius war richtig? Helen liebte es, Risiken abzuwägen und dann eine überlegte Entscheidung zu treffen. Bevor sie im Labor ihre Meinung äußerte, hatte sie ihre Ergebnisse in Dutzenden Versuchsreihen getestet und überprüft. Nicht umsonst hatte sie sich für ein Berufsfeld entschieden, in dem sie mit berechenbaren Entitäten zu tun hatte. Ihr Leben im Labor drehte sich um reproduzierbare Ergebnisse. Wenn man Substanzen mixte, konnte man endlos an der Formel schrauben, um Wunsch und Wirklichkeit in Einklang zu bringen. Messergebnisse waren objektiv zu halten und genauestens zu dokumentieren. Bei Menschen lagen die Dinge wesentlich komplizierter. In dieser Familienanordnung hatte sie es mit drei Variablen zu tun. Anders als Neutronen, die verlässlich um ihren Kern kreisten und sich ohne spezielle Absprache an ihre Umlaufbahn hielten, sausten Leo, Nick und Lucy wie ungeleitete Projektile über den Strand. Alles passierte schnell und gleichzeitig. Sie atmete auf, als Lucy hinter zwei Sonnenschirmen auftauchte.

»Ich habe mir Sorgen gemacht«, gab Helen zu.

»Ich war auf dem Klo.«

»So lange?«

»Da war eine Schlange.«

»Lauter Surfer, nehme ich an«, sagte Helen und klang pampiger als gewünscht.

»Sie haben mir die Wartezeit vertrieben.«

»Sag wenigstens Bescheid«, meinte Helen.

Lucy sah sie empört an. »Wir wollen doch den ganzen Tag am Strand bleiben. Wo ist das Problem?«

»Ich wüsste gerne, wo du bist.«

»Ich bin keine drei. Ich brauche keinen Aufpasser.«

»Ich habe keine Lust, deiner Mutter zu berichten, dass wir dich verloren haben.«

»Meine Mutter ist viel zu beschäftigt, um mich zu vermissen.«

Helen seufzte. Was war nur im Leben ihrer Schwester los? Aus Lucys Andeutungen wurde sie nicht schlau. Aus Lucy selbst ebenso wenig.

»Lucy«, sagte Helen. »Wir sind nicht deine Feinde.«

Lucy blieb in ihrem Konfrontationsmodus: »Ich habe Ferien«, sagte sie. »Im Urlaub darf ich machen, was ich will.«

»Solange du dich abmeldest.«

»Du bist nicht meine Mutter.«

»Halleluja«, sagte Helen. »Was für ein Glück.«

Lucy stand auf.
»Was machst du?«
»Ich muss mal.«
»Schon wieder?«
»Blasenentzündung«, sagte Lucy. »Chronisch.«
Vor ihr warf Leo Nick gerade eine Handvoll Sand ins Gesicht. Der revanchierte sich sofort und zog seine Plastikschaufel über den Kopf des großen Bruders. Als sie die beiden Streithähne getrennt hatte, war Lucy wieder verschwunden. Helen wusste genau, wo sie suchen musste. Sie wandte ihren Blick zum Strandhaus der Surfer und erstarrte. War das nicht dieser Mann, den sie schon beim *korren* gesehen hatte? Dieselbe kräftige Statur, dieselbe Kleidung, die darauf schließen ließ, dass er nicht als Badegast gekommen war, derselbe Stetson-Hut. Was um alles in der Welt suchte der Unbekannte in der Nähe von Lucy?
»Schau mal, Helen«, rief Leo aufgeregt. »Schau mal, was wir gefunden haben!«
Helen schaute jedoch nicht in Leos Richtung. Bewegte der Mann sich etwa auf Lucy zu?
»Dürfen wir einen Schatz?«, fragte Leo.
»Ja, ja«, sagte Helen abwesend.
Sie behielt Lucy im Auge. Das Mädchen trug den korallenroten Bikini ihrer Großmutter, der ganz schön knapp geworden war, und flatterte wie ein Schmetterling zwischen den Surfern herum, als der Mann sich ihr in den Weg stellte. Beinahe beiläufig. Das konnte kein Zufall mehr sein. Irgendjemand hatte es auf ihre Familie abgesehen.
Alarmiert sprang Helen auf. Was wollte der Kerl von Lucy? Von ihrer Familie?

Ohne weiter zu überlegen, lief sie los. Ihre Füße brannten auf dem heißen Sand. Diesmal würde sie den Mann nicht davonkommen lassen. Die Sorge um Lucy ließ sie jede Schüchternheit vergessen. Sie musste wissen, was hier gespielt wurde. Nach ein paar Schritten hielt sie abrupt inne. Die Jungs. Sie musste den Jungs Bescheid geben. Als sie sich umdrehte, erschrak sie ein zweites Mal. Der Platz bei ihren Handtüchern war verwaist. Wo in aller Welt waren Nick und Leo geblieben?

24. Verschwunden

Helen rannte zurück. Die trügerische Ruhe traf sie mitten ins Herz. Sie war nur einen winzigen Moment abgelenkt gewesen, eine Sekunde hatte sie ihre Neffen aus den Augen gelassen. Nicks fröhliches Geschnatter war auf einmal verstummt. Schon als Baby hatte er wie ein Wasserfall in seiner Fantasiesprache geplappert. Für Außenstehende war sein Dialekt komplett unbegreiflich, aber der kleine Mann war besessen davon, seine Welt mit Worten zu füllen und zu beschreiben. Alles musste ausgesprochen und erzählt werden. Jetzt blieb es still. Gefährlich still. Die Sandkuhle, in der Nick gerade noch enthusiastisch gebuddelt hatte, war leer, das Sandspielzeug lag verlassen da, als hätte sich der Fünfjährige von einer Sekunde auf die andere in Luft aufgelöst. Ihr Blick flog panisch nach links, nach rechts. Keine Spur von den Kindern. Sie waren verschwunden. Einfach weg.

»Haben Sie zwei kleine Jungen gesehen?«, fragte sie die jungen Frauen, die seit Stunden ein paar Meter von ihr entfernt auf ihren Handtüchern dösten und auf ihre Handys starrten. Träge blickten sie auf, mit einem Ausdruck, als kämen sie gerade von einer sechsjährigen Marsmission zurück, über der sie vollends verlernt hatten, sich mit irdischen Dingen auseinanderzusetzen. »Welche Jungen?«

Das alte Paar neben ihr, tiefengebräunte Strandprofis mit

Liegestühlen und Kühlbox, war vollkommen mit sich selbst beschäftigt. Die Frau griff nach dem Sonnenöl und schmierte sorgfältig ihr enormes Dekolleté ein. Er streckte ihr seine Arme hin und sie sprühte ihn voll, ohne dass ein Wort zwischen ihnen gewechselt werden musste. Ihr stummes Eheballett forderte ihre ganze Aufmerksamkeit.

»*Geen idee*«, sagte sie. »*Wij houden ons nooit met de buren bezig.*«

Auf ihr ratloses Gesicht hin übersetzte er pampig: »Keine Ahnung, wir kümmern uns nie um die Nachbarn.«

Rasend vor Angst scannte Helen das Meer aus in den Sand gepflockten Sonnenschirmen, die in allen Farben des Regenbogens leuchteten. Hatten ihre Neffen sich die Farben ihrer Strandmuschel gemerkt? Oder einen anderen Orientierungspunkt? Ein Softball flog ihr um die Ohren, überall tönten fröhliche Stimmen und Musik. Die beiden Jungen waren noch so klein. Vermutlich würden sie in Panik geraten. Kannten sie Yellas Telefonnummer? Warum hatten sie nichts abgesprochen für den Fall, dass jemand verloren ging?

»Leo? Nick?« Ihre Stimme verlor sich hoffnungslos im sommerlichen Getümmel.

Helens Blick fiel auf die zurückgelassenen Schwimmflügel der Kinder. Geschockt raste sie Richtung Meer. Sie hatte nur einen Moment nicht richtig aufgepasst. Einen einzigen Moment. Helen sah angsterfüllt auf die Nordsee, die sich riesig und bedrohlich bis in alle Ewigkeit vor ihr ausstreckte. Einen Schatz? Sie hatten von einem Schatz gesprochen. Wollten sie auf eigene Faust Schätze aus dem Meer fischen? So wie beim *korren*. Wollten sie zu Yella ins Wasser?

Wo sich ein paar Stunden zuvor noch seichte Pfützen befanden, in denen Kinder herumplanschten, drückte nun die Flut mit aller Macht hinein. Die Sonne setzte glitzernde Lichtflecken auf die Wasseroberfläche, als lockte sie Helen mit falschen Hinweisen. Sonne und zunehmender Seegang zogen zahlreiche Strandgänger trotz frischer 19 Grad in die Brandung, Kinder tollten in den brausenden Wellen. Wie sollte sie da ihre Neffen wiederfinden? Wer behauptete, dass das Rauschen des Meeres beruhigend wirkte? Jetzt löste das Geräusch pure Panik in ihr aus. Ihr Atem setzte aus. Alles krampfte sich in ihr zusammen. Die Wellen hatten in der letzten Stunde deutlich an Höhe und Kraft zugenommen. Sie konnte nur hoffen, dass die Jungs nicht ins Wasser gegangen waren. Leo und Nick hatten keine Chance, wenn eine Woge sie umriss. Ihr Herz schlug bis zum Hals. Sie hatte sich nur kurz umgesehen, einen Wimpernschlag zu lange. Wo war Yella? Wo waren die beiden Jungs?

Sie können nicht schwimmen, hämmerte es wieder und wieder in ihrem Kopf. Leo hatte seinen Schwimmunterricht abgebrochen, Nick noch gar nicht angefangen. Jedes Jahr ertranken an der Nordseeküste Menschen, nachdem sie in einen Priel geraten waren. Strömungen zwischen Sandbänken konnten so heftige Kräfte entwickeln, dass selbst Erwachsene rettungslos mitgerissen wurden. Alles drehte sich um Helen herum. Vor ihrem inneren Auge spielte sich ein Schreckensszenario ab: treibende Körper, eine aufgelöste Rettungsbrigade, Wiederbelebungen am Strand, ein Kreis von Schaulustigen, der ihr als der Verantwortlichen bitterböse Blicke zuwarf, Entsetzen, Wut und dann der markerschütternde Schrei von Yella. Derselbe Schrei, der sie am Morgen des 01.08.2001 aus ihrem Leben katapultiert hatte. Sie sah sich wieder als Neunjährige morgens die Treppe hinuntertapsen. Das abgedunkelte

Wohnzimmer der *Villa Vlinder* war voller Menschen gewesen. Benommen hatte ihre Mutter den Kopf hin und her bewegt, wie ein hospitalistisches Kind. Sie hatte ein wunderschönes rotes Sommerkleid getragen, das sie sonst nur zu besonderen Anlässen aus dem Kleiderschrank holte. Alle Bewegungen waren so verlangsamt gewesen, als posierte sie in Wirklichkeit für ein Porträt. Das Bild stand auf ewig auf ihrer Netzhaut, als wäre es ein berühmtes Meistergemälde. Mit einem Schlag hatte Helen begriffen, dass von ihrer Mutter keine Hilfe zu erwarten war.

Amelie dagegen hatte erhöht auf der Sofalehne gekauert, den einen Arm schützend um die Mutter gelegt, die andere Hand hatte unaufhörlich den mütterlichen Oberarm getätschelt. Davor hatte Doro gekniet, mit einem Glas Wasser, das sie nicht annahm. Helen hatte keine Erklärung gebraucht. Das Fehlen ihres Vaters hatte sie registriert, noch bevor jemand die vernichtenden Worte aussprechen konnte.

Es war ein unbekannter Mann, der die verheerenden Worte aussprach: »Dein Papa ist tot.«

Später hatte er sich als Mitarbeiter des Beerdigungsinstituts herauskristallisiert.

»Es war ein Unfall«, sagte er.

Die Worte des Begräbnisunternehmers gewährten keinerlei Spielraum für Spekulationen oder Hoffnung. Später lernte sie, dass Menschen, die Todesnachrichten überbringen, angehalten wurden, ihre Schreckensnachricht in eine direkte, unmissverständliche Botschaft zu kleiden. Damals waren die vernichtenden Worte wie ein Schlaghammer auf sie niedergedonnert, bevor sie im Raum verhallt waren. Niemand hatte etwas gesagt. Nur das unterdrückte Schluchzen ihrer Mutter war zu hören gewesen. Es war viel zu still und stickig in dem überfüllten Wohnzimmer. Und viel zu dunkel. Niemand hatte sich die Mühe gemacht, die Gardinen, die ihr Vater am Abend zuvor geschlossen hatte, zu öffnen, als wolle man den Moment hinauszögern, in dem das Licht allzu grell das neue Leben beleuchtete. Die fehlenden Geräusche prägten sich ihr am meisten ein. Dieses quälende Schweigen, in das hinein Yella plötzlich aufgeschrien hatte wie ein tödlich verletztes Tier.

Sie wollte nie wieder im Leben zu spät und als Letzte einen Raum betreten. Nie mehr miterleben, dass jemand ohne Vorwarnung aus ihrem Leben gerissen wurde. Nie wieder wollte sie Yella so schreien hören.

Und jetzt waren Nick und Leo verschwunden. Das durfte nicht passieren. Nicht noch einmal, nicht wieder, nie, nie, nie.

»Leo, Nick«, brüllte sie gegen Wind und Schwindel an. Der Wind dämpfte ihre Stimme, so wie die Blumenvorhänge, die einst in der *Villa Vlinder* gehangen hatten. Wenn sie nur die Zeit zurückdrehen könnte. Nur ein paar Minuten. Sie hatte sich in albernen Fantasien über einen mysteriösen Mann verstrickt.

Rettungsschwimmer! Wo waren Rettungsschwimmer? Die hatten Erfahrung, ein Megafon, Übersicht. Die mussten ihr helfen. Jemand musste ihr helfen. Vornüberkippend flog Helen über den heißen Sand, ihre Füße sackten weg. Auf dem weichen Untergrund konnte sie nur kleine Schritte machen. Die Angst überrollte sie und verschluckte sie mit Haut und Haaren. Hoffentlich verstanden die Leute von der Wasserwacht Deutsch. Was hatten die beiden eigentlich an? T-Shirts? Ja! Aber welche Farbe? Warum hatte sie nicht besser aufgepasst? Tränen sprangen in ihre Augen. Farben und Gesichter verschwammen, Himmel und Wasser flossen zusammen. Aus dem Durcheinander undeutlicher Farbflecke schälte sich schemenhaft eine Gestalt.

»Darf ich auch ein Eis?«, klang eine empörte Stimme.

Helen versuchte, sich zu orientieren. Mühsam identifizierte sie in dem Nebel das Gesicht von Lucy.

»Hast du Leo und Nick gesehen?«, schrie Helen.

»Hab ich«, sagte Lucy beleidigt. »Das ist es ja.«

»Wann? Wo? Wo sind sie?«, brach es aus Helen heraus.

»Wieso kriegen die ein Eis und ich nicht?«

Sie wies vorwurfsvoll mit dem Zeigefinger Richtung Strandbar, wo die beiden selig auf der Holztreppe saßen und hingebungsvoll knallbuntes Wassereis lutschten.

»Schatzkiste war zu teuer«, rief Leo und winkte ihr begeistert zu. »Wir haben ein anderes Eis genommen.«

»Ich will auch eins«, rief Lucy erbost. »Mir ist auch heiß.«

Auf einmal wirkte sie kaum älter als die beiden Jungen.

»Wir haben die zwei Euro ganz alleine im Sand gefunden«, klärte Nick seine Cousine auf. »Helen hat uns erlaubt, Eis zu kaufen.«

»Aber nichts Mama verraten«, sagte Leo. »Die will immer, dass wir erst was Vernünftiges essen.«

Helen ließ sich erschöpft in den Sand sacken. Über ihr erschienen zwei Kindergesichter mit bunten Eisschnuten, die auf allerlei chemische Farbstoffe schließen ließen.

»Ist dir heiß?«, fragte Leo besorgt.

»Du darfst bei mir lecken«, sagte Nick großzügig. »Meins ist ganz kalt.«

Er hielt ihr sein Eis hin. Grünes Zuckerwasser tropfte auf ihre erhitzten Wangen. Sie war noch nie so glücklich gewesen, verschmierte Kindermünder zu sehen. Daneben schob sich ein verärgerter Teenager in ihr Blickfeld.

»Und ich?«, fragte Lucy. »Wieso darf ich kein Eis?«

Helen seufzte zufrieden auf. Sie hatte alle ihre Schäfchen wieder bekommen. Von dem Mann mit Hut war keine Spur mehr zu erkennen.

25. Wellenbewegungen

Yella genoss, einen Augenblick nur für sich zu sein. Als die erste Welle auf ihren Bauch traf, zog sie unwillkürlich die Arme in die Höhe. Die Nordsee war nichts für Feiglinge und kälteempfindliche Zeitgenossen. Tausend Nadelstiche piksten auf ihrer Haut, als sie sich in die Fluten fallen ließ. Für einen Moment blieb ihr der Atem weg. Doch wenn man den ersten Schock überwunden hatte, war das Wasser herrlich. Mit jedem Schwimmzug passte sich ihr Körper mehr der Temperatur an. Yella schwamm mit kräftigen Zügen weit raus in die Wellen. Wenn sie immer weiter geradeaus Kurs nahm, würde sie in England landen, in einem anderen Leben. Aber im Moment wollte sie nirgendwo anders sein als genau an dieser einen Stelle. Weit weg vom Strand, von jedem Ufer. Alleine. Weit weg von Helens Fragen. Weit weg von der Surferhütte, wo sie ihren ersten Rotwein getrunken hatte, weit weg von den Erinnerungen an Frenkie. Yella drehte sich auf den Rücken und ließ sich einfach treiben. Von unten knabberte die Kälte an ihr, oben wärmten die Sonnenstrahlen sie auf. Sie wollte sich auf ewig im Wasser treiben lassen. Ihre Lippen schmeckten nach Salz. Der Himmel glänzte in wolkenlosem Blau, und für einen Moment gelang es ihr, abzuschalten. Sie war einfach nur glücklich. Bis eine unerwartet große Welle über ihr zusammenschwappte. Sie hustete und spuckte Salzwasser. Zeit, sich von den Wellen Richtung Strand tragen zu lassen.

Helen tippte energisch auf ihrem Handy herum, als Yella bibbernd aus dem Wasser zurückkam. Yellas Blick fiel auf die glücklichen Gesichter ihrer Söhne, die gerade hingebungsvoll von Lucy in einer Kuhle eingegraben wurden.

»Wie tief?«, fragte Lucy.

»So tief, dass sie nie mehr wegrennen können«, sagte Helen.

»Und dann bekomme ich ein Eis?«, fragte Lucy skeptisch.

»Erst graben«, sagte Helen streng.

Die beiden Jungs kicherten hocherfreut. Yella versuchte, sich einen Reim zu machen auf die seltsame Szene, die sich vor ihren Augen abspielte.

»Habt ihr Eis gehabt?«, fragte sie.

»Helen hat uns erlaubt, selbst zur Bude zu gehen«, bestätigte Nick stolz. »Wir haben ganz alleine den Weg gefunden. Es war überhaupt nicht schwer.«

»Jetzt müssen wir in die Kuhle, damit uns niemand klaut«, sagte Leo.

Yella wunderte sich über ihre Schwester. Sie hätte nie gedacht, dass ein Sommerurlaub Helen in die Sorte Tante verwandeln würde, die Kinder mit Eis verwöhnte oder im Sand einbuddelte. Vielleicht hatte sie ihre kleine Schwester, die immer viel zu ernst schien, bisher in einem vollkommen falschen Licht gesehen.

Helen tippte immer noch.

»Arbeit?«, fragte Yella.

»Schwimmkurs«, sagte Helen.

»Für dich?«

»Für Leo und Nick. Morgen geht es los.«

»Schwimmunterricht?«, fragte Yella nach.

»In Alkmaar«, sagte Leo.

»Ein Intensivkurs. Jeden Morgen zweieinhalb Stunden«, erklärte Helen. »Bis zum Ende des Urlaubs haben sie das erste Abzeichen.«

Yella konnte es kaum fassen. Leos Schwimmkurs in Berlin war bislang ein einziges Drama gewesen. Jetzt nickte er aufgeregt.

»Ich übernehme die Fahrerei«, versprach Helen, bevor Yella praktische Bedenken anmelden konnte. »Du musst dich um nichts kümmern.«

»Im Ernst?« Yella war verblüfft. »Das ist so lieb von dir.«

Wie hatte Helen das hinbekommen, Leo zu überzeugen, einen zweiten Anlauf zu wagen? Schaffte Helen es tatsächlich, Leo ein bisschen mehr Selbstvertrauen einzuflößen? David und sie waren an diesem Unternehmen bisher kläglich gescheitert.

»Es ist purer Egoismus«, gab Helen zu. »Ich verstehe nicht, wie man als Mutter von Nichtschwimmern am Strand überleben kann, ohne an einem Nervenzusammenbruch zu sterben.«

Yella nickte erfreut. Vielleicht hatte der Schwimmunterricht den angenehmen Nebeneffekt, dass Helen endlich damit aufhörte, im Gestern herumzustochern.

26. Die Abwesende

Als sie am Ende eines gemächlichen Strandtages in die Villa zurückkehrten, war Doro noch immer nicht eingetroffen. Schlimmer noch: Sie ließ nichts von sich hören. Auch Amelie, die sich für einen gemütlichen Spieleabend angesagt hatte, war ahnungslos. Ihre Nachrichten an die Schwester waren seit mehr als 24 Stunden ungelesen. In die anfängliche Konfusion mischte sich Irritation. Mit jeder Stunde, die verstrich, drängte ein anderes Gefühl in den Vordergrund: Sorge. Was war nur mit Doro los? Eine schnelle Nachfrage bei Ludwig brachte wenig Erhellendes. *Sie arbeitet,* schrieb er lapidar. *Dann kann sie sich auf nichts anderes konzentrieren.*

Besonders alarmierend war eine Textnachricht ihrer Mutter. Mit keinem Wort ging sie auf die Fotos ein, die sie geschickt hatten. Sie war wieder einmal nur mit den eigenen Befindlichkeiten beschäftigt. *Habt ihr was von Doro gehört?,* schrieb sie. *Ich muss sie was zu den Papieren fragen. Sagt ihr, sie soll mich anrufen. Dringend!!!*

Welche Papiere? Lucy und die beiden Jungs alberten herum, während Amelie nervös auf ihrem Stuhl herumrutschte. Man spürte förmlich, dass sie auf heißen Kohlen saß. Die drei Schwestern probierten, den gemeinsamen Spieleabend so fröhlich wie möglich zu gestalten. Doros Abwesenheit lag schwer über dem Abend.

Als Lucy sich mit ihrem Telefon zurückzog und die Kinder im Bett lagen, konnten sie das Thema nicht länger umschiffen.

»Typisch Doro«, sagte Helen. »Sie könnte doch wissen, dass wir uns Gedanken machen.«

»Ich würde mir keine Sorgen machen. Ich wette, die taucht urplötzlich auf und tut, als wäre nie was gewesen. War schon damals ihre Spezialität«, sagte Amelie. Sie verstummte schlagartig, als hätte sie sich unvorsichtigerweise in gefährliches Terrain gewagt.

Damals, das verstanden alle Sommerschwestern, war ein Code für den verhängnisvollen Abend.

Amelie sah sich mit gequälter Miene um.

»Ich glaube, es ist das Haus. Es hat so eine Aura«, flüsterte sie. »Ich habe ständig das Gefühl, im nächsten Moment passiert wieder was Schreckliches.«

Yella rutschte ungemütlich auf ihrem Stuhl herum. Die Richtung, in die das Gespräch gerade ging, missfiel ihr sichtlich.

»Wer will was Süßes zum Nachtisch?«, unterbrach sie.

Aber es war zu spät. Helen hatte Amelies winzige Andeutung aufgefangen.

»Was meinst du damit?«, fragte Helen. »Das war schon damals ihre Spezialität.«

»Vermutlich wollte Doro mich nur erschrecken«, sagte Amelie. »Wisst ihr noch, die Nummer mit dem Bettlaken und der Taschenlampe?«

Sie sah zu Yella, als ob sie erwarte, dass diese in den Kanon liebgewordener familiärer Wiederholungen einfiel. Yella rührte mit dem Löffel in ihrer Teetasse herum und starrte so angestrengt in die dunkle Brühe als läse sie in Wirklichkeit in einem Kaffeesatz.

»Ich bin nicht deine Schwester?«, ahmte Amelie die Stimme ihrer großen Schwester nach. »Ich bin ein Geist.«

Yella reagierte einfach nicht.

»Sie wollte mich erschrecken …«, sagte Amelie.

Das Gespräch erstarb, so wie es immer erstarb, wenn die Sommerschwestern sich im Gestern verliefen. Der Weg in die Vergangenheit stellte sich immer wieder als Sackgasse heraus.

Helen durchbohrte Amelie mit Blicken.

Ihre Zwillingsschwester hielt der Spannung nicht stand: »Es ist nicht wie damals. Wir sind keine Kinder mehr, und Doro kann wunderbar auf sich selbst aufpassen.«

»Sprichst du von der Sturmnacht?«

Amelie sprang auf: »Ich muss nach Hause«, sagte sie. »Wenn ihr Zeit habt, könnt ihr morgen zu uns kommen. Philomena gibt einen Comedy Workshop.«

Doch Helen ließ ihre Schwester nicht so einfach davonkommen.

»Was meinst du damit, Amelie?«, fragte sie scharf. »Was sollen die ganzen Andeutungen?«

Amelie sah Yella gequält an.

Seit sie in Bergen angekommen war, machte sich bei Helen zunehmend der Verdacht breit, dass Amelie sich an weit mehr erinnerte, als sie zugeben wollte.

»Ich hatte schreckliche Angst im Sturm«, berichtete ihre Schwester stockend. »Du hast geschlafen. Das ganze Haus ächzte. Jemand klopfte ans Fenster. Wirklich. Ans Fenster. Im oberen Stock! Ich habe mich nicht mal die Treppe runter getraut, zu Papa. Also bin ich in Doros Zimmer. Aber da war niemand. Das Bett war genauso, wie sie es am Morgen verlassen hatte. Ich bin zwischen die Laken gekrochen und habe mich unter der Decke versteckt. Das Fenster klappte auf und zu.«

Amelie schaute wieder zu Yella, als ob es ihrer Zustimmung bedurfte, den Rest der Geschichte zu offenbaren.

»Und irgendwann hörte ich dann die Schritte. Ich dachte, die Hexe von gegenüber holt mich. Aber es war Doro. Erinnert ihr euch? Sie hatte diese hässlichen rosa Cowboystiefel. Vom Flohmarkt. Plötzlich war sie wieder da. Mir kam es vor wie eine Ewigkeit, aber vermutlich hat sie die ganze Zeit in der Tür gestanden und sich darüber lustig gemacht, wie ich mich fürchte.«

»Ich höre diese Geschichte zum ersten Mal«, sagte Helen erstaunt.

Sie beobachtete die versteinerte Yella. Was ging nur in ihr vor?

»Ich gehe ins Bett«, sagte Yella. »Ich habe keine Lust, schon wieder über den Unfall zu reden.«

Amelie nutzte den Moment, zur Tür zu eilen. »Ich muss sowieso los.«

Sie verzichtete darauf, ihr Mantra herunterzubeten. »Wir sind hier, um neue Erinnerungen zu kreieren, nicht um uns in Ereignissen zu verlieren, die zwanzig Jahre her sind.«

Helen blieb alleine am Tisch zurück. Mit einem eigentümlichen Gefühl im Magen.

»Ich habe keine Lust, über den Unfall zu reden«, hatte Yella gesagt.

Aber was hatte diese unschuldige, kleine Szene mit dem Unfall zu tun?

27. Was wäre, wenn?

Helen stürmte mit zwei schlaftrunkenen Kindern die Schwimmhalle. Der neue Tag hatte sie gegen fünf Uhr mit überraschend kräftiger Sonne begrüßt. Die Nacht war kurz gewesen, das Frühstück hektisch, der Schwimmunterricht viel zu früh. Im Schwimmbad schlug ihnen schwüle Hitze entgegen. Unter dem Arm trug sie den unvermeidlichen Terrorpinguin, der wie eine Wärmflasche wirkte. Leo hatte darauf bestanden, dass Rudolf mit zum Schwimmen wollte, machte jedoch nicht die geringsten Anstalten, Helen das Stofftier abzunehmen. Yella hätte sie am liebsten nach Alkmaar begleitet, aber Leo und Nick fanden es spannender, etwas alleine mit Helen zu unternehmen.

»Du musst kommen, wenn wir was können«, sagte Leo aufgeregt.

Man spürte seine Not, seiner Mutter zu beweisen, wie mutig er war. Seit Helen die beiden alleine zum Kiosk gelassen, zur Unzeit Eis erlaubt und die beiden mit Lucys Hilfe hingebungsvoll verbuddelt hatte, bis sie sich nicht mehr vom Fleck rühren konnten, genoss Helen die unbedingte Liebe ihrer Neffen. Dass sie Rudolf und Hausgespenster im Zaum halten konnte, ließ Leos Bewunderung ins Unermessliche steigen. Ihre Neffen hielten sie allen Ernstes für die tollste Tante der Welt. In dreißig Jahren war ihr noch nie die Rolle der coolsten Thalbergschwester zugeschrieben worden. Sie verblasste immer ein wenig neben der lauten Brillanz von Doro, Yellas Fähigkeit, gut Freund mit den verschiedensten Menschen zu sein, und Amelies feenhafter Erscheinung. Doch jetzt war Helen die erklärte Favoritin.

»Mama passt immer so doll auf uns auf«, erklärte Nick gewichtig. »Dabei sind wir schon groß.«

Bereits im Eingangsbereich des Schwimmbads realisierte Helen, wie wenig Erfahrung sie mit Kindern hatte. Gehörte Selbstständigkeit nicht auch zu einem Schwimmabzeichen? Durfte man sich als Erwachsener überhaupt noch in den Umkleidekabinen von Kindern aufhalten? Es war schon eine Weile her, dass sie selbst ihr Seepferdchen gemacht hatte. Sie konnte sich nicht erinnern, dass ihre Eltern sie je zum Schwimmunterricht begleitet hatten. Henriette war zu beschäftigt, ihr Vater von der großelterlichen Firma absorbiert gewesen. Yella dagegen kümmerte sich liebevoll um ihre Söhne und legte trotzdem viel Wert darauf, Nick und Leo zur Eigenständigkeit anzuhalten. Stoisch hielt sie aus, wenn ihre Kinder Vorlieben entwickelten, die sie nicht teilte. Jeden Morgen wählten die beiden Jungen sorgsam aus, was sie anziehen wollten. Leo liebte alles, was bunt war und glänzte: Knallfarben, Applikationen, Regenbögen, Einhörner und immer wieder »Frozen«-Motive. Nick dagegen entschied sich grundsätzlich für das, was ihm als Erstes in die Hände fiel, ohne Rücksicht auf Jahreszeit, Muster oder rechte und linke Seiten. Ganz zu schweigen vom Allgemeinzustand des Kleidungsstücks.

»Das brauche ich noch«, war sein empörtes Mantra. Das galt für leere Müslischüsseln, die er in die Spülmaschine räumen sollte, genauso wie für gefundene Stöcke, angefangene Bastelarbeiten, halb fertige Puzzles, umgekippte Spielzeugkisten und verdreckte Klamotten.

»Da schlägt eindeutig Davids Vater durch«, sagte Yella. »Mein Schwiegervater ist farbenblind und schwerhörig, wenn es darum geht, auch nur den kleinen Finger im Haushalt zu rühren.«

Helen nahm sich ein Vorbild an Yellas relaxter Haltung und beschloss, dass die Jungs groß genug waren, alleine in ihre Schwimmsachen zu schlüpfen.

»Ich helfe Nick beim Umziehen«, sagte Leo.

Er schob seinen Bruder gebieterisch durch das Drehkreuz am Eingang. Jetzt, wo Helen Rudolf übernommen hatte, gefiel er sich sichtlich in seiner neuen Rolle als mutiger Kümmerer und sorgsamer älterer Bruder. Dabei wollte Nick alles, nur nicht beschützt werden. Am allerwenigsten von Leo. Nick schlug den gönnerhaften Arm auf seiner Schulter energisch weg und rannte in Richtung Umkleidekabinen davon.

Helen platzierte Rudolf auf der Zuschauertribüne beim Fünfzig-Meter-Becken. Neben ihr nahm ein junger Vater Platz.

»Deine beiden haben sich in den Katakomben verirrt«, sagte er. »Ich habe ihnen gezeigt, wo die Umkleide ist.«

Helen blickte ihren Sitznachbar erstaunt an.

»Ich habe dich gleich erkannt. Deine Jungen sehen dir unglaublich ähnlich.«

Fast hätte Helen laut aufgelacht: Kein Mensch hatte sie je für eine Mutter gehalten. Im Gegenteil. Im Labor wurde sie selten einbezogen, wenn Babyfotos und Kinderanekdoten ausgetauscht wurden. Einen Moment lang war sie ersucht, reflexartig mit »Ich bin nur die Tante« zu antworten. Doch dann schlüpfte sie in die geliehene Rolle wie in einen Mantel, den man kurz überzieht, um zu testen, wie er einem steht. Es verwunderte sie, dass sie so etwas wie Stolz verspürte, unter den Müttern und Vätern der Schwimmgruppe nicht weiter aufzufallen. Ihr Übermut währte exakt fünf Minuten.

Helen versank beinahe in Grund und Boden, als Nick und Leo in der Schwimmhalle auftauchten. In normaler Kleidung und Straßenschuhen. Waren die beiden immer noch auf der Suche nach der Umkleidekabine?

»Ihr müsst euch umziehen«, rief sie und verfiel hektisch in ausladende, kreisende Handbewegungen, mit denen man auch Lastwagen einweisen könnte.

Ihre Worte und Gesten gingen im Schwimmbadgetümmel unter.

Ein junger Mann in weißen Shorts, möglicherweise ihr Lehrer, drückte ihnen Schwimmnudeln in die Hand. Vom Rand aus schrie Helen, in der Halle redete der Kursleiter auf sie ein. Offenbar desorientiert taperten ihre Neffen am Beckenrand entlang.

Helen glaubte, ihren Augen nicht zu trauen, als hinter den beiden Jungen weitere Kinder auftauchten. Ebenfalls in Straßenkleidung und Schuhen.

»Das Land ist voller Grachten, Kanäle und Wasserstraßen. Vom Meer ganz zu schweigen«, erklärte der Vater neben ihr mit gewichtiger Miene. »Da ist es überlebenswichtig, dass sie lernen, wie es sich anfühlt, in voller Montur ins Wasser zu fallen. Und wieder zum Rand zu kommen.«

»Sie gehen angezogen ins Becken?«, fragte Helen.

»Natürlich«, erläuterte der junge Mann. »Alle Kinder lernen das. Holland-Survival-Training.«

Helen lachte auf. War das nicht genau der Grund, warum sie Leo und Nick für den Blockkurs angemeldet hatte?

Die Kinder winkten den Eltern auf der Tribüne zu und verschwanden dann in einem Nebenraum. Die Eltern um sie herum verließen die Schwimmhalle.

»Die ersten Stunden trainieren sie im untiefen Übungsbad«, erklärte der Vater, »da brauchen sie keine Eltern, die zuschauen.«

Helen fand sich noch immer sprachlos in der Kantine wieder, eingehüllt in den Duft von morgendlicher Hitze, Kaffee, Chlor und heißem Fett. Gemeinsam mit Rudolf. Der akute Sauerstoffmangel haute sie um. Ihre Augen fielen zu, ihr Kopf kippte zur Seite, Rudolf ging zu Boden. Das Soundsystem in seinem Inneren weckte sie mit einem schrillen Laut. Sie quetschte Rudolf an die Mauer und lehnte sich erschöpft dagegen. Der Pinguin protestierte lauthals. Sein empörtes Quieken ging ihr durch Mark und Bein. Fast schon hatte sie das Gefühl, dass das Unheil, das in ihm schlummerte, nun auch auf sie abstrahlte. Rudolf stellte ketzerische Fragen und malte den Teufel an die Wand.

»So schön, eine Stunde freizuhaben«, sagte der Vater vom Nebentisch und fügte genießerisch die niederländische Übersetzung ein: *»Eindelijk niksen.«*

Endlich *niksen* war wirklich das Allerletzte, was auf Helens To-do-Liste für den Urlaub stand. Rudolf sah sie entschlossen an. Mit dem Terrorkuscheltier an ihrer Seite würde sie kaum ein Mininickerchen einlegen können. Während die Jungs im Wasser paddelten, hatte Helen Zeit. Zu viel Zeit, nutzlose Zeit, Zeit, in der sich die düsteren Gedanken des gestrigen Abends sofort wieder zur Stelle meldeten. Sie zog ihr Handy hervor und rekapitulierte, was sie bislang herausgefunden hatte. Die Informationen über den Sturm, Amelies Bericht. Es war ein winziges Detail in der scheinbar unschuldigen Geschichte ihrer Zwillingsschwester, das sich in ihr Bewusstsein drängte. Es waren die Cowboystiefel, die sie störten. Konnte ein Paar Boots der Schlüssel zu einem Geheimnis sein?

28. Brot und Erbsen

Yella joggte durch die Dünen. Zum ersten Mal seit langer Zeit hatte sie wieder die Muße, ein bisschen Sport zu treiben, der nicht aus dem mütterlichen Dreikampf von Job und Haushalt jonglieren, Kinder betreuen und der Zeit hinterherlaufen bestand. Die Sonne drückte schwer auf sie herunter. Von Tag zu Tag kletterte das Thermometer. Schweißperlen brannten in ihren Augen. Die Hitze sammelte sich in den Dünenpfannen, die sie durchquerte. Kein Baum, kein Strauch, der ihr einen Moment Schatten schenkte. Ihr T-Shirt klebte am Leib, ihr Atem rasselte. Früher war Yella durchaus sportlich gewesen. Etwas, in dem sie selbst Doro überlegen war. Jetzt fühlte sie sich wie ein Sack Kartoffeln in der Sauna.

Die Steigung zum Aussichtspunkt gab ihr den Rest. Auf der Bank neben dem Fernstecher ließ sie sich erschöpft fallen. 450 Meter hatten gereicht, sie komplett auszuknocken. Ihre Lunge brannte, die Beine fühlten sich an wie Pudding. Wozu weiterlaufen? Von hier oben hatte sie den allerbesten Blick über das Dünenmeer, das in Gold- und satten Grüntönen leuchtete. Dahinter strahlte tiefblau die Nordsee. Der Westwind kühlte ihre Wangen.

Sie hatte den Wettkampf mit sich selbst verloren. Die neue Yella schaffte es nicht einmal bis ans Meer. Wer war sie ohne David und die Kinder? Zwischen Familie, Arbeit und Beziehung hatte sie fast schon vergessen, wie es sich anfühlte, als Einzelwesen zu existieren. Ob David sie an seiner Seite vermisste? Anstatt weiterzujoggen, verlief sie sich in den Tiefen des Internets.

Auf dem Handy scrollte sie durch den Instagram-Account des lettischen Künstlerhauses, das David ein großzügiges Stipendium gewährt hatte. Die Bilderauswahl zeigte, dass in Riga neben künstlerischer Arbeit auch viel Wert auf das gesellige Miteinander der internationalen Stipendiaten gelegt wurde. Die Fotos ließen auf allerhand feucht-fröhliche Zusammenkünfte schließen. David, so las sie unschwer aus den Aufnahmen heraus, gefiel sich im Singleleben auf Zeit.

Yella stalkte ihren eigenen Mann. Sie klickte sich durch die Social-Media-Accounts der übrigen Teilnehmer und fahndete auf den Posts von Ausflügen und geselligen Abendessen nach einer Spur von David. Und danach, ob er sich nicht allzu oft in der Nähe der italienischen Bildhauerin aufhielt.

War es wirklich nur dieser Roman, der zwischen ihnen stand? Oder verbargen sich darunter tiefer liegende Differenzen? Ihre Wangen liefen noch ein bisschen röter an. In Yella keimte ein Gefühl auf, das sie lange nicht mehr verspürt hatte: Eifersucht. Vielleicht war sie sich viel zu lange viel zu sicher gewesen, dass David fraglos an ihrer Seite stand? Vielleicht war sie zu selbstverständlich davon ausgegangen, dass die Kinder sie für immer verbanden. Sie hatte Davids Schreiben in den letzten Jahren zunehmend als Belastung empfunden, weil es ihnen so wenig Zeit als Paar ließ. Aber hatte sie selbst sich eigentlich genug um ihren Mann bemüht?

Als ihr Telefon den Eingang einer neuen Nachricht vermeldete, hoffte sie einen Moment, Davids Namen zu lesen. Die Nachricht kam jedoch von ihrer Mutter.

Ich kann kein italienisches Brot mehr sehen, schrieb sie ohne große Einleitung. *Könntet ihr mir eine Packung Brotbackmischung schicken? Das Vollkornbrot von Rewe. Das können wir im Camper aufbacken.*

Wir sind in Holland, schrieb Yella zurück.

Es geht auch das Mischbrot.

Mama, wir sind in Bergen.

Ihre Mutter begann zu tippen. Stoppte. Yella wartete. Ihre Mutter tippte, unterbrach erneut, und dann war sie plötzlich offline. Yella starrte ganze zehn Minuten auf ihr Handy, aber nichts geschah. Sie beschloss, umzudrehen und das Joggen für heute aufzugeben. Als sie in die *Villa Vlinder* zurückkehrte, stand auf ihrem Display: *Nachricht gelöscht.*

Die zwei Worte reichten aus, sie vollends aus dem Konzept zu bringen.

Was wolltest du sagen?, tippte sie.

Nie war der Kontakt mit ihrer Mutter einfach, unkompliziert oder gar herzlich. Immer schwangen diese unausgesprochenen Erwartungen mit. Je länger Henriette Thalberg schwieg, umso drängender meldete sich ihr chronisch schlechtes Gewissen. Ihre Mutter bat nicht so häufig um Hilfe, sagte sie sich. Warum hatte sie so ungehalten reagiert? Musste sie nicht ohnehin einkaufen?

Ich schau hier im Supermarkt, schrieb sie. *Vielleicht haben sie Brot zum Selberbacken.*

Yella lief hektisch bei *Albert Heijn* die Reihen ab. In ihrem Einkaufswagen befanden sich bereits jede Menge nostalgischer Unsäglichkeiten. *Hagelslag* für die Jungen, wie die Schokostreusel fürs Frühstücksbrot hießen, ein großes Glas *pindakaas,* Erdnussbutter, dazu herrliche Campina *vanille vla,* eine Nachspeise auf Milchbasis, die im Ein-Liter-Tetra-Pak verkauft wurde. Ihre Söhne imitierten begeistert die Toilettengeräusche, die der dickflüssige Pudding von sich gab, wenn er blubbernd aus der Packung quoll. Daneben landeten Johannisbeeren und die dunkelbraunen, trockenen *Bastogne*-Kekse. Erst der Dreiklang aus Pudding, sauren Beeren und knackendem Gebäck kreierte die Geschmackssensation eines perfekten *vlaflips,* die Lieblingsnachspeise aller vier Schwestern aus alten Hollandsommern. Sie ergänzte ihr Sortiment mit doppelt gesalzenem Lakritz für eine Freundin und einer Packung *Haagse Hopjes* für ihre Schwiegermutter, die sich schon beklagt hatte, dass sie nirgendwo mehr im Holländischen Viertel in Potsdam ihre Lieblingsbonbons mit dem leichten Kaffee- und Karamellgeschmack ergattern konnte. Dazu eine Packung der süßen *stroopwafels,* dünne Waffeln, die paarweise von klebrigem Sirup zusammengehalten wurden. Das Einzige, was jetzt noch zu ihrem Glück fehlte, war eine Brotbackmischung, die auch nur ansatzweise an deutsches Brot erinnerte.

Sie probierte es bei *Jumbo,* einer zweiten Supermarktkette, dann bei *Lidl.* Beim Ökoladen wurde sie endlich fündig. Hocherfreut fotografierte sie die beeindruckende Auswahl an Backmischungen für ihre Mutter ab.

Heureka, schrieb sie. *Hier das Menü.*

Es blieb still in der Leitung, trotz blauer Häkchen.

Welche willst du?

Wieder keine Antwort. Dabei war sie deutlich online.

Yella wählte die Nummer ihrer Mutter. Sie war fast schon erstaunt, als Henriette Thalberg sofort ranging.

»Mama!«, sagte Yella überrascht.

»Ist alles in Ordnung bei dir, Yella?«, fragte sie. »Du klingst schon wieder so gestresst.«

»Ich bin kein bisschen gestresst«, sagte Yella. »Ich habe Brot für dich gefunden.«

»Auf dem Foto neulich sahst du auch schon so blass aus«, sagte ihre Mutter. »Vielleicht muss ich mal mit meinem Schwiegersohn reden. Wenn er von seinem Litauenurlaub zurückkommt.«

»Lettland«, korrigierte Yella. »Es ist ein Arbeitsstipendium.«

»Zwei ganze Monate«, sagte Henriette abfällig. Ihr Kopfschütteln vermittelte sich auch durch die Telefonleitung.

Yella unterdrückte den aufkommenden Ärger. Ihre Mutter zeigte wenig Verständnis für die künstlerischen Ambitionen ihres Schwiegersohns und ließ keine Gelegenheit aus, ihr von Helens ach so erfolgreichem Paul vorzuschwärmen. Oder von dem Nachbarsjungen, der jetzt Arzt geworden war.

»Ich habe Brot für dich gefunden«, sagte sie betont fröhlich. »Welches willst du? Roggen? Vollkorn? Mais? Oder Waldkorn?«, fragte sie.

»Waldkorn, was soll das für ein Getreide sein?«

»Woher soll ich das wissen?«, sagte Yella. »Das steht auf der Packung.«

»Du musst nicht gleich laut werden, Yella«, sagte ihre Mutter tadelnd.

»Ich will nur wissen, welches ich schicken soll«, sagte sie.

»Das kannst du doch in einem weniger aggressiven Ton sagen.«

»Ich meine es nicht aggressiv«, verteidigte sich Yella.

Aber Henriette Thalberg hatte sich bereits festgebissen.

»Ich beobachte nur. Ich bewerte nicht«, sagte sie.

»Ich beobachte nur«, wiederholte Yella ätzend. »Ganz neutral natürlich.«

»Warum fühlst du dich dauernd angegriffen, Yella?«

»Weil du mich ständig kritisieren musst.«

»So ein Unsinn. Du weißt genau, dass das nicht stimmt. Ich traue mich schon gar nicht mehr, etwas zu sagen, so übervorsichtig muss ich mit dir sein. Ich bemühe mich immer, mich zurückzuhalten.«

»Klappt nicht, kann ich dir verraten«, sagte Yella.

Ihrer Mutter verschlug es die Sprache. Jedenfalls für einen kurzen Moment.

»Du interpretierst da was in mich rein«, setzte ihre Mutter neu an. »Deine Unterstellungen haben mehr mit dir als mit mir zu tun.«

»Mama, hör auf. Ich habe den halben Morgen damit verbracht, Backmischungen für dich zu suchen.«

»Ich habe dich nicht darum gebeten.«

»Hast du schon.«

»Ich habe gefragt, ob jemand zufällig im Laden ist.«

Yella holte tief Atem.

»Wenn du mir die Adresse gibst, schicke ich es gleich los.«

»Nicht mehr nötig«, sagte Henriette. »Ludwig kümmert sich um mich.«

Yella stöhnte schwer auf.

»Wie schön«, sagte sie.

»Was mag das über dich aussagen, dass du immer gleich auf der Palme bist?«, sagte Henriette Thalberg. »Was denkst du?«

Yella legte auf. Es gab Tage, an denen sie solche Gespräche nicht ertrug. Sie hasste diese kleinliche, nörgelnde, ungeduldige, genervte Yella, in die sie sich in Gegenwart ihrer Mutter verwandelte. Wann hatten sie das letzte Mal wirklich miteinander gesprochen? Sich auf Augenhöhe über die Dinge ausgetauscht, um die es wirklich ging im Leben? Warum gelang es ihr einfach nicht, die Spitzen ihrer Mutter souverän zu überhören? Wieso konnte sie sich nicht auf die positiven Seiten ihrer Mutter konzentrieren? Vielleicht waren ihre Nerven tatsächlich etwas dünn.

Einen Moment später blitzte eine neue Textnachricht auf.

Wenn du Doro sprichst, wir warten immer noch auf ihren Anruf.

Yella saß wie erschlagen da.

War unsere Mutter schon immer so anstrengend?, schrieb sie in die Schwesterngruppe. *Oder ist das schlimmer geworden?*

Amelie rief sofort zurück und hörte sich geduldig die ganze Geschichte an. Sie lachte laut auf.

»Mama sollte sich mal mit Philomena unterhalten«, sagte sie. »Die beiden wären das allerbeste Duo.«

Amelies Art, den Konflikt einfach wegzulachen, hatte etwas Tröstendes.

»Sie ist eben keine Mutter, die gerne für andere sorgt«, sagte Amelie.

»Ich erinnere mich, dass sie mir einmal eine Packung Tiefkühlerbsen auf meinen verstauchten Knöchel gelegt hat«, sagte Yella.

Sie seufzte schwer auf. Wann hatte sie das letzte Mal so einen Erbsenmoment mit ihrer Mutter erlebt?

Dass sie sich Sorgen um Doro machte, war ebenso ungewöhnlich wie das »Wir« in dem Satz. *Wir warten immer noch auf ihren Anruf.*

Seit Lucy in Bergen aufgetaucht war, versuchte sie die nagende Ahnung, dass im Leben ihrer Schwester nicht nur Abgabetermine im Argen lagen, zu ignorieren. Es war an der Zeit, etwas zu unternehmen.

29. Vergessene Schuhe

Helen nahm in der Kantine Platz. Hinter ihr zischte die Kaffeemaschine für die rüstigen Rentnerinnen der Aquagymnastik, in Helens Kopf rotierten die Gedanken. Und diesmal kreisten sie um Doro, ihre unnahbare, exzentrische, grandiose große Schwester. Es waren die Schuhe, die Helen an Amelies Erzählung irritierten. Wieso hatte Doro Schuhe an?

»Schuhe aus!«, schrie ihre Mutter ständig.

Selbst ihr Vater fiel in das Lied des Sommers ein. Keines der Mädchen hätte gewagt, sich im oberen Stock mit Straßenschuhen erwischen zu lassen. Henriette Thalberg verzweifelte im Kampf gegen Sand und Dreck, der von vier Paar kleinen Füßen ununterbrochen ins Haus geschleppt wurde. Dreckige Schuhe waren für ihre Mutter Symbol für alles, was sie am Muttersein hasste. Ihr Traum war gewesen, das improvisierte Leben auf dem ewig sandigen Campingplatz hinter sich zu lassen und in einer mondänen Unterkunft zu glänzen. Doch selbst in der prächtigen *Villa Vlinder* machten ihre vier Kinder den Traum von einer eleganten und glamourösen Existenz zunichte. Mit dreckigen Schuhen, verstreutem Spielzeug, unterschiedlichen Ansprüchen, oft genug nur mit ihrer Anwesenheit. Henriette Thalberg hatte endlich ihren Wunsch nach einer luxuriösen Ferienunterkunft durchgesetzt und war immer noch nicht zufrieden. Wie hielt ihr Vater das nur aus?

»Wir brauchen Hausschuhe«, hatte ihre Mutter verkündet.

Zeit für einen Besuch im Schuhgeschäft nahm sie sich jedoch nicht. Helen erinnerte sich gut an den kalten Fliesenboden, der sie morgens in der Küche erwartete, wenn sie ihr Frühstück zubereitete. Oft genug mussten sie sich morgens selbst versorgen, weil es bei der Mutter spät geworden war und ihr Vater bereits mit Stiften und Papier zu seiner einsamen Morgenrunde aufgebrochen war. Flüchtete Johannes Thalberg auch wegen Henriette ständig mit seinen Malutensilien aus dem Haus? Ihre Mutter wurde nie laut und ließ einen doch immer spüren, wie sehr sie litt.

»Ich bin nicht sauer«, sagte sie oft, »nur enttäuscht.«

Vor dem Hintergrund von Henriettes beständigem Kampf um Ordnung und Sauberkeit war das Bild geradezu verstörend: Doro stapfte mit Cowboystiefeln im Kinderzimmer umher? Vielleicht bedeutete dieses Detail rein gar nichts. Womöglich erinnerte sich ihre Schwester falsch. Wer konnte zwanzig Jahre später schon rekapitulieren, in welcher Situation jemand Schuhe getragen hatte?

Wenn sie aber einmal hypothetisch annahm, dass Amelie die Wahrheit sagte: Warum war das Fenster in Doros Zimmer offen? Warum trug sie mitten in der Nacht ihre Straßenschuhe? Hatte Doro in der Sturmnacht heimlich das Haus verlassen? Für die Bunkerparty?

Eines war sicher: Amelie erinnerte sich an weit mehr, als sie zugab. Warum schwieg ihre Schwester so hartnäckig? Um sich selbst zu schützen? Oder jemand anderen? Warum war es für die Sommerschwestern so unmöglich, sich über die Unfallnacht auszutauschen? Was in aller Welt konnte so schlimm sein, dass man es zwanzig Jahre später immer noch nicht aussprechen konnte?

Helen seufzte. Sie hatte den gemeinsamen Urlaub initiiert, um den Sommerschwestern neues Leben einzuhauchen. Mit jeder Stunde wurde ihr deutlicher, dass der Riss, der seit dem Unfall die Familie entzweite, ihre Beziehungen bis zum heutigen Tag prägte. Die Erkenntnis traf sie wie ein Schlag: Ihre Schwestern logen über die Ereignisse der Nacht.

Wie sollten sie je neu und wirklich zueinanderfinden, solange dunkle Geheimnisse zwischen ihnen standen? Wie sollte sie je zur Ruhe kommen, wenn der Grund, auf dem sie stand, wacklig war? Vielleicht konnte sie erst wieder ruhig schlafen, wenn sie herausgefunden hatte, was wirklich mit ihrem Vater geschehen war. Wenn sie als Familie eine Chance haben wollten, musste die Wahrheit über die Sturmnacht ans Tageslicht.

30. Lauter gut gelaunte Menschen

»Was haltet ihr davon, wenn wir heute Nachmittag bei Doro in Amsterdam vorbeischauen?«, fragte Yella in aufgewecktem Ton, als Helen mit den Jungen aus Alkmaar zurückkehrte. Es war an der Zeit, persönlich nach dem Rechten zu sehen. »Wir überraschen sie einfach.«

Helen nickte ernst. »Dann wissen wir wenigstens, was los ist.«

Lucy protestierte lauthals. »Auf keinen Fall. Nie im Leben. Nicht schon wieder nach Amsterdam. Ohne mich!«, rief sie.

Yella leistete keine Überzeugungsarbeit. Sie konnte ohnehin nur schwer einschätzen, welche Situation sie bei Doro erwartete. Beunruhigt blickte sie auf Leo und Nick, die nach dem Schwimmen tatsächlich einen Mittagsschlaf eingelegt hatten und jetzt ihren Kakao tranken und Apfelkuchen mümmelten. Ihre Haut glänzte, die Augen waren immer noch gerötet vom gechlorten Schwimmbadwasser.

Helen verstand Yella ohne Worte und zauberte eine Lösung aus dem Hut.

»Ich habe eine Idee für uns«, rief sie Nick und Leo zu.

»Zoo?«

»Besser«, sagte Helen.

In Laufweite vom Bahnhof Amsterdam Centraal hatte sie ein Wissenschaftsmuseum aufgetan, in dem Kinder spielerisch an Chemie, Physik und Biologie herangeführt wurden.

»Ich zeige den Jungen, womit ich mich jeden Tag beschäftige«, sagte sie. »Und währenddessen gehst du schnell bei Doro vorbei.« Yella nickte zustimmend. »Das Museum heißt Nemo, wie der Fisch«, erklärte Helen. »Und es sieht aus wie ein untergehendes Schiff.«

»Boring«, klagte Lucy. »Total langweilig.«

Sie bestand darauf, erwachsen zu sein und bei Amelie in Bergen zu bleiben.

Als Kind war Helen immer auf der Suche nach inspirierenden Geschichten und weiblichen Vorbildern gewesen. Sie hätte alles gegeben, schon im Kindesalter auf jemanden zu treffen, der ihr eine Tür zur Welt der Naturwissenschaften geöffnet hätte. Lucy hatte nicht das geringste Interesse an dem Museum. Das improvisierte und freie Leben ihrer Tante Amelie zog sie hingegen magisch an.

»Meine anderen Tanten sind so was von erwachsen«, erklärte sie einer Freundin am Telefon. »So will ich nie werden.«

Sie entschieden sich, in Alkmaar den Zug zu nehmen. Am Bahnhof Amsterdam Centraal trennten sich ihre Wege. Während Helen mit zwei aufgeregten Jungs zu Fuß zum Wissenschaftsmuseum aufbrach, begab sich Yella Richtung *Metro.*

Mit mulmigem Gefühl im Magen nahm sie in der U-Bahn Platz, deren Linie vom Norden Amsterdams bis in das ultramoderne Viertel am südlichen Stadtrand führte und gerade mal acht Haltestellen umfasste. Über Fahrpreise musste man sich nicht die geringsten Sorgen machen. Amelie hatte alle Familienmitglieder mit einer *OV-chipkaart* ausgestattet, einer elektronischen Speicherkarte für alle öffentlichen Verkehrsmittel in den Niederlanden.

»Damit kannst du sogar ein Fahrrad mieten«, hatte sie erklärt.

Yella verzichtete darauf, sich unter die Hunderttausenden Fahrradfahrer der Hauptstadt zu mischen, die ihrem eigenen anarchistischen Regelwerk folgten. Sie kannte das schon aus Bergen, wo radelnde Touristen gerne von Einheimischen vom Weg gefegt wurden. Nach dem Geschmack der Einwohner kurvten Touristen auf Leihrädern grundsätzlich viel zu gemächlich über ihre Fahrradwege. Es ging Yella nicht um Sightseeing, und mit der Metro war sie sicher schneller. Die endlosen Rolltreppen bewiesen eindrücklich, wie tief die U-Bahn unter der historischen Altstadt mit ihren Kanälen und Grachtenhäusern verlief.

Yella war nicht darauf vorbereitet, was sie an der Station »De Pijp« erwartete. Einmal an der Oberfläche angekommen, stand sie am Eingang zum Albert-Cuyp-Markt. Sie war nach Holland gereist, um die Erinnerungen abzuschütteln; und wurde doch immer wieder aufs Neue in die Vergangenheit katapultiert.

Doro hatte ein Airbnb in einer hippen Gegend gemietet. Rund um den ältesten Straßenmarkt Europas, der jeden Morgen um fünf Uhr neu aufgebaut wurde, luden Restaurants, Kneipen, Cafés, kunterbunte Geschäfte und trendy Boutiquen zum Verweilen und Shoppen ein. Genau hier waren sie an Johannes Thalbergs letztem Tag über den Markt gebummelt, genau hier war das letzte Schwesternporträt entstanden. Jedes Jahr wurden die Sommerschwestern beim obligatorischen Ausflug in den Amsterdamer Tierpark vor einem ewig schrumpfenden steinernen Gorilla aufgestellt und vom Zoofotografen abgelichtet. In seinem letzten Jahr hatte ihr Vater für das klassische Ferienporträt einen exzentrischen Fotografen aufgetan, der seine Ästhetik aus den ehemaligen niederländischen Kolonien nach Amsterdam mitgebracht hatte. Eine magische Kraft zog sie zu der Adresse Albert Cuyp Straat 57, wo früher Lee To Sangs Fotostudio zu finden gewesen war. Heute war der Laden eine Baustelle. Im leeren Schaufenster flatterte ein Falter, der immer wieder gegen das Glas knallte und doch nicht aus seinem Gefängnis entkam.

Um den unnötigen Umweg sinnvoll erscheinen zu lassen, kaufte Yella nebenan bei *Bakken met Passie,* Backen mit Leidenschaft, zwei Minikuchen. Mit klopfendem Herzen bog sie in die Frans Halsstraat ein. Von hier waren es nur noch ein paar Straßenecken bis zu Doro.

»Die Straßen hier im Viertel sind alle nach berühmten niederländischen Malern aus dem 17. Jahrhundert benannt«, hörte sie die Stimme ihres Vaters. Heute informierten kleine Reproduktionen, die über den blau-weißen Straßenschildern angebracht waren, Interessierte exemplarisch über das Werk des jeweiligen Künstlers. Yella blieb einen Moment vor der Reproduktion eines Gemäldes von Albert Cuyp stehen und bewunderte seinen Wolkenhimmel. Kein Wunder, dass ihr Vater mit dem Werk vertraut war. Die Tatsache, dass immer wieder neue Sätze in ihrer Erinnerung auftauchten, bestätigten eindrucksvoll Amelies Theorie, wie lebendig die Verbindung zu ihrem Vater immer noch war.

Yella lief an einer Reihe von Läden vorbei, die sich jeweils einer einzigen Zutat verschrieben hatten. Vor der *Avocado Show,* wo nur Gerichte mit der hippen Beere auf der Karte standen, hatte sich eine Schlange gebildet, genauso vor dem Frühstückscafé, das den Namen *Œuf* trug und offensichtlich Eier in allen Variationen servierte. Ein Stück weiter lag eine Art Hipster-*Wienerwald,* wo man ausschließlich gegrillte Hähnchen bestellen konnte. *»Wake me up when I am famous«,* las sie auf einem Graffito an einer Mauer. Davor turnten ein paar spanische Influencerinnen, die sich wechselseitig auf die davorstehende Bank legten. Sie erkannte den Spruch von Lucys Instagram-Account.

Yella ließ den Blick verblüfft über die dschungelartigen Straßen schweifen, bis ihr auffiel, warum es hier so anders aussah als in ihrem Berliner Viertel. Die Autos, die anderswo das Straßenbild prägten, fehlten. In den ehemaligen Parkbuchten blühten Blumen und Büsche, liebevoll betreut von den Bewohnern des Viertels, die, wie kleine Schilder bewiesen, die Grünflächen adoptiert hatten. Die Bewohner dehnten ihren Aktionsradius mit verblüffender Selbstverständlichkeit auf die Bürgersteige aus. Überall versperrten Bänke, Tische, Sonnenschirme und Pflanzen vor den mehrstöckigen Häusern den Weg. Auf einer Picknickbank brüteten zwei junge Frauen über Laptops und Papieren. An einem Eckhaus tobten Kinder in einem Planschbecken herum. Man wähnte sich auf dem Dorf, so entspannt ging es hier mitten in der Großstadt zu. Selbst der Postbote wurde begeistert von den Bewohnern empfangen und mit Namen begrüßt.

Bei *Jacob's Juice* bestellte sie noch zwei Kaffee und grüne Smoothies. Die zarte Frau mit den lockigen roten Haaren und farbenfrohen Tattoos stellte sich mit einem begeisterten *»Hi, I'm Emma«* vor und begrüßte sie in akzentfreiem Englisch. Waren hier alle freundlich, gut gelaunt und entschleunigt? Trotz halsbrecherischer Radfahrer lag das Amsterdamer Tempo weit unter dem von Berlin. Sie nahm sich fest vor, noch einmal in

Ruhe die Stadt zu erkunden, sobald David seinen Roman beendet hatte. Sie mussten sich endlich einmal wieder ein kinderfreies Wochenende gönnen, um sich im Familienalltag nicht vollends als Paar zu verlieren.

Alle Häuser des Viertels folgten einer identischen Bauweise. Über den Läden im Erdgeschoss lagen drei Stockwerke mit hohen, dicht an dicht liegenden Fenstern. Eine vierte Etage befand sich bereits in der Dachschräge.

Endlich stand sie vor dem richtigen Haus. Der Grundstein zu dem Klinkerbau, so zeigte ein Gedenkziegel, war 1886 durch den sechsjährigen Theo van der Molen gelegt worden. Ganz offensichtlich überließ man Kindern diese zeremonielle Aufgabe, um sie in der Historie der Stadt auf immer zu verankern.

Yella versuchte, sich einen Reim zu machen auf die kryptischen, wenn überhaupt nur mit Initialen versehenen Klingelschilder. Schließlich entschied sie sich dafür, dass die mit BB gekennzeichnete Klingel für Bed & Breakfast stehen musste. Nichts geschah.

Am Haus gegenüber baumelte in schwindelerregender Höhe ein Sofa über dem Bürgersteig. Im zweiten Stock turnte ein junger Mann im offenen Fenster, um das Möbelstück entgegenzunehmen, das über eine Seilwinde nach oben gezogen wurde. Der Umzugswagen blockierte die ganze Straße. Niemand schien sich daran zu stören. Als sie zum zweiten Mal klingelte, glitt das Sofa elegant in den zweiten Stock hinein. Die Studenten legten auf den dazugehörigen Sesseln erst mal eine Kaffeepause auf dem Bürgersteig ein.

Yella drehte sich um und stellte erst jetzt fest, dass die Eingangstür aufgesprungen war.

Statt eines elektrischen Öffners zitterte in der Ecke des winzigen Flurs ein Seil, mit dessen Hilfe man die Tür manuell aufziehen konnte. Das Seil lief über alle vier Stockwerke.

Yella trat aus der Hitze in das düstere, aber angenehm kühle Stiegenhaus. Über ihrem Kopf schwebte gefährlich ein Kinderwagen, für den im schmalen Eingangsbereich anders kein Platz mehr war. Fünf Schritte entfernt erhob sich eine erschreckend steile Treppe. Die einzelnen Stufen waren nicht einmal so breit, dass man den gesamten Fuß auf ihnen absetzen konnte. In einer Stadt, in der Wohnraum dem Wasser abgerungen war, sparte man offenbar beim Bauen an Quadratmetern für Stiegen. Kein Wunder, dass die Umzugshelfer von gegenüber so unerschrocken waren. Wer in seiner Kindheit solche Treppen überlebte, den konnte Höhe vermutlich nicht mehr schrecken.

Ächzend schleppte sie sich nach oben. Im vierten Stock angekommen, war sie so aus der Puste, dass sie keinen Pieps mehr hervorbringen konnte. Sie fand die Tür verschlossen.

31. Unterwasserwelten

»Doro?«

Yellas Stimme verlor sich dumpf im Treppenhaus. Zögerlich klopfte sie an die Tür. Auf einmal war sie sich keineswegs mehr sicher, ob ihre große Schwester besonders begeistert über unangemeldeten Besuch wäre. Doros Kreise zu stören, konnte eine gefährliche Angelegenheit werden. Selbst mit Kaffee, Kuchen und grünem Smoothie gewappnet.

Sie legte neugierig das Ohr an die Tür. Eine surreale Musik aus abstrakten Lauten zog sie sofort in ihren Bann: hohe, lang gezogene Töne, ein schwebendes Singen und Sausen, unterbrochen durch furchterregendes Knacken und krachende Peitschenschläge, die an niedersausende Laserschwerter aus Science-Fiction-Filmen erinnerten. War das wirklich Doros Wohnung?

Sie klopfte entschiedener: »Doro? Bist du da?«

Statt einer Antwort erlosch das Licht im Treppenhaus. Um sie herum säuselte, sang, knackte und knisterte es. Die gespenstische Klangwolke umhüllte sie, als hätte eine unsichtbare Kraft sie auf einen futuristischen, dunklen Planeten gebeamt, wo körperlose Aliens sie in einer unbegreiflichen ätherischen Sprache begrüßten.

Was um alles in der Welt erwartete sie hinter der Schwelle?

Yella hatte vielfach die Gelegenheit gehabt, Doros Fähigkeit zu erleben, mit ihren Kostümen wundersame Gestalten zu kreieren, die den Zuschauer in unbekannte Welten entführten. Ihre Hand tastete im Dunkeln nach der Türklinke. Zu ihrer Überraschung gab die Tür nach.

Vorsichtig setzte sie ihren Fuß in die fremde Wohnung. Die silbernen Rimowa-Koffer ihrer Schwester begrüßten sie wie alte Bekannte und bestätigten, dass sie tatsächlich am richtigen Ort angekommen war. Das Airbnb bestand aus einem einzigen Raum, der über die gesamte Tiefe des Hauses lief. Die imposanten Fensterfronten an beiden Seiten waren mit blauer Folie abgeklebt, genauso wie jede einzelne Lampe. Yella stand spontan vor Augen, wie sie gemeinsam mit Doro als Kind im Aquarium von Bergen aan Zee in einem magischen Wassertunnel herumgetanzt war, umgeben von leuchtenden Fischen und Haien. Nutzte Doro diese spezielle Kindheitserinnerung als Basis für neue Entwürfe? Das eigentümliche Aquariumlicht verwandelte die Wohnung in eine geheimnisvolle Unterwasserwelt. Von der Decke baumelten Kleidermodelle, die sich im Zug sachte hin und her bewegten. Ein Beamer warf Aufnahmen von endlosem tiefdunklem Eis auf die weißen Stoffkreationen.

Yella bewunderte die Fähigkeit ihrer Schwester, Traumwelten aus dem Nichts entstehen zu lassen. Auf einem großen Eichentisch sammelten sich Bilder berühmter Sänger, Skizzen von Kostümen, Stoffmuster, Farb- und Materialproben, Kopien aus Kunstbüchern, Prospekte, Notizen und Kalkulationen. Weil die Tischfläche nicht ausreichte, überflutete ein wahrer Tsunami an Papieren den Boden.

Irgendwo klingelte ein Handy. Die Beameraufnahmen mit den mystischen Klängen stoppten jäh, stattdessen ertönte aus der winzigen Küchenecke, die vom Hauptraum getrennt war, die unverkennbare Stimme ihrer großen Schwester. Doro trat wie ein donnernder Unterwassergeist in den Raum. Sie war auf hundertachtzig. Im Stakkato feuerte sie wütende Sätze ab.

»Ich war nicht zu spät. Die anderen waren viel zu früh.«

»Du hättest mich daran erinnern müssen, Ludwig. Ich bin der kreative Geist, ich kann mich nicht auch noch um solche Terminsachen kümmern.«

»Nein, das werde ich nicht tun.«

»Das Geld ist mir egal.«

»Ist mir auch egal.«

»Bring sie zum Notar. Das ist deine Aufgabe, deine einzige.«

»Natürlich werden sie das verstehen.«

»Wir bezahlen, sobald ich den Vorschuss habe …«

»Ich habe alles im Griff. Der Auftrag ist so gut wie sicher.«

»Wenn du nicht mehr an mich glaubst, kannst du gerne kündigen. Reisende soll man nicht aufhalten.«

Sie packte einen Manila-Umschlag vom Tisch und pfefferte ihn in den Papierkorb.

»Nein, ich muss mir das nicht noch mal anschauen. Du musst Nägel mit Köpfen machen.«

Doro drehte sich schwungvoll auf dem Absatz um. Der Boden knarrte unter ihren Cowboystiefeln. Yella erschrak, als sie Doros Gesicht sah. Ihre Stimme hatte fest geklungen, aber ihre geschwollenen und geröteten Augen verrieten, dass sie längst den Überblick über Tag und Nacht verloren hatte. Ihre Hautfarbe wirkte im blauen Licht fahl, die Augen waren tief in die Höhlen gesunken.

»Ich habe einen Latte dabei«, sagte Yella. Etwas Besseres fiel ihr nicht ein.

Besonders überrascht schien ihre Schwester nicht über ihr plötzliches Erscheinen. Eher irritiert. Doro kannte nur eine Form der Verteidigung: den Angriff.

»Ich habe echt keine Zeit für Kaffeeklatsch, Yella«, sagte sie. »Meine Assistentin hat einen Egotrip und der Rest der Mannschaft Grippe, Schwangerschaftsbeschwerden oder Magenverstimmung. Und jetzt fällt mir auch noch Ludwig in den Rücken. Die Aufführung hängt wieder alleine an mir.«

»Weswegen sitzt du hier im Dunkeln?«, fragte Yella.

»Ich prüfe, wie meine Entwürfe in blauem Bühnenlicht wirken«, erklärte Doro. »Wir legen die ganze Oper unter Wasser.«

»Ist das für die ›Undine‹?«

Doro war in voller Fahrt und ließ Yella kaum zu Wort kommen.

»Ich bin fast fertig mit der Präsentation«, meinte sie und wies mit einer vagen Handbewegung über das Chaos. »Bis dahin musst du mich einfach in Ruhe lassen. Ich brauche echt jede Minute.«

»Wir haben uns Sorgen um dich gemacht, Doro«, sagte Yella vorsichtig. »Selbst Mama vermisst dich schon.«

Doro lief in den Küchenteil, wo ein Arsenal leerer Flaschen und Verpackungen eindrucksvoll dokumentierte, dass Doro bei ihrer Ernährung vor allem auf Hochprozentiges und Lieferdienste setzte. Wann hatte sie wohl zuletzt ihr Unterwasseruniversum verlassen? Kein Wunder, dass Lucy geflüchtet war. Doro schenkte sich ein Glas klarer Flüssigkeit ein.

»Was trinkst du da?«

»Mut«, sagte Doro.

Yella roch verstohlen an der Flasche und schüttelte sich.

»Mut in hoher Dosis«, bestätigte Doro.

»Du trinkst während der Arbeit?«, platzte Yella heraus.

»Ich spinne ein bisschen, ja«, sagte Doro mit gespielter Leichtigkeit. »Das gehört zu meiner Funktionsbeschreibung. Wenn man nicht komplett verrückt ist, tut man sich so einen Beruf nicht an.«

Doro bemühte sich sichtlich, gute Laune zu demonstrieren. Sie schwankte Richtung Kühlschrank, um sich Eiswürfel zu holen. Yella fiel auf, wie mager sie geworden war.

»Ich bin ganz steif vom vielen Sitzen«, sagte Doro.

»Wie kannst du um diese Uhrzeit schon trinken?«, sagte Yella.

»Es geht ganz einfach«, sagte Doro und schenkte Yella ein Glas bis zum oberen Rand ein. »Und es schmeckt gut. *Lekker,* wie man hier sagt.«

Yella kippte ihr volles Glas in die Spüle.

»Yella, du bist so spießig geworden. Kannst du nicht mal ein bisschen Spaß haben?«

Nach Spaß sah das Ganze wahrlich nicht aus.

»Lucy geht es prima«, sagte Yella. »Danke der Nachfrage.«

Sie klang pampiger als geplant. Die Erwähnung ihrer Tochter ließ Doro sichtbar zusammenzucken.

»Es ging nicht anders«, sagte sie und wirkte auf einmal kläglich. »Ich wollte Lucy nicht mit unseren Problemen belasten. Wir haben einen personellen Engpass im Atelier. Ich wollte sie nur beschützen.«

»Dann rede mit uns, Doro.«

»Es tut mir leid, Yella. Ich wünschte, es wäre anders, aber ich stehe kurz vor einer Riesenpräsentation. Das hier kann mein Einstieg in die Opernwelt werden. Ich habe noch nie Oper gemacht. In meinem Beruf muss man immer mehrere Standbeine haben.«

Besonders fest stand sie im Moment jedoch auf keinem ihrer Beine. Weder im übertragenen noch im wörtlichen Sinn.

»Wo ist Ludwig?«, fragte Yella.

»Den konnte ich hier nicht gebrauchen«, erklärte Doro kurz angebunden. »Der redet nur rum.«

»Und du?«

»Ich rede gar nicht«, sagte Doro. »Im Gegensatz zu allen anderen. Ich muss nämlich arbeiten.«

Doro kam näher. Yella zuckte unwillkürlich vor ihrer Alkoholfahne zurück.

»Willst du nicht wenigstens mal lüften?«, fragte sie vorsichtig.

»Nach dem Duschen«, sagte Doro und ließ Yella einfach stehen.

Statt Badezimmer verfügte die Wohnung über eine Art Nasszelle, in der man gleichzeitig auf dem Klo sitzen und über dem Waschbecken Zähneputzen konnte. In dem winzigen Raum fiel sofort das beeindruckende Arsenal an Pillendosen auf. Doro registrierte Yellas besorgten Blick nur zu gut.

»Die Dusche ist sehr praktisch, man flutet automatisch das ganze Badezimmer. Es ist immer sauber«, sagte Doro, als ob Yellas Sorge sich auf die Enge des Raums bezog. »Lästig ist nur, dass einem beim Duschen ständig der Duschvorhang am Po klebt.«

Während Doro sich frisch machte, entfernte Yella vorsichtig die Verdunklung von einem Fenster, um Sauerstoff hereinzulassen. Beeindruckt stellte sie fest, dass Doros Wohnung eine atemberaubende Sicht bot. Ihre Schwester arbeitete mit spektakulärem Blick auf die Dächer des Viertels und die vier Türme des berühmten *Rijksmuseums*. Rembrandts »Nachtwache« und ein Besuch bei den alten niederländischen Meistern standen auf Helens Liste, Doro lebte Tür an Tür mit den berühmten Malern.

Aus dem Bad klang das Rauschen des Wassers. Die Gelegenheit war günstig, sich klammheimlich im Leben ihrer Schwester umzuhören.

32. Ein Schritt zu viel

Mit zittrigen Fingern wählte Yella Ludwigs Nummer. Erst beim dritten Klingeln ging er dran.

»Ich bin in Amsterdam bei Doro«, begann Yella.

Ludwig ratterte sofort los: »Ich habe wirklich alles versucht, sie von diesem Auftrag abzuhalten«, begann er, als ahne er längst den Grund für den überraschenden Anruf. »Sie wollte unbedingt an die Oper. Holland ist ihr Traum, und du weißt, wie sie ist, wenn sie sich was vornimmt.«

»Kann ich etwas tun?«, fragte Yella.

»Hast du ein bisschen Geld?«

»Ist alles in Ordnung bei euch?«

»Bei uns schon. Die Bank sieht das leider ganz anders.«

»Doro steht komplett neben sich«, sagte Yella. »Wir müssen was unternehmen.«

»Wir?«, klang es müde aus der Leitung.

Seit Ludwig in das Leben ihrer alleinerziehenden Schwester getreten war, hatte sich die Rollenverteilung verfestigt: Doro war der Blitz, Ludwig der Blitzableiter. Jetzt waren bei ihm offenbar die Sicherungen durchgebrannt.

»Seit Jahren hangeln wir uns von Auftrag zu Auftrag. Vielleicht muss Doro sich einfach eingestehen, dass das Atelier längst nicht mehr überlebensfähig ist.«

Yella konnte sich eine Doro ohne ihr Studio kaum vorstellen.

Nach ihrer Lehre am Theater hatte sie ihr eigenes Unternehmen gegründet und im Laufe der Jahre immer weiter ausgebaut. Das Atelier war ihre Liebe, ihre Passion und jetzt offenbar auch ihr Untergang.

»Und dieses neue Engagement?«, fragte Yella. »Hilft das?«

»›Undine‹«, meinte Ludwig wegwerfend. »Eine Schnapsidee. Doro braucht kein neues Standbein, sie braucht eine Pause.«

»Bist du deswegen abgereist?«

»Es gibt jemanden, der an unserer Werkstatt interessiert ist. Sie bieten viel Geld, wenn wir unseren Mietvertrag frühzeitig kündigen.«

»Und was sagt Doro dazu?«

»Sagen nichts, brüllen umso mehr. Und vor allem ein Wort: nein«, sagte Ludwig. »Dabei hätten wir endlich finanziell Luft, uns neu aufzustellen. Wir bräuchten nicht mehr jedem Auftrag hinterherzuhecheln.«

»Was können wir tun?«

»Doro. Nicht wir«, wiederholte Ludwig. »Doro muss erkennen, dass sie längst auf verlorenem Posten kämpft.«

Im Badezimmer wurde das Wasser abgedreht. Yella lief in die entgegengesetzte Ecke der Wohnung.

»Könnte die ›Undine‹ euch sanieren?«, flüsterte sie.

»Yella, es gibt kein Opernprojekt mehr. Die Regie hat Doros Entwürfe bereits zwei Mal abgelehnt. Benedikt Bergmann ist ein Koryphäe, eine Eintrittskarte in eine neue Welt. Aber er hat keine Lust auf eine Zusammenarbeit mit Doro. Der arrogante Sack fand ihren Ansatz reif für den Mülleimer.«

Doro hasste es, zu verlieren. Sie wollte die Erste sein, immer und überall. Yella sah noch lebhaft die fliegenden Mensch-ärgere-dich-nicht!-Männchen ihrer Kindheit vor sich. Ihre große

Schwester warf das Spielbrett eher um, als sich mit einer drohenden Niederlage abzufinden.

»Ihre Hartnäckigkeit hat Doro groß gemacht«, sagte Ludwig. »Aber zu viel ist zu viel. Doro ist auf dem besten Weg in den Burn-out. Wir brauchen diesen Auftrag nicht.«

Er atmete schwer durch.

»Wie gut, dass du nach Amsterdam gefahren bist«, seufzte Ludwig. »Sie spricht immer in den höchsten Tönen von dir. Vielleicht schaffst du es, sie zu erreichen.«

Er war unendlich erleichtert, dass die Last, sich mit Doro auseinanderzusetzen, nicht mehr alleine auf seinen Schultern ruhte.

»Nicht einmischen«, rief Yellas innere Stimme. »Bloß nicht einmischen.«

Aber vielleicht hatte sie mit dem Anruf bereits eine kritische Grenze überschritten.

»Ich liebe Doro auch, wenn wir kein großes Atelier und keine großen Aufträge mehr haben. Für mich muss sie nichts erreichen. Und für Lucy erst recht nicht.«

Die Intuition empfahl Yella dringlich, sich aus den Angelegenheiten ihrer Schwester rauszuhalten. Als sie sich umdrehte und Doros blitzende Augen sah, erkannte sie, dass sie bereits mitten in der Kampfzone gelandet war.

33. Im Verzug

»Was hat er diesmal zu klagen?«, fragte Doro scharf.

»Dass ihr Geldprobleme habt.«

»Hat er dir auch erzählt, dass er für die finanzielle Krise verantwortlich ist?«

Doro schoss sofort zurück. Yella war unversehens zwischen die ehelichen Fronten geraten. Die Version ihrer Schwester deckte sich in keinem einzigen Punkt mit der ihres Mannes. Für Doro war alleine Ludwig Ursache für ihre Misere.

»Ich muss jeden Auftrag annehmen, weil er sich verspekuliert hat. Das hat er vermutlich vergessen zu erzählen«

Yella wand sich ungemütlich: »Solltet ihr das nicht besser miteinander besprechen?«, fragte sie.

Doch Doro ratterte einfach weiter: »Er hat in der Coronazeit komplett den Überblick verloren. Er ist gnadenlos im Hintertreffen mit der Miete für das Atelier.«

Yella wusste nicht, was sie glauben und entgegnen sollte.

»Schon seit Monaten«, erklärte Doro. »Und die Heizkostenabrechnung kommt auch noch. Und die Steuer. Es geht um meine Existenz. Und was macht Ludwig? Er lässt sich von einem Immobilienhai umwerben. Wenn ich das Studio verliere, verdienen wir überhaupt kein Geld mehr.«

»Ihr könnt doch neue Räume anmieten«, wagte Yella einzuwerfen. »Geld kassieren und anderswo neu anfangen.«

»Als wenn das so einfach wäre«, sagte sie. »Die letzten Jahre waren superhart. Corona hat alle Planungen durcheinandergewirbelt.«

Yella erinnerte sich an »Animal Farm«, ihre Schullektüre. »Ich will und muss noch härter arbeiten«, sagte das Pferd, bevor es tot umfiel, ausgebeutet von Napoleon, dem Eber. Doro schulterte wie üblich ein bisschen mehr: Sie übernahm beide Rollen zugleich, die des Ausbeuters und die des Ausgebeuteten.

»Wenn ich diesen Auftrag nicht bekomme, verliere ich alles, was ich mir in zwanzig Jahren aufgebaut habe.«

Es ging um Leben und Tod, wie immer bei Doro.

»Bis jetzt hat Bergmann alle Vorschläge abgelehnt. Mit seiner Biografie kann er es sich leisten, schwierig zu sein. Aber ich habe vertraglich eine Nachbesserungsfrist. Ich kann das Steuer noch rumreißen.«

Sie zog energisch die Vorhänge zu und startete den Beamer.

»Der Regisseur hat die Tonspur im Winter in Schweden aufgenommen«, erklärte sie die bizarren Bilder und Geräusche. »Als Inspiration. Das Eis singt. Er will die ganze Oper im Wasser unter dem Eis spielen lassen.«

Doro gab nicht auf. Die Wohnung verwandelte sich schlagartig wieder in den zauberhaften Unterwasserraum und ihre Schwester in die getriebene Kostümbildnerin, die ihre eigene Welt und Wirklichkeit erschuf.

In diesem Moment knallte die Tür auf. Yella schrie auf, als auf einmal eine bärtige, muskelbepackte Neptungestalt mit schweren Schritten die Wohnung enterte.

»Was machst du denn noch hier?«, donnerte seine Stimme. Der Angreifer war mit einem imposanten Dreizack ausgerüstet und auf Krawall gebürstet.

»Check-out war um zehn. Der neue Mieter ist bereits gelandet.«

Was im blauen Licht aussah wie ein Dreizack, entpuppte sich als Trio aus Besen, Wischmopp und Teleskopstange für den Staubsauger. Das war kein Unterwassergott, der aus den Tiefen des Meeres auferstanden war, sondern der Putzdienst des Airbnb. Ihr Neptun hatte die Ausstrahlung und den absoluten Willen eines Rausschmeißers.

Doro hob verzweifelt ihre Arme. Yella fällte eine Entscheidung. Waren Schwestern nicht dazu da, sich in schwierigen Lebenslagen gegenseitig zu helfen?

Eine halbe Stunde später hatten sie Doros gesamten Hausstand in ihre silbernen Koffer verstaut. Das Airbnb verwandelte sich wieder in eine austauschbare Ferienwohnung. Yella war schon fast aus der Tür, als ihr Blick auf den Mülleimer mit dem Umschlag fiel.

»Misch dich nicht ein«, rief eine warnende Stimme in ihrem Inneren. »Das geht dich nichts an.«

Mit einer großen Portion schlechten Gewissens nahm Yella den Umschlag an sich. Für alle Fälle, sagte sie sich. Vielleicht musste sie Ludwig doch noch beispringen.

Unten auf der Straße wartete Doro in einem Chaos aus Koffern, Kisten und Krempel.

»Ich komme nur dir zuliebe mit nach Bergen«, witzelte sie. »Wenn es nicht funktioniert, bist du schuld.«

Yella lachte. Noch.

34. Alte Muster

Leo und Nick waren begeistert. Helen staunte über die endlose Energie ihrer Neffen. Morgens waren sie beim Schwimmen gewesen, nachmittags in Amsterdam. Das spektakuläre Museum bot ein richtiges Chemielabor für Kinder. Weiße Laborjacken und große Sicherheitsbrillen auf dem Kopf verwandelten die Jungen in wahrhaftige kleine Wissenschaftler. Mit Backpulver, Essig und größtem Ernst führten sie Versuche durch. Vieles hätte Helen leicht mit ihnen in der Küche des Ferienhauses ausprobieren können, doch das Ambiente eines echten Labors machte die Illusion perfekt. Voller Bewunderung beobachteten Nick und Leo ihre Tante, die sie an ihrem Geheimwissen teilhaben ließ.

»Ich glaube, sie ist eine Zauberin«, flüsterte Leo seiner Mutter zu, als sie abends in die *Villa Vlinder* zurückkehrten. »Selbst Rudolf traut sich bei ihr nicht aufzumucken.«

Helen war gleichermaßen beeindruckt. Diese beiden liebten sie mit ganzer Kraft. Leider 24 Stunden am Tag.

Wie um alles in der Welt überlebte man diese Form der bedingungslosen Hingabe? 365 Tage im Jahr? Wo fand man unter solchem Dauerfeuer Raum für ein eigenes Leben? Die fünf Etagen des Museums voller praktischer, kindgerechter Versuche hatten Helen ermüdet, nicht aber die beiden Jungen. Sie tobten laut schreiend durch Haus und Garten.

Helen ließ sich erschöpft aufs Sofa fallen, während für Yella das Rennen munter weiterging. Nun kümmerte sie sich nicht nur um Nick und Leo, sondern auch um Doros Bedürfnisse. Während ihre große Schwester sich in der Küche einen Drink genehmigte, schob Yella Möbel herum, auf denen sie Doros Arbeit drapierte, die bereits nach wenigen Stunden überall herumlag.

»Was machst du da?«, fragte Helen.

»Ich versuche, Ordnung zu schaffen.«

»In Doros Papieren?«

»Ich bin gut in so was«, sagte Yella. »Ich mache im Büro nichts anderes, als den Kopf anderer Leute aufzuräumen.«

»Du bist nicht im Büro«, sagte Helen.

»Es geht doch nur darum, diesen einen Termin zu schaffen …«, sagte Yella. »Ich kann Doro nicht hängen lassen.«

Helen verkniff sich jeden Kommentar. Yella geriet dennoch sofort in eine Verteidigungshaltung.

»Wir sind Schwestern«, sagte sie. »Wir müssen zusammenhalten. Gerade, wenn es schwierig wird. Mir macht das nichts aus.«

»Wir wollten morgen ins Aquarium«, sagte Helen.

»Yella«, rief Doro aus der Küche.

»Es bleibt genug Zeit für gemeinsame Aktivitäten«, sagte Yella.

»Yella, kommst du mal?«, wiederholte Doro, nun schon ein bisschen lauter.

Yella wand sich. Sie verstand nur zu gut, was Helen meinte.

»Ich bin gleich wieder da«, sagte sie.

»Wäre es möglich, dass deine Jungs einen Moment still sind?«, fragte Doro. »Ich muss den Text von zwei Liedern überprüfen. Ich kann kaum hören, was sie singen.«

»Sie haben Ferien«, sagte Helen, die hinter Yella den Raum betreten hatte.

Ihre große Schwester rauschte an Helen vorbei, ohne sie zu beachten. Doro kümmerte sich vor allem um Doro. Ihre Anwesenheit im Ferienhaus veränderte schlagartig die Dynamik zwischen den Schwestern. Sie dominierte mit einem Mal die Atmosphäre im Haus. Wie früher.

»Je mehr ihr mich unterstützt, desto schneller bin ich fertig«, sagte sie. »Und wenn wir alle an einem Strang ziehen, kann ich auch noch ein bisschen Urlaub machen.«

»Warum setzt du dich nicht in eines der Schlafzimmer?«, fragte Yella. »Da bist du ungestört.«

»Ich will bei euch sein«, sagte Doro. »Ich habe viel zu lange im eigenen Saft geschmort. Ich brauche Trubel um mich, dann kann ich viel besser denken.«

Kindergeschrei fiel bei ihr wohl nicht unter die Kategorie erwünschter Trubel.

Helen hatte schon früh gelernt, ihrer ältesten Schwester aus dem Weg zu gehen. Wie oft hatte Yella zwischen beiden Parteien vermittelt, wenn Doro mal wieder genervt war von den Kleinen. Yella war immer ihr Anker in der Familie gewesen. Wenn Helen ehrlich war, hatte sie schon immer mit Doro um Yella konkurriert.

In ihrem letzten Familienurlaub vor dem Tod des Vaters hatte Yella auf einmal ewig im Badezimmer gebraucht und begonnen, ihr Bikinioberteil auszustopfen. Helen, enttäuscht davon, dass Yella ihre große Schwester Doro auf einmal wesentlich spannender fand als die neunjährigen Zwillinge, hatte Doro damals genauestens studiert und beschlossen, dass sie so ein Mädchen nie werden wollte. Dieses Lachen, zu hoch und zu schrill, das Doro immer dann strategisch geschickt platzierte, wenn Jungen in der Nähe waren, hatte in ihren Ohren geschmerzt. Und dann hatte auch Yella sich verändert. Ihre Schwester hatte schon vor dem Unfall das Interesse an ihr verloren.

Wiederholte sich dieses Spiel? Oder lag das Problem anderswo? Helen hatte den Verdacht, dass Doros Anwesenheit Yella eine perfekte Ausrede lieferte, Helen auszuweichen. Sie hatte die Hoffnung nicht aufgegeben, dass Yella sich ihr öffnen würde. Doch mit Doro im Haus blieb kein Raum mehr für vertraute Gespräche und unbequeme Fragen. Die sieben Jahre ältere Schwester hatte schon zu Kinderzeiten jedes Duell gewonnen: um das größte Stück Torte, das beste Zimmer, die Aufmerksamkeit der Mutter, um Yella.

»Doro ist Sonne und Mond zugleich. Sie kreist vor allem um sich selbst«, sagte sie, ohne sich allzu viel Mühe zu geben, leise zu sprechen.

Doro nahm Helens Abwehrhaltung sehr wohl wahr.

»Ich wäre besser in Amsterdam geblieben«, sagte Doro beleidigt. »Ich bin nur eine Last für euch.«

»Ach, Unsinn«, sagte Yella. »Wir freuen uns, dass du endlich da bist.«

Der Tag endete mit »Undine« und Krach. Ohne Pause schallten Operntöne bis in den Garten, untermalt von den unheimlichen Klängen des singenden Eises. Leider gab es weit und breit keine Kopfhörer.

»Ich kann es nicht ändern«, sagte Doro beim Abendessen. »Ich hänge hinterher, weil die Leute, die mir sonst zuarbeiten, einfach nicht geliefert haben.«

Helen zuckte mit den Schultern.

»Bedank dich bei meinen Auftraggebern, die mit nichts zufrieden sind. Ich habe mir diese Situation nicht ausgesucht, ich stehe mit dem Rücken zur Wand.«

Doro wollte unbedingt eine Absolution von ihrer kleinen Schwester.

»Es tut mir wirklich leid, Helen«, insistierte Doro mit erhobener Stimme. »Das muss doch reichen.«

»Ist ja gut«, sagte Helen. »Kein Problem.«

Aber Doro redete sich gerade erst warm.

»Wenn dir was nicht passt, Helen, sag es mir einfach ins Gesicht. Damit kann ich besser umgehen als mit diesen passiv-aggressiven Vorwürfen.«

»Alles klar«, sagte Helen.

»Nichts ist klar. Ich sehe dir doch an, dass du sauer auf mich bist.«

Sie wandte sich an Yella. »Helen ist so eine Art Vulkan. Oben sieht alles ruhig aus, aber darunter kocht es.«

»Lass gut sein, Doro«, wiegelte Yella ab.

»Ist doch wahr«, empörte sich Doro. »Sie sagt nichts, lässt einen aber deutlich spüren, dass ihr etwas nicht passt. Und das nennt sie dann ›sich raushalten‹.«

Helen zählte innerlich bis zehn. Nein, sie würde diesmal nicht darauf reinfallen. Sie kannte Doros Eskalationsspirale bis ins Detail. Nein, sie würde nicht mit Doro streiten. Nein, sie würde sich nicht provozieren lassen. Nein, nein, nein.

Ihr Schweigen reichte, Doro endgültig aus der Fassung zu bringen: »Ich kann mich nicht auch noch mit Helen herumstreiten. Das schaffe ich einfach nicht. Das ist mir wirklich zu viel.«

Doro verließ den Raum. »Es war nicht meine Idee, mit meiner Arbeit herzukommen«, richtete sie sich an Yella. »Kannst du das Helen ausrichten? Von mir nimmt sie nichts an.«

Helen versuchte, sich mit der veränderten Situation zu arrangieren. Die Rollen waren vertauscht. Während Yella sich um Doros Angelegenheiten kümmerte, ging Helen in ihrer Tantenrolle auf und machte Essen für die Kinder. Wohl war ihr allerdings nicht bei alledem.

»Sie vereinnahmt dich für ihre Zwecke«, sagte Helen. »Ich weiß nicht, ob das was mit Zusammenhalt zu tun hat.«

»Und wenn schon«, sagte Yella gut gelaunt. »Wenn Doro vorankommt, entspannt sich automatisch die Stimmung in der *Villa Vlinder.*«

»Sie sendet nur und stellt nie eine einzige Frage.«

»Sie ist eben diskret«, sagte Yella.

»Warum verteidigst du sie immer?«, fragte Helen.

»Weil wir eine Familie sind«, war Yellas Antwort. »Wenn man in der Familie nicht sein darf, wer man ist, wo sonst?«

Ob sie das wirklich so meinte? War Helen in ihrer Familie sie selbst?

»Die Welt da draußen ist anstrengend genug«, setzte Yella noch einen obendrauf. »Es ist unsere Aufgabe, einander zu unterstützen, wo wir nur können.«

»Ich finde sie einfach nur anstrengend«, sagte Helen. »Darf man das sagen?«

»Darf man«, sagte Yella und drückte ihr einen Kuss auf die Wange. »Das wird schon. Es sind nur ein paar Tage.«

35. Auf der Flucht

»Ich bin todmüde«, sagte Helen zu Paul. »Ich weiß nicht, wie lange ich ihr Theater noch aushalte.«

Sie versuchte, mit einem nächtlichen Spaziergang zur Ruhe zu kommen. Weit nach Mitternacht lag das Dorf im tiefen Dornröschenschlaf. In den verlassenen Straßen hing die Hitze des Tages. Von der Nordsee wehte eine leichte Brise. Aus den Bäumen säuselten die Blätter ihr ihre Weisheiten zu. Man wähnte sich in einem verwunschenen Märchenwald, so zugewachsen waren die schmalen Gassen. Ab und zu musste sie einem Wagen ausweichen. Rund um das Dorf gab es Hunderte Fahrradrouten, im Dorf fehlten vielerorts die Bürgersteige.

»Warum kommt man so schwer aus diesen Kindheitsmustern raus?«, fragte sie.

»Vielleicht ist genau das deine Aufgabe«, sagte Paul. »Nicht mehr weglaufen.«

»Ich höre wirklich gerne anderen Menschen zu«, sagte Helen. »Aber nicht Doro.«

Sie fand einfach kein Mittel, ihrer großen Schwester verbal etwas entgegenzusetzen. Sie war für die exzentrische Kostümbildnerin nicht schnell und schlagfertig genug. Wie sollte sie in dieser Gemengelage jemals Erholung finden?

»Es gibt schon einen Grund, warum ich seit Jahren Abstand

halte«, sagte sie. »Sie schafft es immer wieder, mir das Wort im Mund umzudrehen.«

Helen war ratlos. Schon früher war ihr Allheilmittel der Rückzug gewesen.

»Ich weiß schon, warum ich keine eigene Familie gründen will. Ich bin damit überfordert, mit mehreren Menschen gleichzeitig umzugehen«, sagte Helen. »Ich bin besser mit Reagenzgläsern als mit Menschen.«

»Wie gut, dass ich in die Kategorie Reagenzglas falle«, sagte Paul lachend.

Ihre Arbeit kreiste darum, chemische Formeln zu entwickeln, Wirkungen zu studieren und Mischungen zu justieren. Bei den Sommerschwestern lief jeder Versuch, optimal zu dosieren, ins Leere. Was sie auch probierte: Sobald mehr als zwei Schwestern aufeinandertrafen, entstand eine explosive Mischung.

»Ich weiß nicht, wie man diese Risse jemals kitten soll«, sagte sie. »Es steht so viel zwischen uns.«

»Vielleicht musst du den Anfang machen«, sagte Paul. »Vielleicht musst du ehrlich sein.«

Helen antwortete nicht. Entgeistert blieb sie vor der Auslage eines noblen Herrenausstatters stehen. Es war ihr, als hätte ihr geheimnisvoller Verfolger hier sein gesamtes Outfit erstanden. Wattierte Jacken, exklusive Regenkleidung, Polohemden, Kaschmirpullover mit V-Ausschnitt. Dazu trugen die Schaufensterpuppen edle Stetson-Strohhüte mit kleiner Krempe und gestreiftem Stoffband. Fast schon hatte sie geglaubt, dass sie sich den Mann eingebildet hatte. Sie wertete das Angebot des Modeladens als Bestätigung, dass er wirklich existierte. Und Kleidung im teuersten Laden des Dorfs kaufte. Ein Mann mit Geld? Aber kannte sie jemanden aus dem mondänen Bergen? Dem Bergen, das ihre Mutter früher so fasziniert hatte?

Henriette Thalbergs Freundinnen kamen alle aus Amsterdam. Helen erinnerte sich eindringlich an Milou, die mit ihren Eltern in einem enormen Haus an der Herengracht mit einem riesigen, fast schon aristokratisch anmutenden Garten gewohnt hatte. Ihre Mutter hatte nie wirklich nachvollziehen können, warum sie ihre Wochenenden und Urlaube in einem einfachen *stacaravan* in Bergen verbrachten. Camping war in den Niederlanden in allen Gesellschaftsschichten beliebt, bei Henriette eher weniger.

Pauls Stimme unterbrach ihre Gedanken: »Du musst das ansprechen«, sagte Paul. »Solange du alles in dich reinfrisst, wird nichts besser.«

36. Offene Fragen

Helen machte es sich im nächtlichen Garten gemütlich, wo es angenehm kühl war. Sie hatte keine Lust, sich weiter mit Paul über ihre eigenen Befindlichkeiten auseinanderzusetzen. Manche Menschen lösten Kreuzworträtsel zum Zeitvertreib, sie rekonstruierte seit Tagen fein säuberlich die Ereignisse der letzten 48 Stunden ihres Vaters. Die Unfallgeschichte half ihr, sich abzulenken von dem nagenden Gefühl, dass sie irgendetwas Grundsätzliches in ihrem Leben verändern musste, wenn sie wollte, dass das Verhältnis zu ihren Schwestern sich verbesserte. Fakten, so sagte sie sich, schafften Sicherheit.

Alles hatte damit angefangen, dass Yella zu spät vom Strand gekommen war. Mit einer deutlichen Fahne. Ihr Vater war rasend vor Wut gewesen, als Yella, anstatt sich zu entschuldigen, darüber verhandelte, am nächsten Tag auf eine Party zu gehen.

Am Abend hatte dicke Luft geherrscht, die sich auch am nächsten Tag noch nicht geklärt hatte. Spielte diese Party irgendeine Rolle?

Im Schein der Terrassenbeleuchtung sammelte Helen zum wiederholten Mal Gründe, warum ihr Vater das Haus verlassen haben könnte. Was konnte so wichtig sein, dass man es auf keinen Fall aufschieben durfte? Wenn sie ausschloss, dass es pure Sensationsgier war, die ihn vor die Tür gelockt hatte, blieb eigentlich nur eine Möglichkeit. Es musste eine Art Notfall gewesen sein, der ihn geradezu gezwungen hatte, sich noch einmal auf den Weg zu machen. Wollte er jemanden besuchen? Einen befreundeten Maler vielleicht? Brauchte jemand seine tatkräftige Hilfe? Beim Auspumpen des Kellers? Beim Schleppen von Sandsäcken, die das Eindringen von Wasser verhindern sollten? Bei der Beseitigung von Sturmschäden?

Die Firma ihres Großvaters stellte klinische Geräte her. Ihr Vater hatte Maschinenbau studiert und verfügte vermutlich nur über medizinische Basiskenntnisse. Sie vermutete, dass er weder für ärztliche noch für praktische Notfälle gerüstet war. Was, wenn der Unfall etwas mit seiner eigenen Gesundheit zu tun hatte? Hatte er sich nicht wohl gefühlt? War er zur Apotheke gefahren? Zu einem Arzt? Hatte er im Wagen einen epileptischen Anfall erlitten? Einen Herzinfarkt? Irgendeinen allergischen Schock? Aber warum war er dann Richtung Bergen aan Zee unterwegs gewesen? Ärzte fand man eher im anderen Teil des Dorfes.

Und dazu war ihr Vater immer kerngesund gewesen.

Es musste, so schloss sie, jemanden gegeben haben, der ihn um Hilfe gebeten hatte. Jemanden, der bei der Beerdigung geschwiegen hatte. Jemanden, der bis heute schwieg. Es musste einen Mitwisser geben. Sie dachte wieder an den Mann, der heimlich Fotos von ihnen machte.

Vielleicht musste sie das Thema von einer anderen Seite einkreisen. Gab es vielleicht doch Zeugen? Einen zweiten Wagen, der in den Unfall verwickelt gewesen war?

Mit wem war ihre Mutter eigentlich im Theater gewesen? Sie erinnerte sich an die Freundinnen ihrer Mutter: Caroline, Marga, Eveline, Louise. Leider war der Campingplatz eine Welt ohne Nachnamen. Sie wusste, dass Louise die Mutter von

Milou war, Doros Freundin. Aber wie um alles in der Welt sollte sie das enorme Patrizierhaus der Familie wiederfinden? Bei jedem Besuch in Amsterdam staunte sie, wie man sich in dieser Stadt überhaupt orientieren konnte. Ohne Pauls architektonisch geschultes Auge sahen die Grachtenhäuser und Kanäle alle gleich aus. Beim Googeln kam sie mit den Vornamen allein nicht weiter.

Von ihren Schwestern erwartete sie keine Hilfe. Doro vergrub sich in Arbeit, Amelie blendete den Unfall komplett aus und Yella versuchte seit Tagen, ihr so gut es ging auszuweichen. Helen konnte sich des Eindrucks nicht erwehren, dass sie sich auch deswegen so sehr um Doro bemühte. Sie vermittelte ihr ununterbrochen den Eindruck, viel zu beschäftigt zu sein, um den Faden ihres Gesprächs neu aufzunehmen. Jede der Schwestern ging auf ihre spezielle Weise einer Auseinandersetzung mit der Vergangenheit aus dem Weg. Am Ende blieb wieder nur Sturm Ira, seufzte sie.

Als Helen die Haustür öffnete, fiel ihr auf, dass in dem verfallenen Anwesen gegenüber noch Licht brannte. Auf einmal überrollte sie das unbestimmte Gefühl, dass dort drüben eine verwandte Seele wohnte. Ein menschenscheues Individuum, das sich nicht aus der Deckung wagte. Ein stummer Beobachter, der neugierig war und bestimmt hundert Fragen hatte, aber sie nicht persönlich zu stellen wagte. Sie winkte unbestimmt in die Richtung der Überwachungskameras. Von einem Schlaflosen zum anderen.

37. Bilder im Kopf

Helen verließ das Haus, noch bevor die Schwestern wach waren. Die frühe Uhrzeit des Schwimmkurses machte ihr nichts aus. Sie liebte den morgendlichen Trip zum Hallenbad in Alkmaar genauso wie Nick und Leo. Die Wartezeit in der Kantine, die sie traditionell mit Pinguin Rudolf verbrachte, blieb eine Herausforderung für sie. Die Sonne knallte schon am frühen Morgen gnadenlos durch die großen Fensterfronten. Sie fühlte sich wie eine Echse, die in ihrem Terrarium zur Schau gestellt wurde. Kein Wunder, dass die Reptilien immer nur regungslos dösend auf einem Stein verharrten. Jede kleine Bewegung führte zu einem Schweißausbruch. Die chlorschwere Luft raubte ihr den Atem, das endlose Warten den Verstand. Google blieb als treuer Freund an ihrer Seite. Ihre letzte Hoffnung war, dass irgendwo noch Material lagerte, das noch nicht digitalisiert worden war. Eine Internetsuche ergab, dass das Regionalarchiv von Alkmaar und der Gemeinde Bergen zehn Minuten vom Schwimmbad entfernt lag.

Der enorme Klinkerbau mit den hohen Sprossenfenstern und dem imposanten Portal erinnerte sie an ihre Schulzeit. Schon damals zog sie die Bibliothek dem Pausenhof vor. Helen fühlte sich wohl in Studiensälen. Alleine und mit einem gewissen Sicherheitsabstand unter Menschen zu sein, hatte ihr immer gefallen und Bibliotheken zu einem vertrauten und integralen Bestandteil ihres Lebens gemacht. Gierig sog sie diesen leisen Hauch von Vanille ein, der überall in der Luft hing, als würde das in den Büchern verarbeitete Holz in extremer Zeitlupe vor sich hin kompostieren. Helen liebte die konzentrierte Stille, das Geräusch von Seiten, die leise umgeblättert wurden, und Fingern, die über Tastaturen glitten. Bibliotheken öffneten Portale zu aufregenden, fremden Welten und gestatteten einem, Dingen auf den Grund zu gehen. Sie war noch lange nicht fertig mit Sturm Ira. Und mit den Datenbanken.

Ein junger Mitarbeiter half ihr, die Geheimnisse der fremdsprachigen Suchmaske zu enträtseln. Sie war jetzt schon froh, dass dieses Archiv, das zum Teil auch online zu durchsuchen war, einen Präsenzdienst unterhielt. Es hätte sie Stunden gekostet, sich durch die unbekannte Sprache zu wuseln.

»*Zoeken* bedeutet suchen. Und wenn du Zeitungen einsehen willst, rufst du *kranten* auf«, erklärte er ihr. Helen kannte das Wort vom Zeitungskiosk, wo neben dem Boulevard-Blatt *De Telegraaf* das *NRC Handelsblad, Algemeen Dagblad* und *Trouw* auch *De Volkskrant* verkauft wurde. Volkszeitung hieß das demnach. Und in Bergen gab es immer auch das *Noordhollands Dagblad,* das jetzt ihre vorrangige Quelle war. Auf einem Zettel notierte sie die wichtigsten niederländischen Worte: *storm, ongeluk, dodelijk, slachtoffer.* Sturm, Unglück, tödlich, Opfer.

»Wenn du Fragen hast, jederzeit. Kaffee?«

Helen nickte. Die Kombination aus Adrenalin und Koffein würde ihre Dauermüdigkeit hoffentlich im Zaum halten.

»Fotos findest du unter *beelden*«, schob er nach.

Helen schrak zusammen. Alleine die Vorstellung, dass im Archiv womöglich Fotoaufnahmen existierten, die den Unfall ihres Vaters dokumentierten, verursachte ihr einen leichten Panikanfall.

Sie lebte bereits seit zwanzig Jahren mit dem Ausgang des Unfalls. Sie kannte das Ergebnis. Wovor hatte sie Angst? Sie erinnerte sich daran, wie sie in jenem letzten Holland-Familienurlaub »Der Herr der Ringe« verschlungen hatte. Ihr Vater hatte die Bücher als Kind geliebt und wollte das Leseerlebnis mit ihr teilen: »Eigentlich bist du noch ein bisschen zu jung«, hatte er gesagt. »Aber es ist deine letzte Chance, Tolkiens Welt alleine kennenzulernen. Wenn die Verfilmung rauskommt, wirst du nie wieder Frodo, Sauron, Elben und Orks aus dir heraus erschaffen können. Du wirst bereits wissen, wie die Fabelwesen aussehen. Weil ein neuseeländischer Regisseur deiner Fantasie jeden Spielraum nimmt.«

Den ganzen Sommer hatten sie die drei grünen, von ihrem Vater zerlesenen Bände überallhin begleitet. Ihre Schwestern hatten sich am Strand vergnügt, während sie ihren Sommer in Mittelerde verbrachte. Als gegen Weihnachten die ersten Filmposter von »Der Herr der Ringe: Die Gefährten« an Plakatwänden aufgetaucht waren, waren Tolkiens Fantasiewelten in ihrem Kopf komplett und der Vater tot gewesen.

Johannes Thalberg hatte um die Macht von Bildern gewusst, die sich auf immer im Gedächtnis festsetzen. Jetzt war sie auf dem umgekehrten Weg unterwegs: aus der Fantasie in die Realität. Fakten halfen ihr in schwierigen Situationen, den Überblick zu bewahren. Sie hielt nichts davon, Dinge im Ungewissen zu lassen. Die Geheimnisse, da hatte sie keinen Zweifel mehr, hatten sie krank gemacht.

Zögernd tippte sie das Wort Unfall in die Maske: *ongeluk AND Bergen aan Zee.* Sie stieß als Erstes auf ein vergilbtes Betkärtchen, das zwei Jungen gewidmet war, die 1945 in den Dünen in einen ehemaligen deutschen Bunker eingedrungen und auf eine Landmine gestoßen waren.

Sie atmete tief durch und fügte den Namen des Sturms hinzu, um die Suche weiter einzugrenzen. Das *Noordhollands Dagblad* hatte ausführlich berichtet. Auch über den Unfall.

Bergen, 2. August 2001. Sturm Ira hat auch in Bergen ein Todesopfer gefordert. Hilfskräfte wurden in der Nacht zu Donnerstag zum Zeeweg gerufen, nachdem ein morgendlicher Jogger in den Dünen ein Auto bemerkt hatte. Einmal vor Ort, entdeckte ein Mitarbeiter der Feuerwehr den Fahrzeughalter, der offenbar aus dem Wagen geschleudert worden war. Der Mann hatte während des Sturms die Kontrolle über sein Fahrzeug verloren. Der Zeeweg wurde für den motorisierten Verkehr gesperrt, was die Bergungsarbeiten in Bergen aan Zee nachhaltig behinderte. Unfallexperten haben die Ermittlungen aufgenommen. Das Opfer ist von Mitarbeitern von Laatste Rust abgeholt und ins MCA gebracht worden.

Laatste Rust, letzte Ruhe, stand auch auf den Anzügen der Mitarbeiter des Beerdigungsinstitutes. Und MCA bedeutete *Medisch Centrum Alkmaar,* wo er wohl in der forensischen Abteilung landete. Mit zitternden Fingern scrollte sie weiter und erschrak. Nach über zwanzig Jahren Vorbereitung traf sie die Konfrontation mit der Wirklichkeit unerwartet hart. Das drastische Foto raubte ihr den Atem. Schockiert starrte Helen auf die körnige Aufnahme vom Unfallort, die offenbar in den frühen Morgenstunden entstanden war. Noch hing leichter Dunst über dem Gras und den sandigen Dünen.

Der demolierte dreireihige VW-Bus hatte einen Zaun umgefahren und war sicher 15 Meter weit in die Dünen hineingerast. Von wegen Straßenrand! Der Wagen war viel weiter vom Weg abgekommen, als sie sich das vorgestellt hatte. Wie ein hilfloser Käfer reckte die Familienkutsche drei Räder in den Himmel. Das vierte lag als dunkler Fleck in einer Senke. Ganz offensichtlich hatte ihr Vater sich mehrmals überschlagen. Die Fahrertür des Autowracks stand einladend offen.

Dahinter, ein ganzes Stück entfernt vom Wagen, erkannte sie im Dünengras einen länglichen weißen Fleck. Ihr Magen rebellierte, doch sie zwang sich hinzusehen. Dort, unter einer hellen Plane, lag zweifelsohne der tote Körper ihres Vaters.

Helen wandte den Blick entsetzt ab. Aber es war bereits zu spät. Die Szene hatte sich für immer auf ihre Netzhaut gebrannt. Der Schmerz überrollte sie, rau und roh, als wäre der Unfall gestern erst geschehen. Warum nur hatte sie sich auf diese überflüssige Suche eingelassen? Warum hatte sie überhaupt je angefangen, Fragen zu stellen? Sie hätte auf ihre Schwestern hören sollen. Welchen Sinn hatte es, in die Geschehnisse rund um den Unfall einzusteigen? Sie erhob sich, ihre Beine gaben nach.

»Ist alles in Ordnung bei dir?«, fragte eine Stimme.

Helen nickte. Dabei spürte sie keinen Boden mehr unter sich.

»Das ist die Hitze«, sagte sie.

Trauer, das hatte sie bereits sehr früh gelernt, ließ sich nicht teilen. Nicht mit Fremden, nicht mit Freunden, am allerwenigsten mit der Familie. Nie im Leben würde sie ihren Schwestern dieses Bild zumuten. Jede der Thalberg-Frauen ging auf ihre eigene individuelle Weise mit dem Tod des Vaters um. Helens Strategie war immer gewesen, niemanden mit ihren Problemen zu behelligen. Sie konnte jetzt nicht zusammenbrechen. Zehn Minuten von hier warteten zwei unschuldige Jungen darauf, ihr nach der Schwimmstunde in die Arme zu fallen, um ihr atemlos von ihren neuesten Erfolgen zu berichten.

»Mir geht es gut«, stammelte sie und verließ den Lesesaal, ohne sich weiter um den freundlichen Mitarbeiter zu kümmern.

Die Hitze draußen traf sie wie eine Wand. Helen taumelte benommen Richtung Auto. Zutiefst erschöpft ließ sie sich auf den Fahrersitz fallen. Neben ihr blitzte der unvermeidliche Pinguin sie giftig an. Leo hatte vollkommen recht. An Rudolf klebte das Unheil wie Pech. Mit so einem Kuscheltier im Schlepptau konnte keiner glücklich werden. Nicht einmal Helen. In einer Aufwallung blinder Wut prügelte sie auf Rudolf ein, bevor sie das Ungeheuer aus dem offenen Fenster schleuderte. Tränen rannen über ihr Gesicht. Zum ersten Mal seit Jahren weinte sie um ihren Vater. Um das Leben, das er verpasst hatte. Um die Familie, die mit ihm im Straßengraben gestorben war. Und um die Helen, die sie vielleicht hätte werden können.

38. Undine

Yella lehnte sich entspannt zurück. Bis die Jungs vom Schwimmen zurückkehrten, hatte sie endlich einmal die Muße, sich nur um sich selbst zu kümmern. Mit einem Glas Eistee und Amelies herrlichen Haferkeksen kuschelte sie sich in das Sofa in der Gartenlaube. Hier im Schatten ließen sich die steigenden Temperaturen gerade noch aushalten.

Yella nahm sich das Libretto von »Undine« vor. Sie las von einer Liebe, die in einer Sturmnacht entstand. Von einer Frau, die dem Meer entsprungen war und hoffte, durch den irdischen Geliebten zu einer Seele zu gelangen. Doch das gemeinsame Glück war nur von kurzer Dauer. Als der Gatte seine neue Liebe verrät, muss Undine in ihr Wasserreich zurückkehren. Sie nimmt grausam Rache. Der Wasserkönig bestraft den untreuen Liebhaber der Tochter und reißt den Menschengatten in die Tiefen des Meeres hinab. Der Mann bezahlt für die Liebe, die im Sturm geboren wurde, mit dem Tod. Was für ein Drama: eine Liebe, die für alle Beteiligten im Desaster geendet war.

Ein Stück weiter arbeitete Doro am Terrassentisch, um der Oper ein modernes Antlitz zu geben. Yella tauchte immer weiter in die kühle Welt der Wassergeister ein. Fasziniert öffnete sie einen von Doros Kunstbänden. Auf eindrucksvollen Gemälden entstieg der Elementargeist wieder und wieder dem Wasser: zart, verschämt und zauberhaft. Die leichenblasse Figur mit den langen roten Haaren zog sie auf unwiderstehliche Weisc in den Bann. Sie begriff nie genau, wie Erlebtes in die Kreationen ihrer Schwester einfloss. Sie hegte einen ungeheuerlichen Verdacht. Hatte sie etwa ein lebendiges Vorbild für ihre Undine?

Doros Telefon riss sie aus ihren Gedanken. Sie horchte auf und erwartete jeden Moment, Doros Stimme zu hören. Doch ihre Schwester ließ das Telefon einfach klingeln. Das nervtötende Geräusch erstarb. Yella versuchte, sich wieder ihrem Buch zu widmen. Drei Minuten später begann das Spiel von vorne. Wie sollte sie sich unter diesen Umständen auf die Geschichte von Liebe, Betrug und Tod konzentrieren? Mit jedem Telefonklingeln stieg Yellas Blutdruck. Genervt verließ sie ihre gemütliche Höhle.

»Musst du nicht drangehen?«, fragte sie leicht irritiert.

Doro schüttelte den Kopf: »Auf keinen Fall.«

»Vielleicht ist es was Wichtiges«, sagte Yella.

»Ich kann nur arbeiten oder telefonieren, aber sicher nicht beides.«

Doro zeichnete und klebte. Neben ihr standen zig leere Wasserflaschen. Yella sah, dass sie Kleider für die Undine entwarf. Hatte sie diese Figur nicht schon längst abgehakt? Fing sie tatsächlich wieder von vorne an?

»Mit ein bisschen Weghören erledigen sich manche Dinge von alleine«, sagte Doro.

»Dann stell es wenigstens ab.«

»Geht nicht«, sagte sie. »Ich warte auf einen dringenden Anruf.«

Das Telefon meldete sich erneut.

»Unbekannte Nummer«, sagte Doro. »Vielleicht ist das der

Stoffhändler. Ich brauche unbedingt die Preisangaben und Liefermöglichkeiten.«

Doro traute sich offenbar nicht, dranzugehen. Zu groß war wohl das Risiko, einen ihrer Gläubiger an die Strippe zu bekommen. Sie hielt Yella wortlos ihr Telefon hin.

»Kostümatelier Thalberg«, sagte Yella. »Sie sprechen mit Yella. Was kann ich für Sie tun?«

»Bist du das, Yella?«, sagte eine bekannte Stimme.

»Mama?«, rief Yella überrascht.

Doro ging sofort in Abwehrstellung. Sie wedelte wie eine Wahnsinnige mit den Händen, um deutlich zu machen, dass sie auf keinen Fall mit ihrer Mutter sprechen wollte.

»Wie geht es dir und Thijs?«, fragte Yella. »Wo seid ihr?«

»Ich brauche Doro«, sagte sie.

»Sie ist leider nicht da.«

»Gib sie mir«, sagte ihre Mutter scharf.

Doro fuhr mit Zeige- und Mittelfinger über ihre Kehle, um anzudeuten, was sie mit Yella vorhatte, sollte sie ihr in den Rücken fallen.

»Sie ist im Dorf einkaufen. Kann ich was für dich tun?«

»Es geht um die Steuer.«

»Die Steuer?«, fragte Yella.

Seit wann war Doro kompetent in Steuerangelegenheiten? Das Stichwort genügte Doro, um ihre Taktik zu ändern. Sie nahm Yella das Telefon aus den Händen, stand auf und verzog sich in den anderen Teil des Gartens. Yella blieb irritiert zurück. Hatte Doro Geheimnisse? Was um alles in der Welt besprachen die beiden? *Unsere Verbindung ist sturmerprobt.* Ganz offensichtlich unterhielten sie noch einen näheren Kontakt als ohnehin schon vermutet.

Yella konnte ihre Neugier nicht bezwingen und schlich näher.

»Am Montag habe ich meinen Termin mit Benedikt Bergmann«, hörte sie ihre große Schwester. »Ich habe den Auftrag so gut wie in der Tasche. Du kannst schon mal die Premiere in deinen Kalender eintragen, Mama. Erste Reihe. Wie immer.«

Sobald sie aufgelegt hatte, klingelte das Telefon sofort wieder.

»Meine ehemalige Assistentin«, sagte Doro mit Blick auf das Display. »Ich fürchte, Ludwig hat auch ihr Gehalt nicht bezahlt.«

Diesmal verzichtete auch Yella darauf, den Anruf entgegenzunehmen.

»Ich bekomme das hin«, beschwor Doro sich selbst. Ihre Stimme brach, Tränen sprangen in ihre Augen. »Ich habe das immer hinbekommen. Es sind acht Leute von mir abhängig. Acht Familien mit vier Kindern. Ich habe überhaupt keine Wahl. Ich muss weitermachen. Nicht für mich. Es geht nicht um mich. Es geht um alle anderen.«

Ein Windstoß wirbelte sämtliche Papiere durcheinander. Überall kullerten leere Wasserflaschen herum. Yella beeilte sich, den Müll einzusammeln und in der Tonne zu entsorgen.

»Halt«, rief Doro. »Die brauche ich noch.«

»Die leeren Flaschen?«

»Werden ein Kostüm für Undine. Ich dachte, wir könnten die Umweltthematik mit reinnehmen.«

Was auf den ersten Blick aussah wie ein unaufgeräumter Terrassentisch, war in Wirklichkeit eine ungeordnete Ideensammlung. Yella schüttelte den Kopf. Überall flogen neue Skizzen und Entwürfe herum.

»Soll ich die Entwürfe, die fertig sind, schon mal in eine Mappe ordnen?«, fragte sie.

»Es ist alles Schrott«, sagte Doro.

»Gestern warst du beinahe fertig«, wunderte sich Yella.

»Das war gestern. Heute ist ein neuer Tag.«

Doro war nicht perfektionistisch, sie war unsicher. Die Absage hatte ihr offenbar schwer zugesetzt.

»Warum bleibst du nicht bei deiner ersten Idee?«, fragte Yella. »Ich fand die Kleider total passend für eine Figur, die aus dem Wasser kommt.«

»Vielleicht fällt mir ja noch was Besseres ein. Es ist meine letzte Chance. Die einzige. Die Entwürfe müssen Bergmann umhauen.«

Yella musterte ihre große Schwester nachdenklich. Wie konnte bei so viel Druck etwas Bahnbrechendes entstehen?

»Das ist wie beim Biathlon«, rechtfertigte sich Doro. »Ludwig schaut das immer: Du bist komplett außer Atem und musst trotzdem ruhig zielen.«

Yella schüttelte den Kopf. Im Büro ihres Chefs hing ein gesticktes Bild mit dem Spruch: »Fertig ist besser als perfekt.« Dasselbe galt auch für Doro.

Das Telefon klingelte wieder.

»Unbekannte Nummer«, sagte Doro.

Sie starrte das Handy an wie das Kaninchen die Schlange.

»Wenn es der Stofflieferant ist, muss ich ihn sprechen«, sagte Doro.

Yella legte ihr Buch endgültig zur Seite.

»Kostümatelier Thalberg«, sagte sie. »Sie sprechen mit Yella. Was kann ich für Sie tun?«

39. Der zweite Anlauf

Es war wie immer. Stundenlang hatte Helen sich durch die Nacht gekämpft und war erst am frühen Morgen eingeschlafen. Zwei Stunden später weckte sie lautes Gehämmer. Um der Hitze zu entgehen, verschoben die Nachbarn ihre Vorbereitungen für den *Lichtjesavond* in die ersten Stunden des Tages.

Als sie mit Leo und Nick zum Schwimmen aufbrach, bemerkte sie, dass überall im Dorf gewerkelt wurde. Auch Amelie hatte zu viel mit Vorbereitungen zu tun, um sich bei den Schwestern blicken zu lassen. Zum Glück lenkte die Aussicht, dass das Dorf bald in neuem Glanz erstrahlen würde, die Kinder so ab, dass Leo die Ausrede, die Helen sich ausgedacht hatte, um Rudolfs Abwesenheit zu erklären, schluckte. »Pinguine vertragen keine Hitze«, sagte sie. »Und Chlor schon gleich gar nicht. Er hat sich geweigert, mitzukommen.«

Leo nickte ernst. Er wusste aus eigener Erfahrung, wie hartnäckig Rudolf bei der Durchsetzung seiner Interessen sein konnte.

Noch sechs Tage bis zum *afzwemmen*. Noch sechs Tage bis zur großen Lichtershow. An der Größe der Drahtrollen, die in den Gärten bereitlagen, um für den Lichterabend gespannt und behängt zu werden, ließ sich der Ehrgeiz der jeweiligen Bewohner ablesen. Ganz offensichtlich hatten manche freigenommen, um ihr Haus herzurichten. Oder zumindest den Nachbarn zur Rechten und Linken zu übertrumpfen. Im Supermarkt tobten bereits seit Tagen Schlachten um die letzten Teelichter, die in großen Mengen herangeschafft wurden und doch nie genug waren.

»Wir müssen auch endlich anfangen«, sagte Leo.

Die von Philomena gelieferten leeren Gläser standen noch immer ungenutzt im Schuppen.

Helen hielt im Ortskern. Die Schlange vor dem Bäcker wirkte wenig einladend. Jeden Tag, so schien es, trugen die Dorfbewohner weniger Kleidung. Am Zeitungsstand dominierten Worte wie *Hittegolf* und *Tropisch weer* die Schlagzeilen. Auf den Terrassen rund um die Ruïnekerk rangelten Touristen darum, wer den Schattenplatz als Erstes gesehen hatte. Die sonst so beliebten Tische in der Sonne blieben unbesetzt. Eine Gruppe Senioren badete beim Kaffeetrinken ihre Füße in einem Planschbecken, während ihr Gettoblaster niederländische Schlager über den Platz brüllte. Eine der Rentnerinnen war mit einer quietschgrünen Wasserpistole ausgerüstet und schoss auf Leo und Nick, während Helen *krentenbollen* besorgte.

Die Hitzewelle steuerte ihrem Höhepunkt entgegen. Auf dem Weg ins Schwimmbad versperrte ihnen ein Feuerwehrauto den Weg. Nick bewunderte die Männer, die die Rasenfläche rund um die Ruinenkirche aus riesigen Schläuchen bewässerten.

»So was will ich später auch mal machen«, sagte Nick beeindruckt.

In der Nähe des Schwimmbads versammelte sich eine Gruppe Kinder, um todesmutig von der Brücke in die Hoornse

Vaart zu springen, einen der Kanäle aus dem 17. Jahrhundert, der Alkmaars Rolle als Handelszentrum festigte.

»Können wir hier üben?«, schrie Nick. »Das Schwimmbad ist langweilig.«

Helen starb schon jetzt tausend Tode bei der Vorstellung, dass Nick sich von irgendwelchen Brücken in unbekannte Gewässer stürzte.

»Erst dein Schwimmabzeichen«, sagte sie.

»Diplom«, korrigierte Nick.

»*Zwemdiploma*«, ergänzte Leo, der bereits ein paar niederländische Brocken aufgeschnappt hatte.

In Holland verlieh man angesichts der nationalen Bedeutung von Schwimmfertigkeiten den Abzeichen diesen hochtrabenden Namen, der in Deutschland eher akademische Abschlüsse andeutete.

»Nächstes Jahr dann«, sagte Nick voller Überzeugung.

Helen gab sich keinen Illusionen hin. Schwimmabzeichen waren nur ein winziges Puzzleteil in einer Welt voller Gefahren. Vermutlich war es eine Lebensaufgabe, sich um diese beiden Wesen Sorgen zu machen. Für Yella, für David, aber vor allem auch für ihre Tante Helen, die so gerne Gefahren kalkulierte.

Während Leo und Nick lernten, im Wasser zu treiben, zu schweben, zu sinken, sich unter Wasser zu orientieren und zu drehen, probierte Helen, wieder festen Boden unter ihre Füße zu bekommen. Nach ihrem ersten Schock über das Foto fand sie sich wieder im Regionalarchiv ein. Genauso wie Rudolf. Der nette Mitarbeiter des Archivs hatte das Kuscheltier auf dem Parkplatz gefunden. Der Pinguin kauerte auf dem Empfangstresen. Er sah herzzerreißend unglücklich aus und trug ein Schild auf dem Bauch: *Ik zoek mijn familie.* Ich suche meine Familie.

»Der sieht so abgeliebt aus«, sagte der Angestellte, »irgendjemand ist sicher todtraurig, dass er seinen Pinguin verloren hat.«

Helen sank in sich zusammen. Rudolf stand ihr in Hartnäckigkeit in nichts nach.

»Der gehört uns«, sagte Helen. »Leider.«

Sie nahm Rudolf an sich und atmete tief durch. Am gestrigen Tag hatte sie sich von einem Foto aus dem Feld schlagen lassen. Im zweiten Anlauf würde ihr das nicht mehr passieren.

Helen blätterte durch das *Noordhollands Dagblad,* das sich noch Tage nach dem Sturm ausführlich mit Ira beschäftigte. Besonders interessierte sie ein Artikel, in dem Dorfbewohner und Touristen berichteten, wie sie die Nacht erlebt hatten. In dem Artikel erzählte die sechzehnjährige Milou van Beek von ihren Abenteuern. *Wir hatten eine Sturmparty,* erzählte sie. *Wir waren vollkommen sicher in unserem Bunker, leider haben unsere Eltern das ganz anders gesehen. Wir haben alle mächtig Ärger bekommen. Aber der Ärger war es wert.*

Helen atmete schwer durch. Milou van Beek? Sie googelte den Namen und stieß sofort auf die Mutter. Louise van Beek. Ein Artikel über eine Benefizveranstaltung im Amsterdamer *Theater Carré* bewies, dass sie die richtige Familie gefunden hatte. Ein paar Klicks weiter entdeckte sie eine Todesanzeige. Louise van Beek war vor acht Jahren verstorben. Weitere Informationen fand sie nicht mehr, alleine einen winzigen Hinweis: Eine Milou van Beek war Mitglied eines Chors, der am *Lichtjesavond* in der Ruinenkirche auftrat. Kein Zweifel möglich. Das musste ihre Milou sein, Doros beste Freundin vom Camping.

Und dieser Hinweis auf die Sturmparty: Wie viele Feste hatte es wohl gegeben in der Nacht? War das dieselbe Party, zu der Frenkie Yella eingeladen hatte?

Weil ihr im Moment nichts Besseres mehr einfiel, googelte sie Frenkie. Doch auch hier kam sie mit dem Familiennamen Visser nicht weiter, den über 50 000 Familien in den Niederlanden teilten. Der Vorname schien vor allem mit einem Nationalspieler verbunden, der von Ajax Amsterdam zu Barcelona gewechselt war. Sie vermutete, dass Frenkie nur eine Abkürzung war. Aber wofür?

Wenn sich zwischen den Artikeln über den Fußballer Informationen über einen ehemaligen Surfer versteckten, der seine Urlaube in Bergen verbrachte, war sie nicht in der Lage, sie aufzuspüren.

Und Ärger mit den Eltern? Was war damit wohl gemeint? War ihr Vater dort aufgetaucht? Weil Doro sich heimlich aus dem Haus geschlichen hatte, um zur Party zu gehen? Hatte sie deswegen Schuhe an? Es gab Tausende Bunker an der Küste. Lag dieser in der Nähe des Zeewegs? Leider war in dem Artikel kein Ort vermerkt.

Milou van Beek. Helen notierte aufgeregt den Namen. Endlich hatte sie jemanden außerhalb der Familie gefunden, der ihr eine unabhängige Auskunft über die Nacht erteilen konnte.

Als sie nach draußen kam und den Autoschlüssel hervorziehen wollte, entdeckte sie unter dem Scheibenwischer einen Zettel. Was war das? Werbung? Ein Strafzettel? Vorsichtig faltete sie das Schreiben auseinander. *Rot op met je stomme vragen. Fuck off,* stand da in großer Blockschrift. *Verschwinde von hier! Lass uns in Ruhe mit deinen Fragen.*

Hektisch sah sie sich um, als könne sie den Übeltäter auf frischer Tat ertappen. Irgendjemandem im Dorf schien es eindeutig nicht zu passen, dass sie im Archiv recherchierte.

Sorgfältig untersuchte sie den Zettel. Er hatte ein ungewöhnliches Format und eine eigentümliche Linierung mit grünen Balken. Vielleicht aus einem niederländischen Schulheft gerissen? Unwillkürlich dachte sie an Thijs' Exfreundin aus der Bäckerei und die gestohlenen Ventile. Fleur hatte doch einen Sohn. Die Drohgebärde bewies eindringlich, dass längst nicht alle Geheimnisse gelüftet waren. Helen ließ den Zettel in ihrer Jackentasche verschwinden. Die Warnung war für sie der ultimative Beweis, dass sie endlich auf der richtigen Spur war.

40. Das wirst du bereuen

»Es war ganz toll«, rief Leo. »Ich habe fünf Reifen hochgetaucht.«

»Und ich achtzig«, schrie Nick.

»Du kannst doch noch gar nicht zählen«, sagte Leo empört.

Die beiden Jungs waren restlos begeistert von ihrem Schwimmunterricht. Ihre Worte überschlugen sich, als sie ihrer Mutter in den Arm fielen. Helen nutzte die Gelegenheit, den missmutigen Pinguin Rudolf aus dem Kofferraum zu befreien und ungesehen ins Haus zu schmuggeln.

Abends, als Yella gemeinsam mit den Kindern Spaghetti kochte, berichteten die Jungen immer noch überschwänglich von ihren Abenteuern.

»Es gibt ein großes Fest, wenn wir *afzwemmen*«, erklärte Leo und fügte stolz die direkte Übersetzung hinzu: »Abschwimmen.«

»Sie ziehen die Prüfung ganz groß auf«, sagte Helen. »Ich bin jetzt schon aufgeregt.«

»Was ist eigentlich bei dir und Paul mit Kindern?«, fragte Doro, während sie eine ganze Batterie Vitamine und Nahrungsergänzungsmittel vor sich aufbaute. Helen biss sich auf die Zunge. Ihre Schwester gab jede Menge Geld für unsinnige Produkte aus.

»Tante sein, ist großartig«, erklärte Helen. »Man hat nur die guten Seiten vom Mutterdasein. Für alles andere bin ich nicht geboren.«

»Du würdest eine großartige Mutter abgeben«, sagte Doro.

»Nein«, sagte Helen.

»Nein?«, fragte Doro verblüfft.

»Kinder passen einfach nicht in unser Leben«, ergänzte Helen.

»Das ist doch kein Argument«, bohrte Doro weiter. »Wenn die Kinder erst mal da sind, baut man das Leben um sie herum.«

Lucy prustete in ihre Nudeln. »Ach ja?«

Doro blitzte ihre Tochter böse an. »Ellenbogen vom Tisch, Lucy. Wie sitzt du schon wieder da?«

Lucy hängte sich noch ein bisschen tiefer über ihren Teller. Leo und Nick machten es ihr sofort nach.

»Wer hat Lust, nach dem Essen Karten zu spielen?«, mischte Yella sich ein.

Das Ablenkungsmanöver zündete nicht. Doro hatte sich mal wieder festgebissen.

»Kinder plant man nicht, man bekommt sie«, erklärte sie rechthaberisch.

»Hör auf, Doro«, sagte Yella.

»Für Paul ist das einfach«, dozierte ihre große Schwester weiter. »Der kann sich später umentscheiden, aber uns Frauen läuft einfach die Zeit weg. Du hast vielleicht noch ein paar Jahre.«

»Ich habe mich schon entschieden«, sagte Helen.

»Wer weiß, vielleicht wirst du es bis an dein Lebensende bereuen, dass du dich nie getraut hast«, sagte Doro.

Helen, die sich so oft vorgenommen hatte, sich nicht von Doro aus der Reserve locken zu lassen, platzte allmählich der

Kragen: »Was für dich stimmt, muss für mich noch lange nicht richtig sein.«

»Warum reagierst du gleich so gereizt? Wieso darf ich das nicht anmerken?«

»Weil ich keine Lebensweisheiten brauche«, sagte Helen. »Am allerwenigsten von dir.«

»Was soll das Leben sonst für einen Sinn haben, als es weiterzugeben?«, sagte Doro. »Ein Beruf ist Schall und Rauch. Schau mich an: Ich arbeite mich kaputt für eine Inszenierung, an die sich in zwanzig Jahren niemand mehr erinnert. Wir leben nur in unseren Kindern weiter.«

»Ich muss nicht unbedingt weiterleben«, sagte Helen. »So wichtig bin ich nicht. Ich halte mich nicht für den Nabel der Welt.«

Doro redete sich in Rage. »Kinder sind das größte Geschenk, das man im Leben erhalten kann. Sie machen einen erst komplett.«

»Du bist doch nie da«, unterbrach Lucy ihre pathetische Rede.

Doro fuhr herum. »Warum sagst du so was, Lucy? Was sollen meine Schwestern von mir denken?«

»Ich sage es, weil es wahr ist.«

»Du weißt genau, dass das nicht stimmt, Lucy«, sagte Doro. »Ich habe mein ganzes Berufsleben nur um dich herumgebaut.«

»Du hast mich immer mitgeschleift«, sagte Lucy rotzig.

»Dürfen wir aufstehen?«, rief Leo.

Yella nickte. Nick stürmte mit seinem Bruder in das Kinderzimmer im oberen Stock. Yella begann abzuräumen. Am Tisch läutete Doro die nächste Runde ein.

Sie war fassungslos über Lucy: »Ich habe dir eine Welt geöffnet, die anderen Kindern verborgen bleibt. Die meisten fänden es großartig, ein ganzes Atelier zum Spielen und Basteln zu haben. Und du lagst schon als Baby in den Armen von George Clooney.«

»Wahrscheinlich habe ich gebrüllt, weil ich keine Ahnung hatte, wer das ist.«

»Pass auf, was du sagst«, sagte Doro. »Du hast keinen blassen Schimmer, wie privilegiert du bist.«

»Habe ich schon. Du sagst es mir ja immer wieder.«

»Hast du eine Ahnung, was dein Leben kostet?«, ereiferte sich Doro. »Deine Klamotten, das Telefon, Netflix, Disney, Schullandheim, Kino, Eis mit den Freundinnen, das Reiten, der Musikunterricht, Nachhilfe, Klassenausflüge, Urlaub.«

»Woher kommt das ganze Geld, Lucy?«, fiel die Vierzehnjährige ihrer Mutter in die Rede. »Wer soll das verdienen, Lucy? Du könntest ein bisschen dankbarer sein, Lucy.«

»Ganz genau«, sagte Doro.

»Wofür? Dafür, dass du mich geboren hast? Was haben wir beide schon miteinander zu tun? Wenn du meine Nachbarin wärst, wollte ich bestimmt nichts mit dir zu tun haben.«

Doro erstarrte. In Lucys Gesicht stand deutlich das Erschrecken über ihre eigenen Worte. Ihre Mutter rang sichtbar um Fassung.

»Du gehst am besten auf dein Zimmer«, sagte sie. »Bis du wieder geradeaus denken kannst.«

Lucy erhob sich schwungvoll, ihr Stuhl kippte nach hinten. Türenknallend verließ sie den Raum.

»Mahlzeit«, sagte Helen.

Sofort richtete Doro ihre Pfeile wieder in Helens Richtung.

»Was mischst du dich ein? Du bist nur sauer, weil ich es gewagt habe, dir die Wahrheit zu sagen«, sagte Doro.

»Und was ist mit dir?«, schlug Helen zurück. »Wann erzählst du die Wahrheit?«

Doro fuhr herum: »Übers Kinderkriegen? Ich kann dir da gerne ein paar Tipps geben.«

»Wo warst du eigentlich in der Sturmnacht, als unser Vater starb?«, fragte Helen.

Yella stand entnervt auf. »Nicht schon wieder, Helen.«

»Im Bett«, sagte Doro. »Wo sonst?«

»Und die Party?«

»Welche Party?«

»Die Party, die du in der Sturmnacht besucht hast.«

»Ich habe keine Ahnung, wovon du sprichst«, sagte Doro.

»Bist du doch hingegangen? Mit Milou? Heimlich?«

»Es war Sturm, weißt du noch? Draußen war es gefährlich.«

»Bist du aus dem Fenster geklettert?«

Doro lachte schrill auf.

»Wo war diese geheimnisvolle Bunkerparty eigentlich? Irgendwo am Zeeweg? Hat Papa dich hingefahren? Oder wollte er dich abholen?«

Doro schüttelte energisch den Kopf. »Du tickst ja nicht mehr richtig, Helen«, sagte sie.

»Hört auf«, versuchte Yella schwach zu vermitteln.

Ihre große Schwester blieb bei ihrer Behauptung, dass sie in der Sturmnacht das Haus nie verlassen hatte. »Ich war nirgendwo«, sagte sie.

Helen setzte noch einmal nach. »Und wenn ich dir nicht glaube?«

Doro baute sich vor ihr auf. »Wenn du später mal eine alte Jungfer bist, kinderlos, runzlig und allein, glaub mir, ich besuche dich nicht.«

Sie verzog sich in den oberen Stock. Einzig Yella hielt es noch im Wohnzimmer aus. Sie starrte peinlich berührt auf ihre Fingernägel.

»Und du? Warst du etwa auch auf der Bunkerparty?«, fragte Helen.

Yella stand auf und ging Richtung Badezimmer: »Du musst endlich damit aufhören, Helen. Du machst mit deinen Unterstellungen alles nur noch schlimmer.«

Helen blieb alleine zurück. Sie war gekommen, um ihren Schwestern wieder näherzukommen. Nach ein paar gemeinsamen Tagen in der *Villa Vlinder* fühlte sie sich weiter entfernt von den dreien als je zuvor. Die Schlaflosigkeit beeinträchtigte nicht nur ihren Körper, sondern auch ihren Geist. War sie wirklich paranoid? Oder waren Familienkonflikte vielleicht wie eine schwere Grippe. Es musste erst einmal schlimmer werden, bevor es besser werden konnte.

41. Vierzehn ist doof

Yella erwachte mit einem Kater. Dabei hatte sie am Vorabend kein einziges Glas Wein getrunken. Helen und Doro schmollten in unterschiedlichen Ecken des Hauses.

Ihre älteste Schwester hatte Stellung im Wohnzimmer bezogen, wo ein Ventilator gegen die Hitze anblies. Yella platzierte den Wäscheständer mit nassen Handtüchern davor, um auf diese Weise ein bisschen Abkühlung zu erreichen.

»Wenn das so weitergeht, ziehen wir alle in den Keller um«, sagte sie.

Leos Gesicht verzog sich. Nachts im Keller mit Rudolf war in etwa das Letzte, was er sich zutraute.

»Ich schwitze gerne«, sagte er tapfer.

»Ich wäre besser mit nach Riga gefahren«, sagte Yella, als sie mit David telefonierte. »Oder an den Nordpol. Ganz alleine.«

David lachte, aber Yella war es ernst.

»Ich weiß nicht mehr, was ich tun soll«, sagte sie. »Helen kann nicht aufhören, in der Vergangenheit herumzustochern.«

»Hast du dich nie gefragt, wohin dein Vater wollte?«, fragte David.

»Jetzt fängst du auch noch an«, sagte sie.

»Yella?«, fragte David vorsichtig.

»Ich habe keine Lust, mich an Spekulationen zu beteiligen.«

»Das ist doch eine spannende Frage«, sagte David.

»Ist es nicht«, sagte Yella.

»Warum willst du so gar nicht darüber sprechen?«, fragte er.

»Das ist eine Unterstellung.«

»Weißt du etwas?«

»Ich muss los«, sagte Yella. »Ich muss mich um Lucy kümmern. Hier hat bald jeder mit jedem Streit.«

Sie beendete das Telefongespräch. Sie brauchte diese Diskussion wahrlich nicht in stereo.

Yella klopfte vorsichtig an der Tür zu einem der Kinderzimmer. Es war bereits elf Uhr und Lucy hatte sich immer noch nicht beim Frühstück blicken lassen. Yella hatte für ihre Nichte Obst klein geschnitten und heiße Schokolade gekocht. Helen und Doro konnte sie nicht versöhnen, aber vielleicht konnte sie ihrer Nichte zur Seite stehen.

»Willst du nicht runterkommen?«

Lucy schüttelte den Kopf.

»Ich habe Hausarrest«, sagte sie. »Doro ist sauer auf mich.«

»Ach was. Niemand hat Hausarrest in den Ferien.«

Niemand außer ihr damals. Nein, daran wollte sie nicht denken.

»Du kennst Mama nicht«, sagte Lucy verzweifelt.

»Ich kenne sie viel länger als du«, sagte Yella lachend. »Ich hatte schon Ärger mit Doro, da warst du noch gar nicht geboren. Und ich fand sie trotzdem toll. Immer noch. Auch wenn sie anstrengend ist.«

Wütend pikste Lucy die Gabel in ein Stückchen Ananas.

»Ich habe es gehasst, ein Teenager zu sein«, sagte Yella ehrlich. »Ich konnte es kaum erwarten, endlich selbst über mein Leben entscheiden zu dürfen. Jetzt wünsche ich mir manchmal, wieder klein zu sein. Erwachsensein ist nicht immer erstrebenswert. Man muss Konflikte lösen, obwohl man keine Ahnung hat, wie man das anstellen soll. Bloß weil man erwachsen ist, macht man nicht automatisch alles richtig.«

»Wie alt warst du, als du ausgezogen bist?«, fragte Lucy interessiert.

»Sechzehn«, sagte Yella. »Weil sie es zu Hause nicht mehr mit mir ausgehalten haben.«

»Und Henriette hat das erlaubt?«

»Sie war gestresst«, sagte Yella. »Sie war froh, dass ich eine Weile bei einer Freundin unterschlüpfen konnte. Wir brauchten beide eine Pause.«

Lucy mampfte ihr Obst in sich rein.

»Deine Mama hat auch Stress«, warb Yella um Verständnis.

Wie oft hatte sie diesen Satz schon ausgesprochen und gehört.

»Ich auch«, sagte Lucy. »Doro stresst mich.«

Yella setzte sich zu Lucy aufs Bett.

»Weißt du, was ich so toll finde?«, sagte sie. »Ihr könnt euch Gemeinheiten an den Kopf werfen. Bei deiner Oma Henriette wurde nie etwas direkt ausgesprochen. So ein Gewitter kann helfen. Ich wünschte, ich könnte mich mal so richtig mit Oma krachen. Vielleicht würde das helfen.«

»Alle meine Freundinnen finden Mama supercool«, gab Lucy kläglich zu. »Seit sie an meinem Geburtstag ein Kleid in ihrem Atelier nähen durften. Sie kommen gerne zu mir, weil sie immer Klamotten abstauben oder Ketten, Ohrringe, irgendwas, was vom Set übrig geblieben ist. Manchmal weiß ich nicht, ob sie wegen mir oder wegen Mama kommen.«

Lucy arbeitete sich an Doro ab, so wie Yella sich an ihrer Schwester abgearbeitet hatte. Es war schwierig, mit ihrer Dominanz umzugehen. Noch schwieriger war es, Lucy einen guten Rat zu geben.

»Es war so schön alleine mit euch«, schniefte ihre Nichte. »Und dann kommt sie und verpestet alles. Sie will immer meine beste Freundin sein, aber ich will keine Freundin, die alles bestimmt.«

»Es sind nur noch zwei Tage bis zu dem Termin.«

»Mama hat versprochen, dass wir in diesem Sommer etwas zusammen unternehmen. Nur wir beide. Jeden Sommer verspricht sie, dass wir reisen. Und dann darf ich wieder mit zu einem Auftrag. Oder ins Ferienlager.«

»Sie muss Geld verdienen. Es gibt viele Leute, deren Existenz an ihrer Arbeit hängen.«

»Manchmal denke ich, alles wäre anders, wenn ich einen Papa hätte. Und nicht nur einen Ludwig. Der sagt nie was. Der verteidigt mich nie.«

Lucy kuschelte sich in Yellas Arm und war auf einmal nur noch ein kleines, unglückliches Mädchen.

»Kennst du meinen Papa?«, fragte Lucy.

Yella schüttelte den Kopf. »Aber ich weiß noch genau, wie glücklich Doro war, als du kamst.«

»Da merke ich nichts von«, sagte Lucy.

»Ich habe mich furchtbar mit meinem Vater gestritten. Ein bisschen so wie du heute. Ich würde alles dafür geben, noch einmal mit ihm sprechen und ihm sagen zu können, dass ich es nicht so meine. Sag Doro, was du fühlst. Ich habe mich das nie getraut. Aber du kannst das noch besser machen.«

Laute Opernmusik donnerte durch das Ferienhaus. Dieselbe Stelle, immer und immer wieder.

»Vielleicht wartest du, bis Doro fertig ist.«

»Amelie hat mich gefragt, ob ich im Kulturdorf helfe. Sie sagt, sie braucht dringend Unterstützung.«

»Gute Idee«, sagte Yella.

»Und der Hausarrest?«

»Ich rede mit deiner Mutter«, sagte sie. »Und du verschwindest einfach.«

42. Tropentage

Die Hitze hatte das Dorf fest im Griff. Helen zählte die Tage bis zum Lichterfest. Doro oder Yella? Eine der Schwestern, das hatte sie deutlich im Gefühl, sagte nicht die Wahrheit. Doch sie hatte noch einen Trumpf in der Hinterhand: Milou und ihren Auftritt beim *Lichtjesavond.*

Aber wie um alles in der Welt überstand sie die Wartezeit? Sie fühlte sich fiebrig. Während Yella und Doro die warmen Temperaturen genossen, rang Helen permanent um Atem. Bei kalten Temperaturen konnte man sich mit warmer Kleidung wappnen. Hitze dagegen war man hilflos ausgeliefert. Helen war dankbar über jeden Hauch Wind, der Richtung Dorf wehte. Und jeden neuen Hinweis.

Auf dem Rückweg vom Schwimmunterricht legte sie an der *brandweer* einen schnellen Halt ein. Dutzende Kinder sprangen unter einem Feuerwehrschlauch herum. Während Leo und Nick in der Pfütze tobten, erkundigte sie sich nach Kollegen, die schon länger im Dienst waren. Keiner der Anwesenden war alt genug, um beim Einsatz auf dem Zeeweg dabei gewesen zu sein.

»Du musst beim *Lichtjesavond* vorbeikommen«, wurde ihr erklärt, »da kommen alle Ehemaligen an der Wache zusammen.«

So schwer es ihr fiel, sie musste sich gedulden.

Nachmittags am Strand war es so voll, dass sie kaum einen Platz für die Handtücher fanden. Auf der Zufahrtsstraße zum Meer stauten sich Wochenendausflügler und Urlauber. In Bergen aan Zee schwitzten die Verkehrsregler in der gnadenlosen Sonne und versuchten, ganz und gar unentspannte Strandbesucher nach Egmond, Hargen aan Zee oder Camperduin umzuleiten. Sämtliche Parkplätze waren besetzt, die Gemüter kochten. An den Strandaufgängen fand man kaum Platz für sein Fahrrad. Unfassbar, wie viele Menschen mit Zweirädern in den Dünen unterwegs waren.

Selbst in der Nacht kühlte es nicht mehr ab. Die Luft staute sich in den Schlafzimmern im oberen Stock. Helen quälte sich durch die Nacht. Ihre Haut klebte feucht am Laken. Nichts half mehr: kein warmer Tee, keine kalte Dusche, keine feuchten Handtücher um die Waden. Nach einer halben Stunde begannen das Schwitzen und Stöhnen von Neuem.

Spaß hatte nur eine. Die Mücke, die Helen seit Tagen jede Nacht drangsalierte und über sie herfiel, sobald es ihr gelungen war, beinahe einzuschlafen. Oder war es eine ganze Familie, die sich zum nächtlichen Büfett verabredet hatte? Die Mücken waren wie ihre Gedanken. Sobald sie zur Ruhe kam, summte es um ihren Kopf herum. Die aggressiven Blutsauger wähnten sich vermutlich in einem Actionfilm, wenn Helen, bewaffnet mit Geschirrtuch, Fliegenklatsche und Kopfkissen, allabendlich auf die Jagd ging.

»Ein Team internationaler Forscher hat herausgefunden, dass Mücken Dubstep hassen«, wusste Paul, mit dem sie eine nächtliche Standleitung unterhielt. »DJ Skrillex schlägt Autan um Breiten. Vor allem das Lied *Scary Monsters and Nice Sprites* sorgt dafür, dass die Biester weniger stech- und paarungslustig sind«, erzählte er. »Hat in der *Süddeutschen* gestanden.«

»Aber wer kann schon bei hämmernden Elektrobeats schlafen?«, lachte Helen, als sie das Lied auf ihrem Handy anspielte.

»Ich frage mich, wie in aller Welt die Forscher das herausgefunden haben«, sagte Helen. »Haben sie den Mücken die Charts vorgespielt?«

Ein paar Tage lang herrschte eine Art Stellungskrieg. Jede der Schwestern kochte im eigenen Saft. Bis jetzt hatte der gemeinsame Urlaub nur wenig zur Entspannung beigetragen. Über Mittag verbarrikadierte sich die ganze Familie jeweils im Haus. In der Hitze saßen sie alle aufeinander. Helen bemalte mit Leo und Nick Gläser für den *Lichtjesavond.* Sie vermied es, kritische Themen vor den Kindern anzusprechen. Leo und Nick waren immer um sie herum.

Doro verzweifelte über ihrer Arbeit. Schon am frühen Morgen rannen Tränen der Erschöpfung über ihre Wangen.

»Kannst du mal einen kritischen Blick draufwerfen?«, sagte Doro. »Beim letzten Mal hattest du so gute Ideen.«

Yella schob einen Stuhl neben Doro.

»Danke, dass du dich um Lucy gekümmert hast«, sagte Doro. »Ich hasse mich, wenn ich so ungehalten bin. Die drohende Pleite macht mich fertig.«

Zwischen Helen und Doro blieb die Stimmung dagegen eisig. Kritisch beobachtete Helen, wie die beiden in die Opernwelt abtauchten. Sie hatten eine gemeinsame Aufgabe, während sie außen vor blieb.

In ein paar Stunden schaffte Yella es, Doro aufzumuntern

und allmählich den Papierhaufen in eine Präsentation zu verwandeln.

»Es ist ganz einfach«, sagte sie, während sie versuchte, die losen Figurinen in eine Ordnung zu bringen. »Welcher Entwurf gehört zu welchem Schauspieler und welcher Szene?«

Helen begriff, dass Doro für jede einzelne Rolle so viele Ideen entwickelt hatte, dass sie ganz vergessen hatte, dass sie pro Szene nur ein Kostüm brauchte und nicht etwa sechs.

Yella hatte den Überblick und Ideen, wie man aus den losen Einfällen etwas zaubern konnte. Hier ein paar Veränderungen, dort ein paar Extrazeichnungen und Ergänzungen.

Als Doro aufstand und die ordentlichen Stapel sah, die Yella zusammengestellt hatte, stand ihr die Verblüffung ins Gesicht geschrieben. Beeindruckt blätterte sie durch ihre Entwürfe:

»Ich hatte fast vergessen, wie gut ich bin«, sagte Doro.

»Gern geschehen«, sagte Yella.

Doro lachte und umarmte Yella dankbar.

»Du musst bei dem Termin dabei sein«, sagte sie. »Du bist mein Maskottchen. Wenn du in der Nähe bist, geht es mir gleich viel besser.« Helen verkniff sich jeden Kommentar. Wie lange würde diese Allianz standhalten?

43. Alles auf Rot

Yella fühlte sich ziemlich kosmopolitisch, als sie sich am entscheidenden Tag Richtung Amsterdam aufmachten. Die Arbeitswelt ihrer Schwester war so viel spannender als ihr Berliner Alltag zwischen Reisekostenabrechungen und Papierkram. Es gefiel ihr, in die Theaterwelt hineinzuschnuppern und Teil eines kreativen Prozesses zu sein. Mit ein bisschen Glück schafften es Doros Entwürfe auf die ganz große Opernbühne. Und sie selbst hatte einen klitzekleinen Anteil daran. Skeptisch wurde sie erst, als sie die Adresse las.

»*Hotel Goudfazant?* Du bist in einem Hotel verabredet?«

Doro zuckte mit den Schultern.

»Vielleicht haben sie ein großes Foyer.«

»In Me-too-Zeiten klingt das äußerst dubios.«

»Du machst dir zu viele Sorgen«, sagte Doro. »Stell es dir wie ein Casino vor. Alles auf Rot. Heute muss nur noch die richtige Farbe fallen.«

Ein einziger Auftrag würde reichen, das Atelier zu retten und die ausstehenden Löhne zu bezahlen, hatte Doro ihr erklärt.

An der ersten Brücke in Alkmaar ging es bereits schief. Hitzestau! Ausgerechnet jetzt! Yella und Doro lernten, dass holländische Brücken es zu warm haben konnten. Bei Asphalttemperaturen an die fünfzig Grad dehnten sich die Stahlkonstruktionen so gefährlich aus, dass sie blockieren konnten. Eine extra eingerichtete Pumpstation spülte aus dem Kanal Wasser auf die Straße, um den Öffnungsmechanismus der Brücke runterzukühlen und einen reibungslosen Schiffsverkehr zu garantieren. Für Autos Richtung Amsterdam ging es nur noch im Schritttempo voran. Sie erreichten ihr Ziel mit gehöriger Verspätung.

Der Name des Etablissements ließ auf ein verstaubtes Hotel schließen. Nichts war weniger wahr. Das *Hotel Goudfazant* war nicht einmal ein Hotel, sondern ein ebenso riesiges wie hippes Lokal im nördlichen Teil Amsterdams. Die ehemalige Garage mit ihren gläsernen Toren lag direkt am IJ, einem Wasserarm, der die Grachtenstadt mit dem Rheinkanal auf der einen und dem Meer auf der anderen Seite verband. Auf der gegenüberliegenden Wasserseite lagen der Bahnhof Amsterdam Centraal und die historische Innenstadt mit ihren Grachten.

Die Sonne knallte erbarmungslos auf die industriell geprägte *kade*. Sehnsuchtsvoll blickte Yella den Schiffsriesen hinterher, die über die Wasserstraße Richtung Nordsee fuhren, um von dort in alle Welt aufzubrechen. Die schwer beladenen Frachter zogen malerisch an der menschenleeren Terrasse vorbei. Nach den letzten Tagen mit tropischen Temperaturen wagte sich niemand mehr an die Tische auf dem schattenlosen Kai. Der Wind wehte ihr wie ein Föhn heiße Luft ins Gesicht.

Yella und Doro waren bereits durchgeschwitzt, als sie den imposanten Innenraum erreichten, wo sie eine Klimaanlage, knallrote Stühle und mit weißem Damast ausstaffierte, eingedeckte Tische erwarteten. Ein alter Volvo auf einer Hebebühne erinnerte mitten im Restaurant an die ehemalige Bestimmung der Halle. Unter der meterhohen Decke sorgte ein gigantischer Kronleuchter aus Hunderten Flaschen für Licht. Yella sog beeindruckt die einmalige Atmosphäre ein. Ihre Schwester hatte einen großartigen Job, der sie an außergewöhnliche Orte führte. Gut ging es ihr dennoch nicht. Leichenblass blieb sie im Gang stehen.

»Das wird nichts«, presste Doro hervor. »Lass uns noch mal über die Entwürfe gehen.«

»Jetzt?«, fragte Yella. »Zwei Minuten vorher?«

»Wir müssen absagen. Ich habe nur diese eine Chance, wenn ich die vermassele, ist es vorbei mit meinem Atelier.«

Auf den letzten Metern verlor ihre große Schwester endgültig die Nerven.

Auf ihrem Handy ging eine Nachricht ein. *Wir sitzen am Fenster. Links vom Eingang.*

Der Rückzug war abgeschnitten. Doro rannte Richtung Toilettentrakt.

Als Yella ihr folgte, hörte sie, wie ihre Schwester sich übergab. Die Mischung aus zu viel Arbeit, mentalem Druck und Hitze gab ihr nun den Rest.

»Geh du hin«, forderte sie Yella mit schwacher Stimme auf. »Ich habe dich gehört am Telefon. Du kannst meine Ideen so viel besser erklären.«

Sie debattierten so lange, bis keine andere Wahl mehr blieb.

Irgendwas dazwischengekommen?, schrieben ihre Gesprächspartner. *Wir haben nicht ewig Zeit.*

»Du musst den Termin übernehmen. Mach es für mich«, bettelte Doro.

Zögernd nahm Yella Mappe und Modell an sich.

Wieder drehte sich Doros Magen um.

»Du musst mir helfen, bitte, Yella«, insistierte Doro. »Ich schaffe das heute nicht.«

Yellas Herz schlug bis zum Hals als, sie das Restaurant betrat. Links vom Eingang war nur ein einziger Tisch besetzt. Das musste der Opernmann sein. Benedikt Bergmann wandte ihr den Rücken zu. Er sprach angeregt und gestenreich mit dem Ober und benahm sich so relaxed, als befände er sich im heimischen Wohnzimmer. Seine Haltung verriet nicht die geringste Anspannung. Warum auch? Er war schließlich derjenige, der den Auftrag vergab, sie die Bewerberin. Es ging um große Summen, zwölf Monate Arbeit für ein ganzes Studio und die Existenz ihrer Schwester. Wie um alles in der Welt sollte sie Doros Abwesenheit überzeugend begründen?

Normalerweise war Yella immer nur für die Hintergrundarbeit zuständig. Die große Bühne gehörte anderen. Jetzt stand sie ganz alleine vor einer Herkulesaufgabe. Dreißig Schritte bis zum Tisch. Dreißig Schritte, in denen sie Helens Stimme hörte, die zugleich ihre eigene war. »Das kann nicht gut gehen. Das wird nicht gut gehen. Du kannst nur verlieren.«

Yella atmete tief durch. Sie hatte das Treffen für Doro akribisch vorbereitet und versucht, so viel wie möglich an Extrainformationen über den weltberühmten Opernregisseur herauszufinden. Im Büro erstellte sie häufiger Dossiers für ihren Chef, der ein Weltmeister darin war, selbst geheimste Vorlieben von potenziellen Kunden via Google aufzuspüren und bei der Planung von Treffen zu berücksichtigen. Sie kannte die Vita des Opernmannes, die sie für Doro aufbereitet hatte, in- und auswendig.

Was hatte sie zu verlieren? Sie würde alles daransetzen, ihrer Schwester aus dem Schlamassel zu helfen.

Nervös trat sie an den Tisch.

»Yella«, stellte sie sich vor. »Ich bin Doro Thalbergs persönliche Assistentin.«

Der Mann wandte sich vom Ober ab. Yellas Kinnlade fiel herunter.

»Martin«, sagte der attraktive Mann, der wohl in ihrem Alter war. »Ich bin Benedikt Bergmanns persönlicher Praktikant.«

Irritiert setzte sie sich. Der Mann im teuren, schmal geschnittenen Anzug und schwarzen Oberhemd war garantiert kein Praktikant. Machte der sich lustig über sie?

»Wollt ihr gleich bestellen?«, fragte der Ober.

»Wir warten noch auf Herrn Bergmann?«, fragte Yella unsicher.

»Nicht nötig«, sagte ihr Gegenüber.

Yella sah ihn fragend an.

»Er kommt nicht«, sagte der angebliche Praktikant. »Affenpocken. Sehr ansteckend.«

Er grinste frech, als ob das alles ein großes Spiel war.

»Und was ist es bei Doro? Was hält die fabelhafte Frau Thalberg davon ab, uns mit ihrer Anwesenheit zu beglücken?«

»Fischvergiftung«, improvisierte Yella.

»Fischvergiftung«, prustete der Mann hervor, als ob sie einen Witz gemacht hätte. »Der ist gut.«

»Wir haben an einem Imbiss am Strand gegessen, das war ein Fehler«, ergänzte Yella überflüssigerweise.

Der Mann gab sich nicht die geringste Mühe, auch nur so zu tun, als würde er ihre Ausrede glauben.

»Großartig«, sagte »Praktikant« Martin amüsiert. »›Undine‹, Unterwasserwelt, Fischvergiftung. Sehr gut. Klingt auch viel glaubwürdiger als Affenpocken. Ich habe es Benedikt gleich gesagt, dass er damit nicht durchkommt. Viel zu dick aufgetragen.«

Yella wurde nicht schlau aus ihrem Gesprächspartner. War das ein Test? Eine Provokation? Sie wusste alles über den berühmten Regisseur und nichts über seinen aalglatten, arroganten Ersatzmann. Sie versuchte, mit Anekdoten Zeit zum Denken zu schinden.

»Ich hatte früher mal Fische«, erzählte sie. »Die sind immer gestorben. Mein Vater hat die Fische heimlich ersetzt. Ich habe ihm nie verraten, dass ich wusste, was er tat. Das war eine gute Lektion fürs Leben.«

Die Geschichte war geklaut von David. Es war eine Anekdote aus seiner Jugend, die den Aufhänger zu seinem ersten, rasend erfolgreichen Roman geliefert hatte.

»Ich schlage vor, wir nehmen uns an meinem Vater ein Vorbild. Wir tun einfach so, als wüssten wir nicht, dass wir nur die Ersatzmannschaft sind.«

Sie holte die Mappe heraus und schob sie dem Theatermann hin. Er machte nicht die geringsten Anstalten, sie zu öffnen.

»Ich bin so froh, dass Doro nicht gekommen ist«, sagte er. »Das zeigt, dass auch sie nicht mehr davon ausgeht, dass wir bei ›Undine‹ zusammenkommen. Das spart uns beiden jede Menge Ärger.«

»Und Doros neueste Entwürfe?«

»Passen leider nicht in Bergmanns Regiekonzept.«

»Wie bitte?«, fragte Yella. Sie verschluckte sich fast an ihrem Wasser.

»Doros Vertrag beinhaltet ein Nachbesserungsrecht. Ich nehme die Unterlagen an mich und dann haken wir das unselige Kapitel ab.«

Yella sank in sich zusammen. Ludwig hatte immer davor gewarnt. Doro hatte sich längst ins Abseits befördert. Es war vollkommen gleichgültig, was Yella hier präsentierte. Der Regisseur hatte keinerlei Interesse mehr, mit Doro zusammenzuarbeiten.

»Jetzt essen wir erst einmal«, schlug Yella vor. »Auf Kosten unserer Chefs. Das Teuerste, was der Laden zu bieten hat. Wenn sie uns schon für nichts herschicken, sollen sie wenigstens bluten.«

Yella begriff, dass sie auf verlorenem Posten kämpfte. Dieser Mann hatte sie bereits abgeschrieben. Aufgeben kam für sie dennoch nicht infrage. Unterschätze nie die Macht eines Vorzimmers! Wie oft war ihr dieser Gedanke durch den Kopf geschossen, wenn ihr ein Firmenkunde am Telefon blöd kam. Es gab keine besseren Verbündeten, wenn es darum ging, das Ohr von Vorgesetzten zu erreichen. Dieser arrogante Kerl fungierte als Wachhund, der für seinen Chef ungewünschte Besucher wegbiss. Und er war so vertraut mit ihm, dass er es wagen konnte, seine Notlüge zu offenbaren. Dieser Schnösel war der Schlüssel zum Erfolg. Da konnte er noch so oft behaupten, dass er der Praktikant war, und sich hinter einer Mauer aus absurder Ehrlichkeit und schroffer Ablehnung verstecken.

»Ach, das macht gar nichts«, sagte Yella und nahm die Mappe wieder an sich. »Es hat dem ganzen Atelier so viel Spaß gemacht, in die ›Undine‹-Welt einzutauchen. Da kann jeder von uns eine Menge mitnehmen.«

Ihr Gegenüber untersuchte mit der Gabel fein säuberlich seine Vorspeise: Rote Bete mit karamellisierten Zwiebeln, dickem Joghurt und Kreuzkümmel.

»Wir haben die Geschichte als Parabel über die Klimakatastrophe gelesen. Deshalb arbeiten wir nur mit Rohstoffen, die aus Meeresabfall recycelt sind.«

Verblüfft blickte der Theatermann von seinem Teller auf und musterte sie, als merke er erst jetzt, dass er mit einer ernsthaften Gesprächspartnerin konferierte. Zum ersten Mal fiel seine Maske aus Zynismus und Desinteresse. Der Fisch hatte angebissen. Jetzt musste sie ihn nur noch ein bisschen zappeln lassen.

»Undine ist gekleidet in Nylonfäden, als hätte sie sich in den Fischernetzen verfangen. Die Natur ist längst nicht mehr intakt.«

Ein Bild von Benedikt Bergmann, der sich als Freiwilliger gemeldet hatte, um beim Aufräumen des Nordseestrands mitzuhelfen, inspirierte sie dazu, Doros durchsichtige Müllkreationen in einen theoretischen Kontext einzubetten. Yella führte alles an, was sie beim *Korren* von Pieter gelernt hatte.

»Undines Welt ist auch im Wasser in Gefahr. Sie ist eine moderne Frau. Man muss sie nur modern lesen«, sagte Yella. »Auf der Suche nach einer Bildsprache haben wir vollkommen neue Materialien entdeckt.«

»Zeig mal«, sagte er.

Yella dachte nicht im Traum daran, sich so leicht geschlagen zu geben.

»Das Atelier hat bereits Anfragen aus Paris. Die Modebranche ist heftig an unseren Entwürfen interessiert.«

Er streckte ungeduldig die Hand aus.

»Natürlich exklusiv, versteht sich. Sie wollen den Scoop.«

»Wir haben ein Nachbesserungsrecht im Vertrag«, sagte Martin.

Sie reichte ihm scheinbar widerstrebend die Mappe.

»Ganz unverbindlich«, sagte Yella. »Wir sind schon mit anderen Parteien im Gespräch. Deswegen die Fischvergiftung, du verstehst?«

Er blätterte, ohne ein einziges Wort zu sagen. Seine Finger strichen behutsam über die Materialprobe. Und dann holte Yella ihren Trumpf heraus. Ein Minimodell des Kleides. Doro hatte in stundenlanger Kleinarbeit die Reste der PET-Flaschen zu einem neuen Stoff gewoben und geformt. Doros neue Undine trug ein voluminöses Kleid, das sich aus feinen Plastikfäden zusammensetzte. Die durchsichtigen Fäden wirkten wie Wasser, das mitten in der Bewegung gefroren war. Ein schwebender Wassergeist, eine erstarrte Welle, eine Schaumgeborene. In ihrem Abfallkleid verfing sich, was das Meer an Schätzen zu bieten hatte. Glitzernde Scherben ergänzten die Illusion.

Yella fühlte sich wie in der Schule, kurz vor Herausgabe der alles entscheidenden Mathearbeit. Sie konnte sein hartnäckiges Schweigen nicht deuten.

Er urteilte nicht, sondern stellte eine Unzahl von Fragen. In der nächsten halben Stunde verwandelte sich ihr Gegenüber von einem arroganten Theatermann in einen zugewandten Sparringspartner.

»Ich habe zwei Sitzungen mit Doro und Ludwig ausgehalten«, sagte er. »Ich war auf das Schlimmste vorbereitet. Aber manchmal ist die Zweitbesetzung besser als das Original.«

»Es sind ganz alleine Doros Entwürfe«, sagte Yella. »Ich bin nur der Ersatzfisch.«

»Das sehe ich«, sagte er. »Aber ich höre etwas anderes. Und was ich höre, macht mir Spaß.«

Er griff zum Telefon.

»Kommst du mal rüber?«, fragte er. »Nein, Doro ist nicht da. Jemand anderes aus dem Betrieb hat die Aufgabe übernommen. Es lohnt sich.«

»Wer kommt jetzt?«, fragte Yella.

»Benedikt natürlich. Dafür sind wir doch da.«

Er bestellte eine Flasche Wein. Als der fast zwei Meter lange Theatermann mit großer Geste reinkam und jeden mit Handschlag begrüßte, erkannte sie sofort, dass diese beiden weit mehr waren, als Praktikant und Regisseur. Sie hatte einen Etappensieg errungen, jetzt mussten Doros Entwürfe überzeugen.

44. Sonnenuntergang

»Ab heute gibt es nur noch Urlaub«, sagte Yella.

Sie hatte alle Schwestern zum Picknick am Strand eingeladen. Den halben Nachmittag hatte sie in der Küche gestanden, um Salate, Brote und Getränke vorzubereiten. Yella war zuversichtlich, dass sich die Spannungen nach Doros Abgabe in Luft und guter Laune auflösten.

Am abendlichen Strand war es herrlich. Zum ersten Mal an diesem Tag fühlte sie sich wohl. Kein T-Shirt, das an ihrem Leib klebte, kein Schweißausbruch bei der kleinsten Bewegung, kein sanftes Garen im eigenen Saft. Endlich ein bisschen Wind.

Das Gewühl des tropischen Sommertages hatte sich aufgelöst. Eine matte Trägheit hing über den versprengten Badegästen. Wer vom Strandtag übrig war, genoss die leichte Brise, die von England her hinüberwehte. Mülltruppen sammelten die Reste des Tages ein. Auf den Terrassen wurden letzte Abendessen und neue Runden Aperol Spritz und Heineken an die Tische gebracht. Tagsüber war hier die Hölle los gewesen, am späten Abend waren nur noch wenige Tische besetzt. Selbst das funkelnde Wasser zog sich zurück. Wie flüssiges Gold schwappten kleine Wellen an den Strand. Leo und Nick planschten in einer seichten Pfütze herum, die sich bei

Ebbe gebildet hatte. Am Horizont hob ein Kitesurfer ab. Überall am Strand rückten die Paare näher zusammen. Der romantische Sonnenuntergang am Meer war so magisch wie ihr Zusammensein.

Von den Surfern in ihrer Nähe klang ein niederländischer Schmachtfetzen. André Hazes sang voller Herzblut, Leidenschaft und mit sich überschlagender Stimme über *Bloed, zweet en tranen,* Blut, Schweiß und Tränen. Amelie kannte den gesamten Text.

»Erste Lektion Einbürgerung«, erklärte sie. »Wenn du Hazes in einer Kneipe hörst, singen früher oder später alle mit. Alle. Selbst die Jüngeren.«

»Hat Philomena dir das beigebracht?«, fragte Yella.

»Spotify«, sagte Amelie. »Ich habe mit der Top 50 Holland geübt. Über Musik lernt man die Sprache am einfachsten.«

Doro thronte schweigend inmitten der Schwestern, noch immer blass. Lucy hatte sich in die Arme ihrer Mutter gekuschelt. Selbstvergessen flocht ihre große Schwester die Haare ihrer Tochter und summte *Scarborough Fair* mit, das als Nächstes herüberschallte: Manche Lagerfeuerhits starben offenbar nie.

»Das haben wir damals schon gesungen«, sagte Yella. *»Remember me to one who lives there, she once was a true love of mine«,* fiel sie in den Refrain ein.

Doro reagierte kaum. Sie wirkte erschöpft und angegriffen. Die letzten Wochen hatten ihren Tribut gefordert.

»Ich bin mir immer noch nicht sicher«, sagte sie.

»Es lief großartig«, sagte Yella und stieß Doro aufmunternd in die Seite. »Sie waren wirklich interessiert. Sie wollen sich ganz bald melden.«

Doros Stimmung blieb düster. Sie müsste doch eigentlich froh sein. Warum freute sie sich nicht ein bisschen?

»Du musst ein bisschen Vertrauen haben«, sagte Yella. »Zusammen sind wir Sommerschwestern unschlagbar.«

Doro begutachtete kritisch Lucys halbfertige Frisur und begann von Neuem. Yella kannte diese Unsicherheit von David. Vielleicht war es das Schicksal wirklich kreativer Menschen, niemals so richtig zufrieden mit einem Ergebnis zu sein.

»Ihr hättet das Gesicht des Regisseurs sehen sollen«, erzählte Yella weiter. »Ich bin sicher, wir haben das Ding in der Tasche. Ich habe ein gutes Gefühl.«

Die Gläser stießen gegeneinander. Doro trank nicht mit.

»Ich muss einfach nur ins Bett«, sagte sie.

»Das kann nicht gut gehen«, hatte Helen gewarnt.

»Das muss gut gehen«, sagte Yella.

Yella ging mit einem merkwürdigen Gefühl ins Bett und sie stand mit einem seltsamen Gefühl auf.

»Heute bin ich an der Reihe«, sagte sie, als Helen sich am Morgen nach Alkmaar zum Schwimmen aufmachte. Um keinen Preis der Welt wollte sie untätig im Haus sitzen und mit einer nervösen Doro auf den entscheidenden Telefonanruf warten. Sie hatte ihr Bestes gegeben, um Doro zu helfen. Jetzt waren ihre Kinder dran. Sie konnte es kaum erwarten, ihre Fortschritte im Schwimmbad zu begutachten. Weiter als bis zur Kantine kam auch Yella nicht. So kurz vor dem Examen ließ die Gruppe keinerlei Zuschauer zu. Sie musste sich noch ein wenig gedulden, bevor sie ans Becken durfte. Nach dem Schwimmen lud sie Nick und Leo zum Eisessen ein, auf dem Rückweg machten sie halt an dem schattenreichen Spielplatz am *Pannenkoekenhuis.* Bram, der die Hochzeit ihrer Mutter ausgerichtet hatte, begrüßte sie wie alte Freunde. »Ich bin so froh für Thijs und deine Mutter«, sagte er. »Sie sind so glücklich miteinander.«

Während die Jungen sich austobten, tauschte sie sich am Telefon mit David aus.

»Ich will mich beruflich verändern«, sagte sie.

Die Tage mit Doro hatten ihr die Augen geöffnet. Sie hatte sich die letzten Jahre mit einer Arbeit zufriedengegeben, die die Familie ernährte, aber nicht ihren kreativen Kopf befriedigte.

»Es muss in meinem Leben mehr geben als digitale Bezahlsysteme«, sagte sie.

Sie hatte sich so gefreut, mit Nick und Leo am Strand zu liegen und gedankenlos in der Sonne zu braten. Die letzten Tage hatten sie gelehrt, dass es keineswegs Nichtstun war, das sie entspannte, es war die Auseinandersetzung mit Inhalten, die ihren Kopf frei machte. Yella hatte sich schon lange nicht mehr so wohl gefühlt. Es hatte ihr riesigen Spaß bereitet, ihre Talente in einem kreativen Bereich einzusetzen.

»Du willst Doro Konkurrenz machen?«, fragte David.

Yella zuckte zusammen. Der Satz klang hart. Doro und Yella waren einander so oft in ihrem Leben im Weg gewesen. Hatte David recht?

»So meine ich das nicht«, wehrte sie sich.

Sie würde nie wagen, in Doros allzu große Fußstapfen zu treten. Aber sie sehnte sich nach einer spannenderen Aufgabe.

»Eine Prise Doro täte mir vielleicht ganz gut«, gab sie zu.

»Dann ziehe ich aus«, sagte David lachend.

Sie war ein bisschen gekränkt darüber, dass er nicht verstehen wollte, was sie meinte. Yella hatte in ein fremdes Leben geblickt und in sich einen Funken entdeckt, der ihr klarmachte, dass in ihr so viele Talente schlummerten, die unter einer Decke aus Alltag begraben waren. Jahrelang hatte sie David den Rücken freigehalten. Sollte nicht sie jetzt mal an der Reihe sein?

»Wir sprechen darüber, wenn du wieder da bist«, sagte sie.

Undine hatte einen Denkprozess bei ihr angestoßen. Sie hatte keine Ahnung, wohin ihr Weg führte, aber es fühlte sich gut und richtig an.

45. Gewitterstimmung

Die Temperatur war kurz vor dem Siedepunkt.

»Ich koche«, brüllte Nick von seinem Kindersitz im Auto.

Empört hielt er die geschmolzenen Gummibärchen hoch, die sie im Schwimmbad erworben hatten.

Als Yella die Tür zur *Villa Vlinder* öffnete, spürte sie sofort die aufgeheizte Stimmung. Die Hitze des späten Nachmittags hing in dem Haus fest wie Spinnenweben. Helen fächerte sich mit einem Blatt Papier Luft zu. Amelie und Lucy klebten mit betretenen Mienen buntes Papier auf die leeren Gläser, die Philomena ihnen vorbeigebracht hatte.

»Wir sind fast fertig«, sagte Lucy und wies auf den Karton mit den eingefärbten Gläsern. Sonderlich glücklich klang sie nicht.

Leo war beeindruckt von den farbenfrohen Kreationen: »Damit können wir in den Himmel zu Opa leuchten«, sagte er, ohne die betretenen Mienen zu registrieren.

Die Bezeichnung war fast schmerzhaft. Johannes Thalberg war nie ein Opa gewesen und würde nie ein Opa sein. Die Sommerschwestern lebten schon länger ohne als mit ihm, und Doro war kurz davor, ihn im Alter zu überrunden. Yella erinnerte sich schlagartig an die Atmosphäre, die herrschte, als sie am Morgen nach dem Sturm ins Wohnzimmer kam und sofort spürte, dass etwas Schlimmes passiert war. Gewitterstimmung hatte im Raum gehangen. Man spürte das Unheil, bevor es über einem zusammenbrach.

Im Hintergrund räumte Doro geräuschvoll die Spülmaschine aus. Sie gab sich nicht die geringste Mühe, Geschirr und Töpfe pfleglich zu behandeln. Es klirrte und knallte. Niemand wagte, ihr etwas entgegenzusetzen.

»Ihr dürft oben auf meinem Handy was anschauen«, sagte Yella zu den beiden Jungen, die johlend verschwanden.

»Was ist passiert?«, fragte Yella in die quälende Stille hinein.

Doro antwortete nicht. Sie lief wortlos an Yella vorbei und suchte ihre Sachen zusammen.

»Der Auftrag ist an die Konkurrenz gegangen«, sagte Helen.

»Die ›Undine‹?«

»Doro hat es heute Morgen gehört.«

»An die Konkurrenz? Wieso?«

»Das kannst du vielleicht besser erklären«, sagte Doro. »Ich war bei deinem supertollen Treffen nicht dabei.«

Yella hörte nur zu deutlich den Vorwurf aus ihren Worten heraus. Sie hatten den Auftrag nicht bekommen? Nachdem sie sich fast einig gewesen waren?

»Es lief gut«, wiederholte sie verwundert.

»Ach ja?«, fragte Doro mit beißendem Unterton.

»Sie liebten deine Entwürfe. Sie haben bereits Pläne gemacht.«

Yella verstand die Welt nicht mehr. Hatte ihr Gefühl für die Situation sie so getrogen? Es dauerte den Bruchteil einer Sekunde, bis sie realisierte, dass Helen von Anfang an recht gehabt hatte. Sie hätte sich raushalten sollen. Warum hatte sie sich von Doro einwickeln lassen? Warum hatte sie sich überhaupt in Doros Probleme hineinziehen lassen? Aber es war bereits zu spät.

Doro ging in den Angriffsmodus über: »Ich habe gleich gesagt, dass wir noch nicht fertig sind. Warum musstest du dich unbedingt vordrängeln?«

»Weil du mich darum gebeten hast.«

»Du hättest mich vor mir selbst schützen müssen. Du hättest sehen müssen, dass der Vorschlag nicht präsentabel war.«

»Die Kostüme sind großartig.«

»Wenn es nach mir gegangen wäre, hätten wir die ›Undine‹ noch einmal gründlich überarbeitet. Ein paar Tage mehr und das Desaster wäre uns erspart geblieben.«

Helen presste die Lippen aufeinander. Keine der Schwestern wagte es, irgendetwas einzuwerfen. Keine der Schwestern verteidigte sie. Sahen Amelie und Helen das etwa genauso wie Doro? Alles, was Yella für ihre Schwester getan hatte, sprach nun gegen sie.

»Warum musstest du mich zwingen?«, sagte Doro. »Ich wollte den Termin absagen.«

»Es ist also meine Schuld, dass du den Auftrag nicht bekommen hast?«

Doro beantwortete die Frage nicht. Yella verstand auch so. Dachte Doro wirklich, dass es einzig und alleine Yellas Fehler war, dass die Präsentation nicht angekommen war. Ihr schwindelte, als ihr die Konsequenzen klar wurden. Bis an ihr Lebensende würde sie von der gesamten Familie für den Niedergang von Doros Studio verantwortlich gemacht werden.

»Sie wollte dir nur helfen«, sprang Helen ihr zur Seite. »Ohne Yella wärst du nie fertig geworden.«

Yella war ihr dankbar, dass sie ihr das »Siehst du, ich habe es dir von Anfang an gesagt« ersparte.

»Pack dein Zeug, Lucy«, sagte Doro. »Wir fahren nach Hause.«

Ihre Worte donnerten auf Lucy runter. Sie war eingeschüchtert, aber versuchte es noch einmal mit Gegenwehr.

»Ich habe keine Lust auf Köln. Mir gefällt es hier.«

»Aber mir nicht«, sagte Doro.

»Ich habe Leo und Nick versprochen, mit ihnen ins Aquarium zu gehen. Und wir wollten noch Trampolin springen. Und ich will beim *afzwemmen* dabei sein. Und die Surfer haben eine Party und der Lichterabend …«

In ihrer ungestümen Wut fegte Doro den Karton mit den fertigen Gläsern vom Tisch. Yella probierte vergeblich, das Schlimmste zu verhindern. Mit riesigem Geschepper gingen die Kunstwerke auf dem harten Steinboden zu Bruch.

»*Lichtjesavond* fällt aus. Bedank dich bei deiner Tante Yella«, ätzte Doro. »Wir müssen nach Köln und sehen, was zu retten ist.«

Yella hob hilflos die Arme.

»Darf ich hierbleiben, Yella?«, bettelte Lucy, während sie in den Scherben nach heilen Gläsern suchte. »Ich will nicht den Rest meiner Ferien zu Hause eingesperrt verbringen.«

»Sie kann gerne bleiben«, sagte Yella unsicher.

Doro hielt inne. Sie erstarrte geradezu. Für einen Moment blieb die Zeit stehen. Der harmlose Satz flirrte in der Luft zwischen ihnen. Yella war im Auge des Sturms angekommen. Der letzte Moment der Ruhe, bevor Orkan Doro neuen Atem holte. Ihre große Schwester schoss auf Yella zu und baute sich vor ihr auf.

»Was genau ist dein Problem, Yella Thalberg?«

Yella wand sich. »Ein Kind mehr oder weniger macht wirklich nichts aus. Lucy ist herzlich willkommen.«

»Natürlich ist sie das. Du willst alles haben, was ich habe. Meine Tochter. Meine Arbeit. Mein Leben.«

Yella sank getroffen zusammen, doch Doro war noch nicht fertig. »Dein ganzes Leben hechelst du mir in den Nacken. Ich habe gesagt, dass ich nicht präsentieren will. Warum musst du dich in alles einmischen?«

Yella versuchte, sich zu wehren.

»Schon damals musstest du deine Nase in meine Angelegenheiten stecken. Du wusstest genau, dass ich auf Frenkie stand. Und was machst du? Du knutschst heimlich mit ihm. Nur um zu beweisen, dass du mindestens so toll bist wie ich.«

»Das ist nicht wahr.«

»Ich war zuerst mit Frenkie befreundet.«

»Doro, das ist doch egal«, mischte Helen sich aus dem Hintergrund ein. »Das sind doch olle Kamellen.«

»Sind es nicht. Frenkie ist der Grund, warum unser Leben so beschissen gelaufen ist. Es ist alles Yellas Schuld.«

»Was soll das, Doro? Hör auf«, mischte nun auch Amelie mit.

Doch Doro verstieg sich immer weiter, bis ihre Wut in einem einzigen, vernichtenden Satz mündete: »Wenn Yella sich nicht dauernd einmischen würde, könnte unser Vater noch leben!«

Yella sank in sich zusammen, als hätte eine Kugel sie getroffen.

Helen horchte auf.

Doro wütete weiter: »Du wolltest wissen, was unseren Vater in der Nacht aus dem Haus trieb, Helen. Frag Yella. Die weiß es am allerbesten.«

Yella wand sich.

Doro nahm ihr die Aufgabe ab.

»Yella hat unseren Vater Richtung Strand geschickt. Sie war die Einzige, die wusste, dass ich mit Frenkie auf die Party wollte. Sie hat mich verpetzt, weil sie eifersüchtig war. Und sie ist bis heute eifersüchtig. Auf mich, auf das Leben, das ich führe, auf meine Tochter.«

»Das ist nicht wahr«, sagte Yella.

»Frag Amelie«, tobte Doro weiter.

Amelie sah panisch Doro an. »Komm, wir vertragen uns. Wir wollen uns nicht schon wieder streiten.«

»Sag es, Amelie«, rief Doro. »Es wird Zeit, dass wir alle Fakten auf den Tisch packen.«

Amelie sah Yella an. Tränen stiegen in ihren Augen auf.

»Es war das Gewitter. Und Doro war nicht in ihrem Bett.«

Sie stockte.

»Ich will die alte Geschichte nicht wieder aufwärmen.«

»Doch, das wirst du«, sagte Doro.

Amelie sah Yella fragend an.

Helen rückte ein Stück von Yella ab, als ahne sie, dass das, was gleich kommen musste, ihre Beziehung verändern würde.

»Ich hatte solche Angst. Es klopfte dauernd an mein Fenster«, sagte Amelie. »Und Doro war verschwunden.«

Sie schnappte nach Luft, als erlebe sie den Panikanfall von damals ein zweites Mal. Ihre Stimme brach. Den drohenden Worten ihrer großen Schwester hatte sie nichts entgegenzusetzen.

»Also hast du Yella nach unten geschickt, um Papa zu holen.«

Amelie erhob sich. »Ich will das nicht. Ich habe mir vorgenommen, nur noch die positiven Dinge in mein Leben zu lassen. Ich will diese alte Geschichte nicht mehr hören.«

Aber ich will es hören, dachte Helen.

Amelie weinte jetzt: »Warum seid ihr überhaupt nach Bergen gekommen? Warum könnt ihr mich nicht in Ruhe lassen? In dieser Familie kann niemand glücklich werden.«

»Du kannst nicht vor der Wahrheit weglaufen«, meinte Doro.

Yella wehrte sich: »Das stimmt nicht. Ich habe Doro nicht verpetzt.«

Helen versteinerte. Sie hatte ihrer Zwillingsschwester nie wirklich abgenommen, dass sie sich an nichts erinnerte.

Doro nahm Amelie die Entscheidung, ihre Geschichte der Sturmnacht mit ihrer Familie zu teilen, ab. »Amelie hat mir alles erzählt. Wie sie sich in mein Zimmer geflüchtet hat. Und ich war nicht in meinem Bett. Oh, wie gefährlich. Und dann bist du nach unten gegangen, um Papa zu erklären, dass ich mich heimlich davongestohlen habe. Aber ich war nur auf dem Klo, Yella. Mir war schlecht. Die ganze Nacht schon.«

»Ich habe dich nicht verpetzt«, sagte Yella schwach.

Doch Doro war in Fahrt. »Ich habe dich immer beschützt, Yella Thalberg. Ich habe zwanzig Jahre für dich geschwiegen. Und was tust du? Du fällst mir in den Rücken.«

»Stimmt das?«, fragte Helen.

Yella kämpfte mit sich, so wie sie damals mit sich gerungen hatte. Amelie hatte in der Sturmnacht einen regelrechten Panikanfall erlitten. Ihre kleine Schwester hatte am ganzen Leib gezittert, die Augen weit aufgerissen, die Lippen bläulich verfärbt. Die Angst um ihre kleine Schwester hatte sie fast umgebracht. Aber gleichzeitig realisierte sie nur zu genau, in welcher Zwickmühle sie sich befand. Wenn sie ihren Vater alarmierte, würde er nach oben kommen und Doros Abwesenheit bemerken.

»Ich wollte zu Papa«, gab Yella zu.

»Halleluja«, tönte Doro.

»Aber dann kam etwas dazwischen.«

Doro lachte höhnisch auf. »Du kannst nicht zu deiner Schuld stehen. Bis heute nicht.«

Jetzt weinte auch Yella. »Es stimmt«, wiederholte sie. »Ich wollte Papa holen …«

Doro zog ein triumphierendes Gesicht. »Hört, hört. Jetzt kommt es.«

»Aber es kam anders«, sagte Yella.

Die Blicke ihrer Schwestern ruhten erwartungsvoll auf ihr. Yella kämpfte mit sich und entschied, dass der Moment gekommen war, zu erzählen, was sich an dem Abend wirklich zugetragen hatte.

»Ich wollte zu Papa. Aber er war nicht alleine.«

Sie stockte.

»Eine Frau war bei ihm. Während Mama in der Oper war, hatte Papa eine andere Frau im Arm.«

Yella sah immer noch vor sich, wie ihr Vater mit erschrockener Miene die Frau aus seiner Umarmung entlassen hatte.

»Stehst du schon länger hier?«, hatte er gefragt.

»Ja.«

Yella hatte in der Sturmnacht etwas gesehen, was sie nicht hätte sehen sollen.

»Mach dir keine Sorgen, Yella. Das ist etwas zwischen mir und deiner Mutter. Es kommt alles in Ordnung«, hatte er sie beschworen. »Das hier ist unser kleines Geheimnis. Du musst deinen Schwestern nichts verraten, überlass das mir.«

Die Frau hatte eilig ihre Tasche gegriffen, um das Haus zu verlassen.

Kurz bevor die beiden in den Sturm getreten waren, hatte er sich ein letztes Mal umgedreht und verschwörerisch seinen Zeigefinger über die Lippen gelegt. Sie würde dieses allerletzte

Bild ihres Vaters bis ans Ende ihrer Tage mit sich herumtragen. Yella konnte sich nicht erinnern, wie lange sie regungslos auf der Treppe gekauert hatte. Als sie in den oberen Stock zurückkehrte, lag Doro in ihrem Bett, in ihrem Arm Amelie.

»Wo warst du?«, hatte Yella empört gefragt.

»Ich schlafe«, hatte Doro geantwortet.

»Wir haben dich überall gesucht.«

»Ich war den ganzen Abend zu Hause.«

»Und die Party?«

»Was interessiert mich die Party? Ich wollte da sowieso nie hin.«

Doro schwor Stein und Bein, nie weg gewesen zu sein. Bis heute.

»Zwanzig Jahre habe ich mich gefragt, wer die Frau war«, gab Yella stockend zu.

»Warum hast du nichts gesagt?«, fragte Helen.

»Am Tag nach dem Sturm?«, fragte Yella. »In den ersten Schock hinein?«

Der ganze Raum, vom Boden bis zur Decke, war gefüllt gewesen mit Trauer und Entsetzen. Kein einziges Wort hätte mehr in das Wohnzimmer gepasst.

»Und später?«, fragte Helen nach.

»Mama war so unglücklich. Ich habe mich nicht getraut, ihr noch mehr Kummer zu bereiten. Und dann war es irgendwie zu spät.«

Zwanzig Jahre hatte sie die Geschichte für sich behalten. Zwanzig Jahre war sie fast daran erstickt. Zwanzig Jahre hatte sie das größte Geheimnis ihres Vaters mit sich getragen und gehütet. Zwanzig Jahre gelogen, um gewissenhaft den letzten Auftrag des Vaters zu erfüllen.

Doro fand als Erste aus der Schockstarre zurück: »So ein Blödsinn, Yella«, sagte sie. »Das denkst du dir aus.«

Und dann wurde sie noch deutlicher. »Du lügst. Und jetzt ziehst du auch noch unseren Vater mit rein. Was willst du damit sagen? Dass er eine Affäre hatte? Unser Vater?«

Yella schwieg. Sie hatte schon viel zu viel gesagt. Doro wütete weiter.

»Feige bist du. Nie die Verantwortung übernehmen. Immer anderen die Schuld geben. Und wenn es niemanden gibt, dann erfindest du schnell eine Affäre. Du solltest Romane schreiben. Du hast viel mehr Talent als David, dir irgendwas aus den Fingern zu saugen.«

Türenknallend verließ Doro das Ferienhaus. Lucy erhob sich wie in Zeitlupe von ihrem Stuhl und trottete kleinlaut hinterher.

Helen sah Yella verletzt an. »Wir wollten ehrlich miteinander umgehen«, sagte sie. Dann fehlten ihr die Worte. Fassungslosigkeit stand in ihrem Gesicht.

»Es stimmt wirklich«, sagte Yella.

»Und woher soll ich wissen, ob du jetzt die Wahrheit sagst?« Helen schüttelte entnervt den Kopf: »Das ist der Grund, warum ich keine Kinder möchte. Ich bin nicht geeignet für eine Familie.«

Sie zog sich in ihr Zimmer zurück. Ein paar Minuten später kehrte sie mit kleinem Gepäck wieder. »Ich suche mir was anderes für heute Nacht«, erklärte sie. »Ich brauche eine Pause.«

46. Wie kannst du nur?

Blitze zuckten, Donner grollte unheilvoll. Der Wind scheuchte Blätter vor sich her und Menschen ins Haus. Yella raste durch alle Räume, um die Fenster zu schließen, bevor es losging.

Ihr war zum Heulen zumute. Das durfte einfach nicht wahr sein. Der Unfall erschütterte die Familie zum zweiten Mal in ihren Grundfesten. Sie war nach Holland gekommen mit dem klaren Vorsatz, die Vergangenheit endgültig abzuschütteln. Jahrelang war sie am Rand des Abgrunds getänzelt, jetzt fiel sie in ein tiefes Loch.

Yella hatte von Anfang an alles falsch gemacht. ›Undine‹ hatte sie fasziniert. Vielleicht, weil sie sich in der mystischen Geschichte wiedergefunden hatte. Die zauberhafte Oper drehte sich um die Themen ihres Lebens: um Sturmnächte, Verrat und eine Geliebte, die den untreuen Mann in den Tod zog.

Jede der Schwestern, das hatte sie in den vergangenen Tagen begriffen, fühlte sich auf ihre eigene Weise verantwortlich für den Tod des Vaters. Vermutlich selbst Doro. Warum sonst log sie über den Abend? Sie schenkte sich ein Glas von Doros Schnaps ein, als ihr Telefon klingelte.

»Was machst du denn schon wieder?«, bellte ihre Mutter übergangslos ins Telefon.

Doro hatte sie angerufen und über die Geschehnisse des Abends informiert. Henriette Thalberg war empört.

»Wie kannst du so einen Unsinn in die Welt setzen? Dein Vater war der großartigste Ehemann der Welt, eine treue Seele. Wie kannst du es wagen, sein Andenken auf diese ungeheuerliche Weise zu beschmutzen?«

»Weil es die Wahrheit ist«, sagte Yella.

»Was ist bloß los mit dir?«, fragte ihre Mutter. »Warum musst du immer alles kaputt machen?«

Yella schwieg. Sie fühlte sich elendig.

»Ich bin gerade dabei, mich ein bisschen von meiner Krankheit zu erholen. Aber wie kann ich gesund werden, wenn du solche Lügen verbreitest?«

Ihre Vorwürfe mündeten in ein Klagelied darüber, wie schwierig Yella für sie als Mutter war.

»Wie kannst du mir das antun?«, schrie sie.

Dann verstummte ihre Stimme. Auf einmal hatte sie Thijs am Telefon.

»Yella, du musst morgen wieder anrufen. Deiner Mutter geht es nicht gut. Sie darf sich nicht aufregen.«

Er legte auf, bevor sie etwas entgegnen konnte.

Draußen setzte der Regen ein. Heftige Gewitter entluden sich über der Nordseeküste. Die kühle Luft brachte keine Erleichterung für Yella. Sie fühlte sich wie im Fieberrausch. Mit einem Mal war sie furchtbar böse auf ihren Vater, der ihr eine tickende Zeitbombe hinterlassen hatte. Warum sorgte er sich mehr um die fremde Frau als um die eigene Familie? Warum hatte er ihr sein Geheimnis anvertraut? Warum war ihre Loyalität zum Vater so übermächtig, dass sie sogar Helen dafür verraten hatte? Yella schämte sich in Grund und Boden, weil sie es nicht gewagt hatte, Helen die Wahrheit zu sagen. Amelie hatte es immer schon gesagt: Die Geschichte mit ihrem Vater war noch längst nicht an ihrem Ende angekommen. Ein Toter vergiftete seit zwanzig Jahren die Beziehungen der Lebenden.

47. Reine Mathematik

Helen konnte keinen klaren Gedanken fassen. In ihr tobten Wut, Verwirrung, Trauer und Unglaube. Wer war im Recht? Wer sagte die Wahrheit? Wer spielte eine Rolle? Wer log? Wieso war ihr Leben so unübersichtlich?

Ziellos fuhr sie im strömenden Regen durch die Straßen von Bergen. Kinder tanzten in den Pfützen und genossen die kühle Dusche. Sie war den Tränen nahe. Wäre nicht das Konzert mit Milou gewesen, sie wäre sofort abgereist. Helen konnte sich beim besten Willen nicht vorstellen, dass ihr Vater eine Affäre gehabt hatte. Es passte nicht in das Bild, das sie sich bislang von ihrem Vater gemacht hatte. Johannes Thalberg war alleine im Auto gewesen, als er verunglückte. Es gab keinen einzigen Beweis, dass die mysteriöse Besucherin tatsächlich existierte.

Yella hatte sie angelogen, aber ihr Gefühl sagte ihr, dass auch ihre große Schwester nicht die Wahrheit gesagt hatte. Wo war sie wirklich in der Nacht gewesen? Mehr als jemals zuvor hoffte sie auf Milou. Doros Jugendfreundin war ihre letzte Hoffnung, Klarheit zu bekommen. Sie war es nicht gewöhnt, Dinge halb fertig und unerledigt zurückzulassen.

Leider war es nicht einfach, eine Unterkunft zu finden. Noch nicht einmal für eine Nacht. Im Hochsommer waren alle Hotels ausgebucht.

»Wir haben leider nichts frei«, hörte sie wieder und wieder.

Nach ein paar vergeblichen Versuchen im Zentrum von Bergen gab Helen ihre Suche auf und lenkte den Wagen in Richtung Alkmaar. Die Scheibenwischer hatten Mühe, den Wassermassen, die aus dem Himmel niederbrachen, Herr zu werden. Die Sicht war schlecht, ihre Koordination mäßig. Sie war zu aufgewühlt, um Spur zu halten. Warum hatte sie sich nur ins Auto gesetzt? Rechts und links spritzte Wasser hoch. Ein Fahrradfahrer schoss aus einer Nebenstraße hervor. Ihr hektisches Bremsmanöver mündete in eine Rutschpartie. Helen verlor endgültig die Kontrolle über das Fahrzeug. Für einen Moment fürchtete sie, in voller Fahrt an einem der imposanten Bäume der Eeuwigelaan zu enden. Genauso wie ihr Vater geendet war. War auch er durcheinander gewesen? In seelischer Aufruhr? Hatte er geahnt, dass das Leben, wie er es kannte, vorbei war? Weil seine Tochter ihn mit einer anderen Frau überrascht hatte? Mit zittrigen Beinen gelang es ihr, den Wagen in letzter Sekunde zum Stehen zu bringen. Vor ihr im Schein des Lichtkegels leuchtete ein bunter Wegweiser, der mit Luftballons geschmückt war: *Cultuurdorp.*

Helen suchte Unterschlupf und Rat bei ihrer Zwillingsschwester. Vielleicht zum ersten Mal im Leben.

»Du musst Madame Jeanette um Hilfe fragen«, sagte Philomena, als Helen komplett durcheinander, bis auf die Knochen durchnässt und bibbernd auf dem Gelände des Kulturdorfs auftauchte.

»Ich mache dich gleich mit ihr bekannt.«

Die einem Nomadenzelt nachempfundene Jurte, die sie gemeinsam mit Amelie bewohnte, war geräumiger als gedacht. Ein paar Freunde chillten auf zwei altersschwachen Sofas.

Helen sah sich neugierig um: Wer von den Anwesenden hörte wohl auf den seltsamen Namen?

Was auf den ersten Blick aussah wie ein einfaches Zelt, entpuppte sich bei Regen und Unwetter als gemütliche Unterkunft. Draußen zuckten Blitze, drinnen war es mollig warm. Viel Privatsphäre genoss man nicht in ihrer kreisrunden Hütte, aber mit einem Kühlschrank, einer eigenen Dusche und Toilette gehörte Amelies zeitliche Behausung eindeutig in die Kategorie Glamping.

Philomena bereitete mit hochrotem Kopf Roti zu, während der Regen ununterbrochen auf das Dach trommelte.

»Roti ist klassisch Surinam«, klärte Philomena Helen auf: Huhn und Kartoffeln köchelten in trauter Einigkeit in einer scharfen Soße voller exotischer Gewürze.

Amelie nahm Helen in die Arme: »Mach es wie ich«, sagte sie. »Ich habe mich viel zu lange mit dem Verlieren beschäftigt: von Dingen, Menschen, dem roten Faden in meinem Leben. Ich habe beschlossen, nur noch zu finden.«

Mit glänzenden Augen beobachtete sie Philomena, die wie ein Kobold von einem Topf zum anderen tänzelte. Ihr donnerndes Lachen hatte die Kraft von Tintenfischtentakeln. Es zog einen automatisch in ihre Nähe.

»Wenn sie erzählt, bekommt jede Katastrophe eine Pointe«, sagte Amelie.

Philomena nahm nichts ernst: sich selbst nicht, aber auch nicht die Dramen der anderen.

»Ihr solltet mal miterleben, wie es zugeht, wenn meine 36 nächsten Verwandten aufeinandertreffen. Es menschelt eben in der Familie Thalberg. Wie in jeder anderen Familie auch. Ihr seid nichts Besonderes«, stellte sie nüchtern fest.

Sie füllte großzügige Portionen auf zusammengewürfeltes Geschirr.

»Madame Jeanette weiß immer Rat«, sagte sie und überreichte Helen einen übervollen Teller. Huhn und Kartoffeln wurden mit langen Bohnen, dünnen Mehlpfannkuchen und hart gekochtem Ei serviert.

»Müssen wir nicht auf deine Freundin warten?«, fragte Helen.

Philomena schüttelte den Kopf. »Alles da drin«, sagte sie.

Mit dem ersten Bissen begriff Helen, was Philomena meinte. Madame Jeanette, so lernte sie, war keine Person, sondern der Name der typischen Chilisorte aus Surinam, die dem Roti erst den richtigen Pfiff verlieh. Das Gericht war so scharf, dass sämtliche Gedanken mit einer Vollbremsung zum Stillstand kamen. Es schmeckte wunderbar. Vor allem in Gesellschaft.

Philomena war hungrig und verdrückte Essensportionen wie ein Bauarbeiter. Dass sie nicht als kleine runde Kugel durchs Leben ging, lag wohl daran, dass sie immer in Bewegung war.

»Sie ist anders als andere Frauen. Sie redet nie über Diäten, Low Carb und Männer«, flüsterte Amelie. »Das hat mir sofort gefallen.«

Leider hielt die Wirkung von Madame Jeanette nicht ewig an. Beim Abwaschen meldeten sich die drängenden Fragen zurück.

»Stimmt das, was Yella erzählt?«, fragte Helen.

»So eine Affäre hat nichts mit mir zu tun«, sagte Amelie. »Ich will es nicht wissen.«

»Aber ich«, sagte Helen leise. »Es geht nicht um die Affäre, es geht darum, ob wir Sommerschwestern einander vertrauen können.«

»Ich wünschte, ich wäre neun Jahre alt und könnte noch mal von vorn anfangen und alles richtig machen«, seufzte Amelie.

»So ein Unsinn«, mischte Philomena sich ein. »Du musst dir einfach vorstellen, dass du in Wirklichkeit schon 89 bist. Und dann wachst du am Morgen auf und stellst fest, dass du wieder dreißig bist. Du stehst auf und hast auf einmal 59 geschenkte Jahre vor dir. 59 Jahre, in denen du alles richtig machen kannst.«

Mehr noch als das Essen tröstete Philomenas universales Relativierungsvermögen. Helen verstand immer besser, was Amelie an der quirligen Frau liebte. Sie ließ nicht zu, dass man sich in Selbstmitleid suhlte. Sie war wie eine anarchische Pippi Langstrumpf, die sich die Welt machte, wie sie ihr gefiel.

»Es leben heute mehr Leute als jemals gestorben sind. Schon deswegen gibt es rein rechnerisch mehr Gründe, zu feiern, als Gründe, traurig zu sein. Reine Mathematik!«

»Sie ist Weltklasse«, flüsterte Helen Amelie zu.

Zum ersten Mal waren sie sich einig.

48. Ein neuer Morgen

Die Sonne schien Yella ins Gesicht. Mühsam erhob sie sich, taperte ins Badezimmer, putzte wie automatisiert die Zähne und war fast verblüfft: Die Sommerschwestern waren endgültig implodiert und die Sonne war dennoch aufgegangen. Sie hatte endlich ausgesprochen, was ihr so lange auf der Seele gelegen hatte, und sie hatte überlebt. Ein Blick auf den Kalender offenbarte, dass sie allesamt den Todestag ihres Vaters verpasst hatten. Der große Streit hatte alles überdeckt und verhindert, dass sie auch nur einen Augenblick an seinem Jahrestag innegehalten hatten. Ein wenig schuldbewusst beschloss sie, später eine Kerze für ihn anzuzünden.

»*Een, twee, drie, vier …*«, riefen zwei Jungenstimmen fröhlich.

Ihre Söhne lagen im Pyjama auf dem Sofa und amüsierten sich königlich über Graf Zahl, der auf Niederländisch zählte. Die beiden kannten das Lied von einer alten CD, die sie auf Davids altersschwachem Player abspielten. Begeistert übten sie die Zahlen von eins bis acht. Ihre Fröhlichkeit rührte Yella.

Ihre Schwesternwelt war endgültig kaputt, aber sie lebte trotzdem weiter. Sie betete die Leitsätze herunter, die sie sonst beim frühmorgendlichen Jogging im Park begleiteten. Sie hatte die einfachen Regeln gegen die Angst verinnerlicht: Wenn du Hundegebell hörst, weiterlaufen, wenn Stimmen nach dir rufen, einfach weiterlaufen. Wenn du ein Ziel erreichen willst, geh weiter. Dasselbe galt am Morgen nach dem großen Streit: Wenn du glücklich sein willst, sing mit. So laut du kannst.

Es hatte so viel Lebenskraft gekostet, die Wahrheit zu verstecken. Einmal ausgesprochen, fiel eine unendliche Last von ihr ab. Der schlimmste Fall, vor dem sie zwanzig Jahre lang Angst gehabt hatte, war eingetreten. Ihre Familie war mit einem einzigen letzten Knall auseinandergebrochen. Es fühlte sich an wie eine enorme Befreiung. Ihr war, als hätte der Vater den Griff gelockert. Er hatte keine Macht mehr über sie.

Als sie David anrief, hörte er ihr zu, ohne sie auch nur ein einziges Mal zu unterbrechen.

»Weißt du, wer sie war?«, fragte David.

»Nein«, sagte Yella. »Ich weiß nicht einmal, ob sie wichtig war.«

»Deine Mutter glaubt dir nicht?«

»Glaubst du mir?«, fragte Yella.

»Dein Leben ist besser als mein Roman«, antwortete er ausweichend.

Aber es war keine Geschichte. Oder vielleicht doch? So genau wusste sie das nicht mehr. Die Sturmfrau, wie sie die geheime Besucherin insgeheim nannte, glich einem Geist, der in ihr Leben hineingeschwebt war. Mit jedem Jahr, das verstrich, ohne dass sie über die Frau sprach, verblasste sie ein bisschen mehr. So weit, dass sie nach über zwanzig Jahren manchmal selbst nicht mehr wusste, ob die Begegnung je stattgefunden hatte.

»Henriette war außer sich«, sagte sie.

»Ich bin auf deiner Seite«, tröstete David.

»Ist das so?«, fragte Yella.

»Natürlich«, sagte David.

»Manchmal fühlt es sich nicht so an«, gab Yella ehrlich zu.

»Unsere Beziehung ist eben wie der Ikea-Schrank im Schlafzimmer«, sagte David. »Wacklig, immer in Gefahr, bei allzu heftigen Erschütterungen zusammenzubrechen, aber letztlich doch enorm widerstandsfähig.«

Yella lachte auf. Das Ungetüm war ihre erste gemeinsame Anschaffung gewesen. Das Schrankmonster sollte 2 Meter 45 hoch sein, maß in Wirklichkeit jedoch 2 Meter 47. Nach dem beherzten Einsatz einer Säge passte der Kasten endlich unter die Decke. Sie hatten mit Bier auf ihr Wunderwerk angestoßen, bis sie feststellten, dass sie die Schiebetüren vergessen hatten; die hätten als Erstes eingehängt werden müssen. Es dauerte Stunden, bis sie das Möbel wieder auseinandergenommen hatten. Der Koloss war nicht nur windschief, sondern von Anfang an instabil. Vielleicht galt für Familien dasselbe wie für Wandschränke? Wenn einem am Anfang entscheidende Fehler unterliefen, konnte nie mehr etwas Stabiles und Schönes entstehen.

Doch das Versagen lag nicht alleine auf ihrer Seite. Ihre Eltern hatten eine katastrophale Ehe geführt, die bis heute lange Schatten warf. Im Gegensatz zu ihrer Mutter, die glaubte, das Deckmäntelchen des Vergessens über ihre Zeit mit Johannes Thalberg werfen zu können, hatte Yella endlich Verantwortung übernommen: für ihre Lüge und das Monster im heimischen Schlafzimmer. Die Schiebetüren klemmten, krachten und knackten, wann immer sie Kleidung rausholten. Er war geradezu geschwätzig und hatte Charakter. Und das Wichtigste: Das einzigartige Stück gehörte zu ihnen.

»Unser Schrank knirscht im Gebälk, aber er funktioniert. Heute jedenfalls. Morgen sehen wir weiter«, sagte sie sich vor.

Yella war nicht besonders gut darin, offene Konflikte auszuhalten. Einen Moment lang war sie sogar versucht, Doro anzurufen. Wenn sie ehrlich war, gab es einen Kern Wahrheit in ihren Vorwürfen. Sie hatte ihre große Schwester immer bewundert, oft sogar beneidet. Sie fand es großartig, in ihr Leben zu schlüpfen. So großartig, dass sie beschlossen hatte, sich beruflich zu verändern. Bislang hatte sie sich nie getraut, ihren kreativen Neigungen nachzugehen. Ein bisschen wie ihr Vater, der aus lauter Sicherheitsdenken zeit seines Lebens freudlos in der väterlichen Firma gearbeitet hatte. Aber Doro hatte auch unrecht.

»Du bist schuld, dass unser Vater tot ist«, hörte sie Doros Stimme.

Diesen Satz würde sie Doro nie im Leben verzeihen. Ebenso wenig wie ihre ständigen Lügen. Aus welchem Grund sagte sie nicht die Wahrheit über die Sturmnacht? Ihre große Schwester wollte immer nur gewinnen, das hieß, dass jeder andere in ihrer Umgebung verlieren musste.

Vom Wohnzimmer tönte das Lachen ihrer Kinder. Das fröhliche Geschnatter weckte sie aus ihren düsteren Gedanken. Sie holte Kekse und den orangefarbenen Karton *chocomel,* wie der süße Kakao hier hieß, und drei Tassen.

»Ich will auch mitmachen«, sagte sie.

Zufrieden kuschelte sie sich zu Leo und Nick aufs Sofa, wo sie zu dritt eine Wolldecke teilten. Nick lehnte an ihre rechte, Leo an die linke Seite, während sie dem Lied von »Roodkapje« lauschten. Die singende Maus auf dem Fernsehschirm trug ein rotes Kopftuch, was sie selbst für Sprachunkundige als Rotkäppchen zu erkennen gab.

Yella lehnte sich entspannt zurück und genoss die Sonnenstrahlen, die durch die große Fensterscheibe auf ihr Gesicht fielen. Im Fernsehen sangen jetzt zwei Bären über Brote mit Erdnussbutter und ihre Söhne lagen in ihrem Arm, warm und vertraut. Nick drückte ihr seinen Schokoladenmund auf die Wange, während Leo die Kekse gerecht in drei Häufchen teilte. Sie hatte nicht verloren. Im Gegenteil. In diesem Moment war Yella einfach nur glücklich. Das Leben bot neben den großen und kleinen Katastrophen so viel Schönes.

Vielleicht konnte sie ihre Herkunftsfamilie nicht mehr ändern, vielleicht würde sie Doro nie wirklich etwas entgegensetzen können, aber sie konnte dafür sorgen, dass Leo und Nick in einer liebevolleren Umgebung groß wurden. Und sie war nicht alleine auf diesem Weg. Davids Abwesenheit hatte einen Anfang und ein Ende. Er würde nach Ablauf seines Stipendiums wieder bei ihnen sein. Sie hatte einen Mann, sie verdiente ihr eigenes Geld, sie war im Urlaub, sie hatte zwei großartige Söhne. Und sie hatte Pläne.

49. Tunnelblick

Der Tag nach dem Gewitter hielt angenehme Temperaturen bereit. Das Dorf erwachte zu neuem Leben. In den Tagen der Hitze glich Bergen einer Geisterstadt, nun brandete hektische Betriebsamkeit auf. Überall wurden die Vorkehrungen für den morgigen Lichterabend getroffen. In den Straßen summte es vor Aufregung. Die letzten für Kerzen geeigneten Behälter wurden vom Dachboden geholt, Lichterketten entrollt und so manche traditionelle Weihnachtsbeleuchtung umgewidmet. In 36 Stunden sollte das ganze Dorf bei Sonnenuntergang in neuem Glanz erstrahlen.

Yella beschloss, jeden Ferientag, der ihr noch blieb, wie einen Festtag zu behandeln. Nach den heißen Tagen entzückte sie selbst der Gegenwind auf dem Fahrrad. Zum ersten Mal passierte sie den Zeeweg, ohne zwanghaft nach der Unfallstelle zu suchen. Es gab in Bergen so viel mehr zu sehen und zu erleben.

Sie frühstückten am Strand *poffertjes*. Mit Blick auf das aufgewühlte, tiefblaue Meer schmeckten die dicken Minipfannkuchen, die mit einer Lage Puderzucker und schmelzender Butter serviert wurden, großartig. Die Luft fühlte sich klar und rein an. Yella genoss die herrlich frische Nordseebrise, während Leo und Nick stritten, wer wie viele der klebrigen Picker mit Hollandflagge, die als Gabeln dienten, bekam. Sie beruhigten sich erst, als sie im Aquarium angekommen waren, das gleich neben dem Strand lag.

Yella hatte ihren Söhnen in glühenden Farben von der Unterwasserwelt vorgeschwärmt, die sie erwartete. Noch immer stand ihr lebhaft vor Augen, wie sie als Kind mit Doro durch einen magischen Wassertunnel getobt war, während hungrige Haie sie umkreisten.

Die Wahrheit war ernüchternd. Der Tunnel existierte ebenso wenig wie die Haie. Stattdessen lief eine Brücke, die ihr so gar nicht bekannt vorkam, über einen Teich, in dem fleischfressende Piranhas herumschwammen. Als sie googelte, stellte sie fest, dass es die Unterwasserwelt in Bergen tatsächlich gab. Allerdings im norwegischen Bergen. War sie auf diese Bilder gestoßen, als sie das Internet nach Spuren ihres Vaters durchforstete? Hatten sich in den vergangenen Jahren die Ergebnisse ihrer Google-Suche als Wahrheit im Kopf festgesetzt? In Norwegen war sie jedenfalls noch nie gewesen und ganz bestimmt nicht gemeinsam mit Doro.

Yella war irritiert. Wie hatte es der Tunnel in die eigene Erinnerung geschafft? Waren die Vorwürfe ihrer Mutter am Ende berechtigt? Lag sie wirklich falsch? Wie sehr durfte sie ihrem eigenen Gedächtnis trauen? Was, wenn die Frau eine Ausgeburt ihrer kindlichen Fantasie war? Vielleicht war es die Nachbarin gewesen? Irgendetwas Harmloses, das sich über die Jahre zu einem Geschwür entwickelt hatte?

Leo und Nick bekamen von ihrer Irritation über den fehlenden Unterwassergang nichts mit. Sie waren vollauf damit beschäftigt, lebende Rochen zu streicheln und sich vor den Reptilien zu gruseln, sodass ihnen nicht weiter auffiel, dass Yellas Ankündigungen, was sie im Aquarium erwartete, kaum mit der Wirklichkeit übereinstimmten.

50. Lachende Hühner

Ein paar Kilometer vom Strand entfernt wachte Helen in einem unbekannten Leben auf. Einen Moment lang versuchte sie sich vorzustellen, wie es wäre, an Amelies Stelle zu sein. Als Kinder waren sie einander nie besonders nahe gewesen, als Erwachsene noch viel weniger. Jetzt lebte sie zum ersten Mal Amelies Leben. Und das auch noch in den ungewohnt bunten Klamotten ihrer Schwester. Ein Blick auf die Uhr offenbarte ihr, dass die Sonne sie viel zu früh geweckt hatte. Das Licht des frühen Morgens drang durch den Rauchabzug an der Spitze des Zeltes. Mühsam erhob sie sich von der Matratze auf dem Boden. Sie fühlte sich erdenschwer, verkatert und unglücklich. Bis sie sich aus der Jurte schälte und mitten in der Natur stand.

Die Morgensonne tupfte zartes Rot auf die sanften Hügel. Vor ihr lag die Wiese mit den Schafen, dahinter erhoben sich die Dünen. Der Wind schlich sachte durch die hohen Gräser und schüttelte die Blumen wach. Sie sog den besonderen Geruch ein, der typisch für die Momente nach einem Gewitter war. Als Chemikerin hätte sie genau erklären können, wie dieser besondere Duft zustande kam. Sie hätte etwas von Sauerstoffatomen, von energiereicher Strahlung, freien Radikalen und Ozon erzählen können. Stattdessen atmete sie einfach nur die frische Seeluft ein.

Amelie und Philomena lagen vor dem Zelt unter dicken Wolldecken. Sie hatten ihren Schlafplatz für Helen geräumt, um nach dem Regen die Nacht zusammengekuschelt auf der Wiese im Freien zu verbringen.

»Wir wollten sowieso draußen schlafen«, sagte Amelie. »Wegen der Sternschnuppen.«

Die Perseiden waren ein jährlich wiederkehrendes Ereignis.

»Wenn man eine Sternschnuppe sieht, darf man sich etwas wünschen«, hatte Amelie geschwärmt. »Und im August fallen die Wünsche zu Hunderttausenden vom Himmel.«

»Viele warten auf die Sternschnuppennacht«, sagte Philomena. »Aber wenn es dann bewölkt ist, ist man verloren. Die Kunst ist, schon an den Tagen davor in den Himmel zu schauen. Wenn man auf der sicheren Seite sein will, muss man jede Gelegenheit nutzen, um ein bisschen Glück zu erhaschen.«

Was Amelie sich wohl wünschte? Ihre Art zu leben, dokumentierte eindringlich, wie wenig ihr materielle Dinge bedeuteten.

Während Amelie auf dem Holzofen heißen Kaffee kochte, suchte Helen gemeinsam mit Philomena die Frühstückseier, die ihre Hühner auf dem Gelände gelegt hatten.

Ein Huhn stolzierte hocherhobenen Hauptes über die Festwiese.

»Das ist Lotte«, erklärte Philomena. »Lotte, sag Guten Morgen zu Helen.«

Philomena hatte die Wirkung von Prosecco auf nüchternen Magen. Wie immer sprudelte sie über vor Energie. Lotte flanierte unbeeindruckt an ihnen vorbei, ohne sie eines Blickes zu würdigen. Offenbar war sie so was wie der Platzhirsch, denn alle Hühner duckten sich ängstlich vor ihr weg.

»Lotte ist ein bisschen egozentrisch«, erklärte Philomena.

»Kannst du die Hühner auseinanderhalten?«, staunte Helen.

»Sie heißen alle Lotte«, erklärte Philomena. »Jedenfalls diese Woche.«

»Ihr ändert den Namen?«

»Natürlich«, sagte Philomena.

»Natürlich?«

»Ja.«

Helen starrte Philomena einfach nur an.

»Weil …?«, sagte sie schließlich.

»Es sind Therapiehühner«, sagte Philomena. »Du kannst sie buchen.«

Helen kratzte sich am Hinterkopf. Bei Philomena wusste man nie, ob sie einen von morgens bis abends hochnahm.

»Und was macht so ein Huhn dann?«, fragte sie belustigt.

»Nichts. Es ist ein Huhn, es macht gar nichts. Es ist einfach nur Huhn«, sagte Philomena mit gespielter Empörung.

Helen ahnte, dass sie jedes Gesprächsduell mit Philomena verlieren würde.

»Und was mache ich?«, fragte sie.

»Für einen kleinen Beitrag benennen wir die Hühner in Doro um, und du kannst sie nach Herzenslust rumkommandieren.«

Sie grinste über das ganze Gesicht.

Helen lachte laut auf. Philomena schaffte es immer wieder, sie zum Lachen zu bringen. Sie wünschte sich, sie könnte sich eine Scheibe von ihrer anarchischen Weltsicht abschneiden.

»Das hast du erfunden«, sagte sie.

»Ja«, antwortete Philomena. »Aber wir könnten es ausprobieren. Vielleicht hilft es.«

»Und die Eier?«

Philomena blickte sich panisch um, bevor sie Helen verstohlen in die Büsche zog. Im Schutz dichter Büsche hatte sie in einer Holzkiste Eierkartons versteckt.

»Nicht verraten«, sagte Philomena. »Sie wollen die ausgedienten Hühner schlachten.«

»Du kaufst die Eier im Supermarkt?«, fragte Helen amüsiert.

»Sie legen seit Monaten keine Eier mehr. Aber das muss ja niemand wissen.«

»Geht das nicht alles viel zu schnell?«, hatte Helen gefragt, als sie zum ersten Mal hörte, dass Amelie ihr bisheriges Leben aufgeben und nach Bergen zu Philomena ziehen wollte.

»Ich bin eben keine Theoriefanatikerin wie du«, war ihre Antwort gewesen. »Ich muss jemanden küssen, um herauszufinden, was ich fühle.«

Jetzt verstand Helen nur zu gut, was Amelie anzog. Bei den Thalbergs war alles anstrengend und erdenschwer, bei Philomena federleicht. In ihrer Gegenwart wirkte jedes Problem lösbar.

»Ich glaube, Lotte ist ein toller Name«, sagte sie.

Sie war dabei, eine neue Helen zu entdecken. Sie half sogar den Mitarbeitern bei der Vorbereitung des Lichterabends.

»Warum hast du so lange über die Nacht geschwiegen?«, griff Helen das schmerzhafte Thema vom Vortag wieder auf.

Amelie konzentrierte sich auf ihre Bastelarbeit, als habe sie die Frage nicht gehört. Helen kannte die Antwort längst. Es war das Gefühl von Schuld, das sie alle quälte.

»Ich hatte solche Angst, dass Doro was passiert ist«, sagte Amelie. »Ich habe zum Fenster rausgeschaut, und da stand jemand, im Fenster, im Haus gegenüber. Bei jedem Blitz konnte ich die Gestalt sehen.«

Tränen tropften auf das Seidenpapier, das die Farbe abgab. Ihre Hände färbten sich grün.

»Als ich das offene Fenster sah, dachte ich wirklich, die Hexe von gegenüber ist bei uns eingebrochen und hat Doro mitgenommen.«

Sie schüttelte den Kopf über ihre kindlichen Ängste, die sich an Doros Schauergeschichten entzündet hatten.

»Wenn ich mutiger gewesen wäre, vielleicht würde unser Vater noch leben.«

Sie war nicht in der Lage, weiterzusprechen.

»Glaubst du die Geschichte mit der Frau?«

Amelie zuckte mit den Achseln.

»Ich weiß es nicht. Und ich will es auch nicht wissen. Es ändert nichts an meiner Beziehung zu Papa.«

Helen sah das anders. Ohne die Ablenkung von morgendlichen Schwimmstunden und der ständig anwesenden Neffen kreisten ihre Gedanken endlos um Yellas Aussagen. Wie hing das alles zusammen? Die mysteriöse Besucherin? Der Vater? Die Drohung? Yellas Aussagen und Doros eigenartiges Verhalten? Eines war sicher: Es gab jemanden im Dorf, der mehr wusste. Sie konnte es kaum erwarten, auf Milou zu treffen. Wenn es jemanden gab, der ihr Auskunft über die Bunkerparty geben konnte, war es Doros alte Freundin.

51. Einmal Zwilling, immer Zwilling

Helen verbrachte den Tag im *Cultuurdorp*. Sie hatte nur eine einzige Aufgabe. Überleben. Um sie herum herrschte Betriebsamkeit. Vorräte wurden neu bestückt, Holz für das Feuer vorbereitet, die Bühne umgebaut, jemand zimmerte einen neuen Schrank, einer der Wagen wurde neu gestrichen.

Der beste Weg, mit den eigenen Dämonen umzugehen, war, sie mit Arbeit zu betäuben. Helen half Amelie, Waren einzuräumen: In einem winzigen Laden boten sie zum Verkauf an, was der alternative Minibauernhof produzierte. Neben Philomenas Eiern, die hier heimlich eine zweite Verkaufsrunde erlebten, gab es Marmelade, vegane Aufstriche, selbst gebackenes Brot, Salben und Kräutertees. Es gab sogar eine Schütte, wo man selbst Würmer ernten konnte, um zu Hause biologische Abfälle zu verarbeiten.

»Der Ökosupermarkt in Wuppertal war nie wirklich überzeugend. Dubiose Lieferanten, zu wenig Regionales und immer noch zu viel Verpackung. Hier versuchen wir, so autark und nachhaltig wie möglich zu leben und unseren ökologischen Fußabdruck zu verkleinern«, erklärte Amelie. »Was wir nicht produzieren, versuchen wir so regional wie möglich zu kaufen.«

Helen starrte auf die Eier von Philomena.

»Es geht nicht darum, alles perfekt hinzubekommen«, sagte Amelie. »Es geht um einen Anfang.«

Ganz offensichtlich verzieh sie Philomena alles. Selbst kleine Lügen.

Helen packte den ganzen Tag über wie selbstverständlich mit an. Untätigkeit war ihr ein Gräuel. Dima kehrte gerade von einer Wildkräutertour zurück und verabschiedete seine Kursteilnehmer.

»Auf dem Militärgelände hat die Natur sich über Jahrzehnte ungestört entwickelt«, erklärte Amelie. »Hier gibt es eine Vielzahl von Pflanzen, die anderswo längst ausgerottet sind. Und Dima macht daraus Cremes.«

Helen untersuchte interessiert die Tuben.

»Da stehen nicht einmal die Bestandteile drauf«, sagte die geübte Chemikerin.

»Ist jedes Mal anders«, sagte Dima. »Ich weiß auch nicht so genau, was ich tue.«

Helen verkniff sich jeden Kommentar. Sie wusste um die endlosen Testreihen, zu denen Kosmetikunternehmen verpflichtet waren. Helen wollte immer alles wissen, Amelie lieber nichts. Die Wahrheit lag möglicherweise dazwischen.

»Jeder hier hat mindestens ein Talent, das er in die Gemeinschaft einbringt. Meins ist gute Laune«, sagte Amelie und strahlte. »Und ich verbanne jeden aus meinem Leben, der mir erklärt, dass so eine Haltung naiv ist.«

Amelies Telefon meldete sich. »Eine Sprachnachricht von Philomena«, sagte sie ein wenig verlegen. Amelie errötete beim Abhören.

»Sie sagt immer die nettesten Dinge«, erklärte sie. »Sie findet selbst die Sommersprossen auf meinem Handrücken toll. Und dass mein Name in ihrem enthalten ist. Das kann kein Zufall sein, sagt sie.«

Amelie schwankte sichtbar zwischen Skepsis und Geschmeicheltsein. Die Hartnäckigkeit, mit der Philomena ihr ihre Liebe erklärte, imponierte ihr. Gewöhnt an Zweifler, Zauderer und Zweitbeziehungen, war sie ganz offensichtlich überwältigt davon, dass sich jemand mit vollem Enthusiasmus für sie entschied.

»Am Anfang dachte ich, ich liebe an ihr vor allem, dass sie so verliebt ist. Der einzige Weg, rauszufinden, ob da mehr ist, war, nach Bergen umzuziehen.«

»Weißt du es jetzt?«, fragte Helen.

»Ich nenne es verliebte Freundschaft«, sagte Amelie. »Vielleicht taugt das am Ende mehr als die große Liebe. Es ist auf jeden Fall lustiger.«

Helen genoss den Tag an der Seite ihrer Schwester. Sie war überrascht, wie perfekt sie im Alltag des Kulturdorfs harmonierten. Sie wusste nicht einmal, dass sie handwerkliches Geschick hatte. Gemeinsam unterstützten sie Dima dabei, aus Abfallholz ein neues Regal für seine Tuben und Tiegel zu zimmern. Der Ukrainer staunte, wie effizient die beiden Hand in Hand arbeiteten. Während er ständig im Weg stand, schien Helen immer zu ahnen, wann sie Amelie Nägel, Hammer oder Säge anreichen musste.

»Wir sind eben ein eingespieltes Team«, sagte Amelie fröhlich.

Helen wollte schon widersprechen. Wann hatten sie das letzte Mal etwas zu zweit unternommen? Doch Amelie lieferte bereits die Erklärung für diese Vertrautheit.

»Das ist das Muskelgedächtnis. Wir erinnern uns vielleicht

nicht bewusst daran, dass wir die ersten neun Monate unserer Existenz auf allerengstem Raum miteinander verbracht haben, aber unsere Körper haben diese Information auf ewig abgespeichert.«

Die unkonventionelle Interpretation erstaunte Helen. Tatsächlich gelang es ihnen, scheinbar mühelos umeinander herumzutänzeln.

»Ihr seid Weltklasse«, sagte Dima, als sie das Regal am frühen Abend im Laden aufstellten.

Erschöpft ließ er sich auf einen Sitzsack fallen.

»Und jetzt?«, fragte Helen.

»Lust auf einen Drink?«, schlug Amelie vor.

»Aber dann am Meer«, sagte Helen.

»Eure Energie ist unheimlich«, sagte Dima.

»Wir sind einfach nicht so schnell müde«, sagte Amelie.

Helen lachte. Amelie vermochte selbst chronischer Schlaflosigkeit einen positiven Dreh abzugewinnen. Das musste sie sich merken.

Nach all der körperlichen Arbeit an der frischen Luft radelten sie einträchtig nebeneinander Richtung Strand, um den ganzen Staub aus der Lunge zu bekommen. Zum ersten Mal legte sie zu dieser späten Stunde den Zeeweg zurück. Eine Hügellandschaft in dunklen Blautönen lag links und rechts von ihr. Der Himmel leuchtete tiefschwarz über ihr. Am Horizont erahnte sie die Lichter der Strandpavillons, die ihre letzten Gäste in die Nacht verabschiedeten.

Helen und Amelie ließen sich im kühlen Sand nieder, tranken den mitgebrachten Rosé und starrten schweigend auf das endlose Meer und die Wellen. Auf einmal wandte Amelie ihr den Kopf zu. Helen verstand, ohne dass ihre Zwillingsschwester etwas sagen musste.

»Finde ich auch«, sagte sie.

Fast gleichzeitig sprangen sie auf, entledigten sich mit wenigen Handgriffen ihrer Kleidung und rannten einfach los Richtung Brandung.

Die erste Welle verschlug Helen den Atem. Das Wasser der Nordsee war noch kälter, als sie befürchtet hatte. Zitternd tat sie es Amelie gleich und ließ sich mit einem Zug ins kalte Wasser sinken. Was war das? Sie glaubte, ihren Augen nicht zu trauen. Bei ihrem ersten kräftigen Schwimmzug flackerte das Wasser bläulich um sie herum auf. Sofort wurde es ihr warm ums Herz.

»Das ist *zeevonk*«, rief Amelie begeistert und ließ ihren Arm schnell durch das kühle Nass gleiten. Wo immer sie hingriff, leuchtete die Nordsee auf. Umgeben von Millionen kleinster Tierchen, die sich alleine unter einem Mikroskop zu erkennen gaben, schwamm Helen in einem glitzernden Teppich. Natürlich wusste sie, dass dies eine chemische Reaktion war. Doch im Moment war ihr das egal. Was interessierte sie, dass man das Naturphänomen erklären konnte? Es war pure Magie. Und das Schönste war: Sie erlebte diesen Moment gemeinsam mit ihrer Zwillingsschwester.

Später saßen sie zusammen im Dunkeln unter einem riesigen Handtuch.

Ihr Google-Kalender schickte ihr eine Erinnerung. Morgen war der Lichterabend in Bergen mit dem Konzert. Und davor der große Moment, auf den sie den ganzen Urlaub hingearbeitet hatte: Leos und Nicks Schwimmprüfung. Helen stellte das Telefon aus. Sie wollte weder an gestern noch an morgen denken.

Vor ihnen versank das Meer in Dunkelheit, über ihnen funkelten die Sterne. Nirgendwo waren Geräusche zu hören, die von Menschen verursacht wurden: kein Auto, kein Motorrad, keine Stimmen. Nur das Rauschen der Wellen und sie.

Zum ersten Mal, seit sie in Holland angekommen waren, gelang es Helen, alles abzuschütteln. Alle Sorgen, alle Fragen, alle Müdigkeit. Das Leben war kompliziert, die Familie eine Katastrophe, der Augenblick geradezu überirdisch. Helen atmete tief durch. Sie war einfach nur glücklich. Wenn sie ehrlich war, war ihr das improvisierte Leben ihrer Zwillingsschwester immer suspekt gewesen. Sie hatte nie verstanden, warum sie nie »was Richtiges« angefangen hatte. Warum hatte es sie dreißig Jahre gekostet, zu erkennen, wie viel sie von Amelie lernen konnte? Wenn Entscheidungen nicht dem Anspruch genügen mussten, für die Ewigkeit zu gelten, hatte man jeden Tag die Möglichkeit, sich neu zu entdecken. Jeder Fehler wog nur halb so schwer.

»Einmal Zwilling, immer Zwilling«, sagte Amelie in die Stille hinein.

Helen nickte einfach nur. Sie wusste, dass ihre Schwester sie auch ohne Worte verstand.

52. Prüfungen

Im Hallenbad war Party angesagt. Über dem Fünfzig-Meter-Becken schaukelten bunte Girlanden, Discomusik hämmerte durch die Halle. Menschen hatten schon immer Musik: zum Tanzen, Heiraten, Sterben. In Holland gab's Musik zur Schwimmprüfung. Auf der Tribüne am Beckenrand versammelten sich ganze Großfamilien, um die Diplome in aller Ausführlichkeit zu feiern. In einem Land mit so viel Wasser war *afzwemmen* eine ganz große Sache. Yella war als Einzige ohne Gefolge gekommen. An ihrer Seite Rudolf, der Terrorpinguin. Wie traurig, dass David diesen Moment verpasste. Mehr als je zuvor hatte sie das Gefühl, dass sie zusammengehörten. *Ich freue mich auf dich,* schrieb sie.

Yella zückte ihre Kamera, als ihre beiden Jungs mit zwei Dutzend weiteren Kindern unter donnerndem Applaus Einzug in die Halle nahmen. Sie trugen Hosen, T-Shirts, Schuhe und jeder eine leere Plastiktüte, in der sie nach der Schwimmübung in voller Montur ihre nassen Sachen deponieren konnten.

Im blitzenden Licht erkannte Yella überrascht Helen, die auf der gegenüberliegenden Seite des Beckens Platz genommen hatte. Sofort stiegen Tränen in ihr auf. Nie im Leben hätte sie erwartet, dass ihre Schwester trotz aller Differenzen erscheinen würde. Es rührte sie, dass sie für ihre Neffen da war. Mehr noch: Helen hatte eine Tröte und feuerte Leo und Nick begeistert an.

Yella sendete eine Nachricht an ihre Schwester: *Du bist eine großartige Tante.*

Meine Neffen sind großartig, textete Helen zurück.

Es tut mir leid, schrieb Yella. *Ich war überfordert.*

Ich auch, schrieb Helen zurück. *Ich bin es noch.*

Yella war gerührt davon, dass Helen über ihren eigenen Schatten gesprungen war.

Helen gab zu, dass sie lange mit sich gekämpft hatte. Die Vergangenheit war, wie der Name schon sagte, vergangen. Sie konnte getrost eine Stunde ruhen. Man hatte immer nur ein Leben und verpasste ein anderes. Sie wusste, welches Leben sie auf keinen Fall verpassen wollte.

Leo und Nick machten ihre Sache großartig. Sie hielten sich mit ihren nassen Klamotten an der Wasseroberfläche und bewiesen eindrucksvoll, dass sie sich selbst bei einem unfreiwilligen Bad in irgendeinem holländischen Kanal an den Rand retten konnten. In Berlin war Leo am Schwimmkurs gescheitert, in Alkmaar hatte er innerhalb kürzester Zeit Grundkenntnisse in allen vier Schwimmarten erworben. Genauso wie sein kleiner Bruder. Trommelwirbel ertönte. Der Höhepunkt: Tauchen durch einen Reifen. Yella hielt den Atem an, als sie sah, wie viel Kraft es die Kinder kostete, überhaupt unter Wasser zu kommen. Leo verlor im Tiefen die Orientierung und paddelte in die verkehrte Richtung. Einmal, zweimal, gleich drei Mal scheiterte er an dem Reifen. Ein Kind nach dem anderen nahm souverän das Unterwasserhindernis. Selbst der jüngere Nick führte seinem großen Bruder vor, wie man die Aufgabe anpackte. Mit jedem missglückten Versuch wurde Leo panischer. Zitternd klammerte er sich an den Beckenrand, sein Blick starr auf Yella gerichtet. Ihr Herz brach, so verzweifelt sah er aus. Helen gestikulierte von der gegenüberliegenden Seite der Tribüne aufgeregt in Yellas Richtung. Es dauerte eine Weile, bis sie verstand, was Helen vorschlug. Yella versetzte dem neben ihr sitzenden Rudolf einen Stoß. Mit einem jämmerlichen Laut kugelte er von der Bank.

»Go, Leo, go«, schrie Helen von der anderen Seite und klatschte rhythmisch.

Die ganze Halle stimmte ein, um Leo, der als Letzter in zwei Meter Tiefe durch den Ring schwimmen musste, anzufeuern. Der Siebenjährige holte neu Atem und verschwand unter Wasser. Als er wieder auftauchte, jubelte ihm die ganze Halle zu. Ein donnernder Tusch hallte durch das Schwimmbad.

Stolz wie Oskar nahmen Leo und Nick von ihrem Schwimmlehrer die Urkunden in Empfang. Ihre Namen wurden mit einer Begeisterung in der Schwimmhalle ausgerufen, als hätten sie soeben einen neuen olympischen Rekord aufgestellt.

Yella zerfloss vor Rührung, Helen auf der anderen Seite erging es nicht anders. Sie lachten, während die Tränen über ihre Wangen rollten.

Yella machte tausend Fotos von Leo und Nick, die stolz mit ihren in Plastik eingeschweißten Diplomen posierten. Helen befestigte blinkende Buttons an den T-Shirts ihrer Neffen. Unter dem Licht leuchtete rhythmisch eine Schrift auf: *Hiep! Hiep! Hoera! Ik heb mijn zwemdiploma gehaald.* Hurra, ich habe mein Schwimmdiplom geschafft.

»Ich habe immer gewusst, dass ihr es schafft«, sagte sie.

»Hast du Zeit zu reden?«, fragte Yella schüchtern.

53. Sommerregen

Die Wolken hingen dramatisch tief über dem Horizont. Helen war fast froh, dass sie ihre sündhaft teure Regenkleidung nicht umsonst mitgenommen hatte. Yella hatte sich für den gemeinsamen Dünenspaziergang einfach das knallorangefarbene Regencape übergeworfen, das eigentlich zum Fahrradfahren gedacht war.

Zu Hause warteten Nick und Leo ungeduldig darauf, dass die Sonne unterging und das Lichterfest beginnen konnte. Amelie hatte zugesagt, einen Nachmittag auf die Jungen aufzupassen. Zu viel war unausgesprochen zwischen Yella und Helen.

»Du siehst selbst in Funktionskleidung stylish aus«, sagte sie zu Helen, während sie ununterbrochen mit dem Wind kämpfte, der das Cape hochwehte.

»Ich fühle mich wie Marilyn Monroe über dem U-Bahn-Schacht«, sagte sie.

»Wenigstens hast du es luftig«, sagte Helen.

»Nicht in den Gummistiefeln«, sagte Yella. »Da ist es jetzt schon feucht. Zumindest innen.«

Bevor sie sich in nichtssagenden Gesprächen über das Wetter verloren, wagte Helen sich aus der Deckung.

»Mir geht es nicht gut«, sagte Helen. »Schon seit Monaten nicht. Und irgendwie glaube ich, dass das alles mit dem Tod unseres Vaters zusammenhängt.«

Schonungslos ehrlich berichtete sie, was sie unternommen hatte, um den Unfalltod zu rekonstruieren, und was sie bislang herausgefunden hatte. Yella blickte ratlos auf den Zettel, den Helen gefunden hatte: *Rot op. Fuck off.*

»Du bist etwas auf der Spur«, sagte sie.

Yella hörte aufmerksam zu, was Helen über ihren seltsamen Verfolger zu erzählen wusste.

»Es gibt im Dorf ganz offensichtlich jemanden, der mehr über unsere Eltern weiß. Aber was kann der Grund sein, dass er sich verborgen hält?«

»Schuld«, sagte Helen. »Scham? Vielleicht will er jemanden beschützen? In jedem Fall ist er ein wichtiger Zeuge.«

Ihr Blick flog misstrauisch über die Dünen, als könne sich hinter jeder Sandverwerfung, hinter jeder Biegung des Weges, hinter jedem Gebüsch und jeder Baumgruppe jemand verbergen.

»Een, twee, drie, vier, vijf, zes, zeven, acht, negen, tien. Wie niet weg is, is gezien«, sagte Helen einen Kinderreim auf.

Yella sah sie überrascht an. »Wer nicht weg ist, ist gesehen.«

Das hatten sie immer gerufen, wenn sie mit den niederländischen Kindern vom Camping in den Dünen Verstecken spielten. Am liebsten im Halbdunkel. Wie hatten sie damals den angenehmen Grusel genossen. Jetzt war aus dem Kinderspiel Ernst geworden.

»Wir sehen dich, du kannst rauskommen«, schrie Helen in die menschenleere Landschaft hinein.

Der Regen schluckte ihre Stimme. Der Trick hatte schon zu Kinderzeiten nie funktioniert.

»Es ist unheimlich«, sagte Yella. »Gesehen zu werden, ohne zu sehen.«

Helen atmete tief durch: »Erzähl mir alles über den Abend«, sagte sie.

Yella ziepte nervös an der Mütze ihres Regencapes herum.

»Manchmal weiß ich selbst nicht mehr, was wahr ist und was nicht. Das Aquarium in Bergen, das sah auch ganz anders aus.«

»Ich will alles wissen, jedes winzige Detail«, sagte Helen.

»Und wenn mich meine Erinnerung trügt?«

»Es ist alles, was wir haben«, sagte Helen.

»Halbwahrheiten richten nur Unheil an«, antwortete Yella.

»Das Unheil ist schon geschehen. Schlimmer kann es nicht mehr werden.«

Yella kämpfte damit, ihr Regencape zu bändigen, das ihr bei jedem Windstoß um die Ohren flog. Die Dinger mochten fürs Fahrrad praktisch sein, für die Dünen waren sie gänzlich ungeeignet. Sie versuchte, das Plastik mit ein paar Knoten zu bändigen. In Wirklichkeit wollte sie Zeit schinden.

Yella stapfte energisch voraus. Jenseits des Dorfes hatten Wind und Wetter freies Spiel. Selbst bei geringen Windstärken wurde man gehörig durchgeschüttelt. Am Sturmtag waren sie morgens an den Strand gefahren. Helen erinnerte sich noch gut an die knatternden roten Flaggen, die Schwimmer eindringlich davor warnten, in die Nordsee zu springen. Ein paar übermütige Surfer hatten sich trotzdem an den lebensgefährlichen Wellen probiert. Der Wind war so sehr über den Sand gefegt, dass man die Augen kaum hatte öffnen können. Amelie hatte bitterlich geweint, weil die Sandkörner, die wie Schmirgelpapier übers Gesicht flogen, ihr wehtaten. Yella hatte getrödelt. Helen hatte sie im Verdacht gehabt, auf Frenkie zu warten.

»Es war kein guter Tag«, sagte Yella. Die Enttäuschung von damals klang immer noch durch: »Erst der Ärger mit Papa, Hausarrest, dann das blöde Pfannkuchenessen, und Doro hörte einfach nicht auf zu sticheln. Ständig kam sie in mein Zimmer, um mich zu fragen, was sie zur Bunkerparty anziehen sollte. Sie war fest entschlossen, trotz Verbot hinzugehen, und drohte, mir den Hals umzudrehen, wenn ich sie verrate. Sie sagte: ›Frenkie will ein älteres Mädchen mit Erfahrung.‹«

Helen nickte. Sie erinnerte sich auf einmal wieder daran, wie Frenkie Doro am Strand etwas zugesteckt hatte. War das die Einladung zur Party gewesen? Mit der Ortsbeschreibung? Genauso gut erinnerte sie sich, dass er davor immer nur mit Yella zusammen gewesen war.

»Ich habe ihr kein Wort geglaubt«, gab Yella zu. »Ich dachte wirklich, sie blufft. Bis ich das Fenster schlagen hörte. Als ich in ihr Zimmer kam, habe ich Amelie gefunden.«

Sie stockte wieder.

»Erzähl weiter«, forderte Helen sie auf.

»Amelie war außer sich, sie hyperventilierte, sie faselte die ganze Zeit was von der Hexe, die an ihr Fenster klopft. Ihre Lippen waren ganz blau. Ich wusste nicht, was ich machen sollte.«

»Hilfe zu holen, bedeutete, Doro zu verraten«, begriff Helen.

»Ich dachte, es wäre was Schlimmes mit Amelie«, verteidigte sich Yella.

»Und dann bist du nach unten? Und dort war die Frau?«

»Sie klang nicht besonders freundlich. Sie war aufgelöst, wütend …«

»Auf Papa?«

Yella zuckte die Achseln: »Ich habe kein Wort verstanden. Ich konnte nur ein paar Brocken Niederländisch.«

Sie hatten den Aussichtspunkt erreicht. Von hier oben hatte man einen atemberaubenden Blick über das hügelige Dünenmeer und die dramatischen Regenwolken, die in allen Schattierungen von Grau über die Hügel hinwegfegten. Wo Mitmenschen sich rausgetraut hatten, blitzten rote, gelbe und orangefarbene Kleckse in der Landschaft auf. Yella fotografierte in alle Richtungen.

»Mit neun dachte ich, die Hobbys meines Vaters sind sterbenslangweilig. Wolken malen, die Natur beobachten, Buchhaltung. Jetzt bin ich über dreißig und auf dem besten Weg, mich allmählich in meinen Vater zu verwandeln. Schade, dass ich es ihm nicht mehr erzählen kann«, sagte Yella.

»Schade, dass er uns nicht mehr erzählen kann, was wirklich in seinem Leben vorging«, meinte Helen. »Papa glaubte, ich hätte alles mit angehört. Aber dem war nicht so.«

Wortlos sahen sie über die Landschaft. Am Horizont türmten sich die Wellen mit eindrucksvollen Schaumkronen. Weit draußen waren die Bohrplattformen zu erkennen, auf denen der neue Mann ihrer Mutter gearbeitet hatte.

»Die Frau muss nicht unbedingt aus Bergen sein«, sagte Helen. »Sie kann wie wir Urlauberin gewesen sein, jemand vom Campingplatz.«

»Oder eine Frau, die mit der Kunstwelt verbunden war.«

»Wie alt?«

»Alt«, sagte Yella. »Ich war dreizehn, alle waren alt. Aber sie war sehr schön.«

Yella schloss die Augen. Wie oft war der Film wohl schon vor dem inneren Auge ihrer Schwester abgelaufen?

»Sie war sehr dünn, hatte leuchtend rote Haare und eine auffallend helle Haut. Als ginge sie nie in die Sonne. Und sie war klatschnass.«

»Eine Nixe«, lachte Helen.

»Ein bisschen wie eine Nixe, ja«, sagte Yella überrascht.

»Kein Wunder, dass dir die Geschichte der Undine so gefallen hat«, sagte Helen.

»Er hielt sie im Arm, als wolle er sie trösten«, erzählte Yella weiter. »Ich habe immer nur auf die Gummistiefel gestarrt. Lila Gummistiefel mit Blumen. Ich dachte daran, was Mama sagen würde, wenn sie wüsste, dass jemand mit matschigen Schuhen durch ihr Wohnzimmer stapft.«

Sie blickte hinunter auf ihre eigenen Stiefel, die voller Modder und Sand waren.

Yella lachte auf. »Als ob der Dreck das Schlimmste gewesen wäre.«

Es begann wieder zu regnen. Sachte trommelten die Tropfen auf ihre Mütze. Eingepackt in wasserdichte Kleidung, war es im Regen geradezu gemütlich. Yella sah das vermutlich anders. Vom Saum des Capes tropfte es unaufhörlich auf die Hose, die sich ab Mantelkante dunkel färbte.

»Unsere Undine ist offenbar durch den Regen gekommen«, sagte Helen. »Zu Fuß.«

»Sie hatte so ein Cape an«, sagte Yella. »So eins wie ich.«

»Eine Frau aus dem Dorf.«

»Und dann haben sie mich entdeckt. Ich sehe immer noch, wie sie mich anschaut. Einfach nur anschaut. Papa war erschrocken, aber ihr war es irgendwie egal.«

»Er hat sie nach Hause gebracht?«

»Ich habe ewig lange auf der Treppe gesessen. Ich habe darauf gewartet, dass Papa zurückkommt und mir alles erklärt. Irgendwann war ich komplett durchgefroren.«

»Vielleicht wohnte sie in Bergen aan Zee. Er hat sie abgesetzt und dann …«

Sie wagte nicht, weiterzusprechen.

Helen atmete tief durch. »Es gibt einen Zeitungsbericht über den Unfall. Ich habe ihn im Archiv gefunden.«

Yella war wie elektrisiert. »Und?«

»Mit einem Foto …«, fuhr Helen vorsichtig fort, »… vom Unfallort.«

Alles musste raus. Sie wollte keine Geheimnisse mehr zwischen ihnen. Yella hob abwehrend ihre Hände. Tränen schossen in ihre Augen.

»Es gibt schon genug Mist in meinem Kopf«, sagte Yella. »Ich will es nicht sehen. Auf keinen Fall.«

Der Wind pustete ihnen den kalten Regen ins Gesicht. Er schien plötzlich von allen Seiten zu kommen. Yella entledigte sich des Capes, das ihr bei jedem Windstoß um die Ohren flog.

»Ich eigne mich doch nicht zur Marilyn. Eher zum begossenen Pudel«, sagte sie.

Es war kalt und nass und windig, und trotzdem fühlte Helen sich warm von innen. Sie würde vielleicht niemals endgültig wissen, ob die Thalberg-Schwestern der größte Fluch oder das größte Glück füreinander bedeuteten. Im Moment tat es einfach gut, anzusprechen, was zwischen ihnen stand.

»Ich glaube dir«, sagte sie mit fester Stimme.

Yella schluckte schwer. »Manchmal weiß ich selbst nicht mehr, was wirklich geschehen ist und was ich mir einbilde.«

Der Wind trug ihre Worte davon.

»Ich hätte ihn aufhalten müssen«, sagte Yella.

Der Satz hing wie eine dunkle Regenwolke schwer in der Luft. Es war derselbe Satz, den Helen sich zwanzig Jahre lang vorgesagt hatte, der Satz, den Amelie ausgesprochen hatte. Vielleicht war es sogar ein Satz, der in Doros Kopf herumspukte. Vielleicht war das der Grund, warum sie oft so merkwürdig war.

Jede der vier Schwestern fühlte sich auf ihre Weise dafür verantwortlich, dass der Vater in der Nacht das Haus verlassen hatte. Jede der Sommerschwestern warf sich vor, dass sie den Unfall hätte verhindern können. Helen wusste aus eigener Erfahrung, dass kein Argument der Welt gegen diese Empfindung ankam. Vielleicht mussten sie lernen, mit dem amorphen und irrationalen Schuldgefühl zu leben. Sie nahm Yella einfach in den Arm, so nass wie sie war.

»Was ist mit den anderen Sachen?«, fragte Yella. »Der Zettel, die Ventile, der Mann, der uns im Auge behält?«

Helen zuckte die Achseln. »Nichts passt zusammen. Immer noch nicht.«

»Und wo war Doro?«

»Nicht in ihrem Zimmer, ich schwöre es«, sagte Yella.

»Wir müssen sie fragen«, sagte Helen.

»Kein guter Moment«, gab Yella zu bedenken.

Ihre Schwester war nach dem großen Krach aus ihrem Leben verschwunden. Lucy schrieb, dass Doro und Ludwig den ganzen Tag Krisengespräche führten. *Oma ruft alle fünf Minuten an,* berichtete sie.

Aber würde es je wieder einen passenden Augenblick geben?

»Du bist nicht für ihre Finanzmisere verantwortlich«, sagte Helen.

Yella war sich fast sicher, dass ihre große Schwester das anders sah. Ob sie noch Kontakt zu Amelie hatte? Helen hatte den Hollandurlaub organisiert, um ihre Geschwister wieder zusammenzubringen. Jetzt ging ein Riss quer durch die ganze Familie.

»Wir müssen uns noch ein paar Stunden gedulden«, sagte Yella. »Wenn jemand weiß, wo Doro in der Nacht war, dann ihre Freundin Milou.«

54. Halloween

»Schuhe aus«, brüllten Leo und Nick, als die beiden Schwestern klatschnass zu Hause eintrafen.

»Gut erzogen«, sagte Yella.

Helen lachte. »Wir haben mehr von unserer Mutter, als uns manchmal lieb ist.«

Der Geruch von warmem Kuchen zog anheimelnd durch das Haus, während sie in trockene Kleidung schlüpften.

»Wir haben gebacken«, sagte Amelie. »Das Familienrezept muss dringend in die nächste Generation getragen werden.«

Stolz präsentierten die beiden Jungen ihre Kuchen: »Welchen findest du besser?«, fragte Nick.

»Jeder hat einen gebacken«, sagte Amelie.

Vielleicht war es normal, dass Kinder auch Konkurrenten waren und sich gegenseitig übertrumpfen wollten? Yella sah sich bereits die nächsten sechs Tage Käsekuchen essen. Leo und Nick verlangten nach dem vielen Naschen nach einer Blutstulle: Käsebrot mit Ketchup.

Immer noch vier Stunden bis zur Dämmerung.

»Wie lange dauert das noch?«, fragte Leo, als Amelie sich verabschiedet hatte.

»Und wo sind unsere Lichter?«, maulte Nick.

»Alle Kinder vom Schwimmkurs machen mit«, beschwerte sich Leo. »Nur wir nicht.«

Yella betrachtete ratlos die Käsekuchen, die für eine Großfamilie gereicht hätten, und die mageren Reste bemalter Gläser, die Doros Wutanfall überlebt hatten. Leo und Nick sahen aus, als wollten sie in Tränen ausbrechen.

Todesmutig betraten sie zwanzig Minuten später auf den letzten Drücker das überfüllte Elektrogeschäft, wo der Kampf um die allerletzte Lichterkette ausgetragen wurde.

»Wir sind zu spät«, weinte Nick.

Überall gähnten leere Regale. Was auch immer hier zum Kauf angeboten worden war, würde in der Nacht an anderen Häusern erstrahlen. Am Ende ergatterten sie bei der Drogeriekette *Kruidvat* ein 24er-Paket LED-Teelichter, eine Lichterkette und vier Päckchen Glow-in-the-dark-Sticks.

Yella versuchte, ihre enttäuschten Kinder damit zu trösten, dass niemand von Touristen Einsatz erwartete. Ihre Erläuterung, dass das Fest von den Bewohnern Bergens ins Leben gerufen worden war, um sich auf besondere Weise bei ihren Sommergästen zu bedanken, fiel nicht auf fruchtbaren Boden.

»Das ganze Haus soll leuchten«, sagte Leo traurig. Unter »Mitmachen« hatte er sich wahrlich etwas anderes vorgestellt.

»Das kriegen wir schon hin«, versprach Yella todesmutig.

Sie legten einen zweiten Stopp in dem Laden für Künstlerbedarf ein, den ihr Vater so geliebt hatte: *Jonkmans. Art, Verf en Lijsten.* Während Yella die Reihen durchstreifte und fieberhaft überlegte, woraus sich etwas Eindrucksvolles basteln ließ, das Nicks und Leos hochgespannte Erwartungen auch nur im Ansatz erfüllte, blieb Helen am Schwarzen Brett hängen. Sie überflog die verschiedenen Angebote für Zeichenunterricht, Informationen über Atelierbesuche, Führungen durch die Kunstwelt und eine Einladung zur *Kunst10daagse,* zu einem Festival im Oktober, bei dem 300 Künstler an 160 verschiedenen Orten in beiden Teilen Bergens ausstellten: Malerei, Bildhauerei, Installationen, Fotografie, Radierungen, Keramik. Das Angebot war breit gefächert. Helen nahm alle Flyer, die sie finden konnte, mit. Noch immer warf das künstlerische Umfeld ihres Vaters Rätsel auf. Kein Wunder bei der Vielzahl Künstler, die sich hier auf allerkleinstem Raum versammelt hatten.

Yella war da keine große Hilfe: »Ich erinnere mich nur an dieses eine Atelier, in dem so viel Pfeife geraucht wurde, dass ich immer husten musste.«

Eine halbe Stunde später breitete Yella die magere Ausbeute auf dem Esstisch aus.

»Wir müssen improvisieren«, sagte sie.

Sie zeichnete Linien vor, die über mehrere Bogen des frisch erworbenen Pergamentpapiers liefen.

Nick und Leo verstanden das Konzept nicht so ganz, malten jedoch hingebungsvoll mit den neuen Wachsmalstiften die Felder aus, die Yella ihnen anwies. Sie hatte einen Plan, wie sie mit wenig Einsatz und noch weniger Mitteln das Haus zum Leuchten brachte.

»Was wird das?«, fragte Leo.

»Überraschung!«, sagte Yella.

Helen bügelte währenddessen die ausgemalten Papiere, bis die Wachsfarben schmolzen und durchscheinend wurden. Irgendwann hatten Leo und Nick genug und stürmten in den Garten.

Mit Hingabe befestigte Yella die Glow-in-the-dark-Sticks an den zu Laternen gerollten Papieren.

»Was soll das werden?«, fragte jetzt auch Helen.

»Abwarten«, sagte Yella und stürmte ins Kinderzimmer.

»Das ist Rudolfs große Stunde«, rief sie. »Endlich kann man den mal gebrauchen.«

Bei Einbruch der Dämmerung wurden Nick und Leo hereingerufen.

»Ihr wartet, ich mache alles fertig«, rief Yella.

Zehn Minuten später tauchte sie mit hochrotem Kopf im Wohnzimmer auf.

»Augen zu«, rief sie.

Im Gänsemarsch führte sie Leo, Nick und Helen nach draußen. Sie begutachtete noch einmal kritisch ihre Arbeit, bevor sie ihrer Familie das Gemeinschaftskunstwerk präsentierte.

»... und jetzt könnt ihr schauen«, sagte Yella.

Die Jungen sahen mit offenen Mündern, was Yella gezaubert hatte.

»Wow«, sagte Helen.

Leo und Nick sagten gar nichts. Sie waren einfach nur sprachlos und zutiefst beeindruckt.

Der Hausgeist hatte feurige Augen bekommen. Jeweils fünf Laternen bildeten in jedem der Fenster eine Einheit. Die unbegreiflichen Linien setzten sich jetzt zusammen zu zwei riesigen Pupillen, die Sticks bildeten die glühenden Wimpern. Seine Erkernase strahlte, und in der Tür thronte Horrorpinguin Rudolf. Seine Augen blinkten dämonisch. Leo und Nick hatten ihre Buttons vom Schwimmdiplom geopfert, die seinem diabolischen Antlitz den letzten Pfiff verliehen. Wie ein unheimliches Höllentier wachte er über einen Teller Käsekuchen und funkelte jeden böse an, der ihm oder dem süßen Backwerk zu nahe kam.

»Rudolf sieht aus, als wäre er von Halloween übrig geblieben«, meinte Helen.

»Halloween in der Geisterbahn«, korrigierte Yella.

Den Rest der Teelichter hatte Yella dazu genutzt, einen Pfeil zu legen, der auf Rudolf und den Kuchen hinwies. Davor stand ein Zettel.

Wie durft? Wer traut sich?

»Trick or treat?«, sagte Helen beeindruckt.

»Wenn schon Halloween, dann richtig.«

Rudolf entwickelte sich zum Star des Abends. Kein Kind, das mit den Eltern Richtung Zentrum zur offiziellen Eröffnung des Lichterabends unterwegs war, wollte es sich entgehen lassen, bei dem schaurigen Pinguin, der von einem Hausgeist bewacht wurde, etwas Leckeres zu holen.

»Wir müssen los«, sagte Yella schließlich.

Am eisernen Tor drehte Leo sich noch einmal nach dem unvermeidlichen Rudolf um. Noch war er sich nicht sicher, ob er ohne sein Kuscheltier aufbrechen konnte.

»Rudolf sieht froh aus«, sagte er.

»Ich glaube, wir können ihn heute Abend alleine lassen«, bestätigte Helen.

Leo nickte ernst. »Das Haus passt auf ihn auf.«

Der Geist aus Stein und der grimmige Pinguin bildeten eine perfekte Einheit.

55. Der erste Mittwoch im August

Das ganze Dorf war auf den Beinen. Freiwillige Helfer riegelten die Anfahrtswege Richtung Ortskern ab, der für den Autoverkehr gesperrt war.

Mit der feierlichen Eröffnung durch den Bürgermeister verwandelte sich Bergen in ein glitzerndes Wunderland. Kerzen, Teelichter, Lampions und Lichterketten ersetzten überall die nüchterne Straßenbeleuchtung. Discokugeln sendeten Lichtblitze über die Köpfe der Besucher. Überall schaukelten Kronleuchter in den schmalen Gassen.

»Wir sind im Feenland«, flüsterte Leo beeindruckt.

Staunend bewunderten die beiden Jungen die Kunstwerke aus Licht, die überall an Häusern und Fassaden um die Aufmerksamkeit der Passanten buhlten. Zehntausende leerer Gläser mit flackernden Teelichtern formten Herzen, Ornamente und Lichtinseln und konkurrierten mit funkelnden Lichterketten in Rot, Gelb, Grün und Blau. *Don't be afraid to shine. The world needs your light,* blinkte an einer Häuserfront. Überall gab es etwas Neues, noch Spektakuläreres zu sehen.

Die Schwestern ließen sich mit Leo und Nick mittreiben im Strom der Einheimischen und Touristen, der sich wie Lava in gemächlichem Tempo durch die feierlich erleuchteten Straßen drückte. Bis spät in die Nacht konnte man in den Läden einkaufen, die Restaurants waren bis auf den letzten Platz gefüllt.

Ein Hinweisschild lud zur Minigolfanlage ein, wo man sich an eine Partie wagen konnte. Helen zog Leo und Nick eilig weiter, bevor sie auf dumme Gedanken kamen. Bei den Thalbergs artete das Spiel grundsätzlich in Familienkrieg aus.

Lichtjesavond vereinte die diversen Gruppen, die dem Dorf seinen unverwechselbaren Charakter verliehen. Die alternative Szene vermischte sich mit dem Geld, Einheimische mit Touristen, das mondäne, reiche Bergen mit den Wohnwagenbesitzern vom Campingplatz, Freunde mit Fremden, und zwischendrin tänzelten die Exzentriker aus der Kunstszene. Die zauberhafte Atmosphäre hüllte sie alle in eine Wolke aus friedvoller Versöhnung. In den geschmückten Gärten wurde geplauscht und getrunken. Das Dorffest bot einen wunderbaren Anlass, bei Nachbarn und Freunden vorbeizuschauen, wechselseitig die diesjährigen Kunstwerke aus Licht zu bewundern und gemütlich zusammenzusitzen.

Helen schrak zusammen, als sie in der Menge auf einmal den bekannten Strohhut aufblitzen sah. Diesmal würde sie ihn nicht entkommen lassen. Diesmal würde sie ihn konfrontieren. Doch ebenso schnell, wie der Mann aufgetaucht war, verschluckte ihn die Menschenmenge wieder. Während Yella und ihre beiden Jungen sich von den Lichtinstallationen einfangen ließen, glitt Helens Blick fortwährend suchend über die Köpfe hinweg.

Wohin ihr Auge auch blickte, überall Strohhüte und Kameralinsen. Jede Frau mit längeren roten Haaren ließ sie stutzend innehalten. Hatte sich auch Yellas Sturmfrau unter die Menschen gemischt?

Helen und ihre Schwester wurden freundlich begrüßt. Immer wieder tauchten vertraute Gestalten auf: die Tigerlady vom Bäcker, Bram vom *Pannenkoekenhuis,* die Verkäuferin von *Jonkmans.* Während sich Helen, überwältigt von den Menschenmassen, hektisch umsah, schwatzte Yella mit Dorfbewohnern. Überall begegneten ihnen freundliche Gesichter. Manche wussten von früher zu erzählen.

»Wie schön, dass ihr wieder da seid.«

»Ich habe eure Eltern gekannt. Wir waren damals auch auf dem Camping.«

»Wie lange ist das jetzt her?«

»Ich sehe eure Familie noch vor mir. Am Strand hat sich jeder nach eurer Mutter umgedreht. Und eure große Schwester, die hat allen den Kopf verdreht.«

»Euer Vater kam öfter bei mir im Atelier vorbei. Er fragte mir Löcher in den Bauch.«

Der reichlich fließende Alkohol und das Gefühl allgemeiner Verbrüderung lösten die Zungen. Die Begegnungen waren überwältigend: schön, traurig und großartig zugleich. Unbekannte sprachen sie an und berichteten von ihrem Vater. Mehr noch jedoch von ihrer Mutter, die einen unauslöschlichen Eindruck hinterlassen hatte.

»Ich will zur Feuerwehr«, schrie Nick und zerrte sie ungeduldig Richtung Wache.

Eine grüne Lichterkette markierte die Umrisse des Leiterwagens der *brandweer,* als hätte ein Kind seine Konturen mit Leuchtstift in den Nachthimmel gemalt.

»Ich will auch Feuerwehrmann werden«, erzählte Nick weiter. »Oder Brückenspringer. Oder Batman. Oder ein Papa.«

Während Yella gerade noch verhindern konnte, dass Nick

ein unfreiwilliges Bad im farbig beleuchteten Brunnen vor der Wache nahm, eilte Leo bereits zur nächsten Attraktion. Er wies aufgeregt auf ein Haus, dessen enormer Stufengiebel mit blinkenden Lampen geschmückt war.

»Die Treppe führt in den Himmel«, flüsterte der Siebenjährige ehrfürchtig. »Zu Opa.«

Yella schluckte eine Träne herunter. Seit dem Jahrestag brannte vor einem kleinen Porträt ihres Vaters eine Kerze auf dem Kaminsims. Zum ersten Mal in seinem jungen Leben hatte Leo wirklich begriffen, dass Yella als Kind ihren Vater verloren hatte. Er war geradezu erschüttert davon, dass Yella keinen Papa mehr hatte.

»Dafür hast du jetzt mich«, hatte er ihr zugeflüstert. »Und Nick. Und Papa. Und Rudolf«, fügte er noch hinzu. Sein Gerechtigkeitssinn war ebenso ausgeprägt wie sein Bedürfnis, Trost zu spenden. Er wollte niemanden ausschließen. Noch nicht mal den Pinguin. Er war ganz gerührt, dass überall Kerzenlichter brannten.

»Opa kann uns ganz bestimmt sehen«, sagte er.

Helen blieb währenddessen bei der Feuerwache hängen. Sie erschrak, als sie unter den Anwesenden ausgerechnet Fleur erkannte, die sich seit der unschönen Trennung von Thijs offenbar mit einem Feuerwehrmann tröstete. Als sie sich das erste Mal begegnet waren, war sie mitten im Umzug und wirkte wie erloschen. In der Bäckerei hatte sie gar die Flucht ergriffen. Jetzt war sie aus ihrem Kokon von Bitterkeit geschlüpft und der Mittelpunkt eines lebhaften Gesprächs. Helen starrte einen Moment zu lange. Fleur wandte sich plötzlich in ihre Richtung. Ihre Miene veränderte sich augenblicklich. Sie raunte ihrem Begleiter etwas zu. Auf einmal richteten sich zig Augenpaare auf Helen.

»Du musst Fleur kennenlernen«, hatte Amelie gesagt. »Sie ist wirklich nett.«

»Wir müssen Richtung Kirche«, drängte Yella.

Sie ging einer weiteren Konfrontation mit der Ex ihres neuen Stiefvaters lieber aus dem Weg.

»Ich will noch schnell was erledigen«, sagte Helen.

Yella schauderte vermutlich bei dem bloßen Gedanken, dass es dort jemanden geben konnte, der als Ersthelfer beim Unfall dabei gewesen war.

»Ich will es gar nicht so genau wissen«, hatte sie gesagt, als sie ihr von dem Zeitungsbericht erzählte. »Die Bilder wird man nie wieder los.«

Helen sah es anders. Das hier war ihre einzige Chance, jemanden zu treffen, der beim damaligen Einsatz dabei war.

»Bist du dir sicher?«, fragte Yella.

Helen atmete tief durch. Das musste sie jetzt aushalten.

Wie angekündigt, hatte sich zum Lichterabend eine bunte Gesellschaft aus Aktiven und Ehemaligen an der Feuerwache versammelt. Fleur sah aus wie ein Kaninchen, das stocksteif auf den Angriff der Schlange wartete. In ihrem Gesicht zeichneten sich tausend verschiedene Emotionen ab, als Helen näher trat. Thijs' Ex blickte sich hektisch um, als wolle sie sich davon überzeugen, dass sie wirklich gemeint war. Amelie, die in allen Menschen nur das Gute sehen wollte, hatte sich in Fleur getäuscht: Richtig erfreut war sie nicht über Helens Anwesenheit. Sichtlich unsicher, wie sie mit der Konfrontation, die in Gestalt von Helen auf sie zukam, umgehen sollte, bewegte ihr Unterkiefer sich von einer Seite zur anderen.

Helen war ähnlich befangen. Noch zwanzig Schritte, sich eine Strategie zurechtzulegen. Noch neunzehn, achtzehn. Fleur fällte eine Entscheidung. Sie sprang auf, ging zum Tisch mit den Getränken und kam mit einem Glas Wein auf Helen zu.

»Ich muss mich entschuldigen«, platzte sie heraus. »Wir hatten einen Fehlstart. Das mit dem Fahrrad war blöd von mir. Kindisch.«

Helen atmete scharf ein. Fleur wirkte auf sie recht zerknirscht.

»Am Ende hat Thijs mir einen Gefallen getan«, berichtete sie. »Ohne ihn wäre ich immer noch unglücklich. Vielleicht musste es so kommen.«

Sie blickte sich um zu ihrem Feuerwehrmann, der ihr aufmunternd zunickte.

»Ich habe eine Frage zu dem Unfall«, sagte Helen.

»Ich weiß nichts, ich weiß gar nichts«, sagte Fleur. »Da musst du mit Jan sprechen. Jan Dekker, unser Ehrenvorsitzender. *Jan, kom je even?*«

56. Göttliche Stimmen

Die Mauern der Petrus- und Pauluskirche erhoben sich in flammenden Rot-, Orange- und Grüntönen. Als Yella durch das Portal trat, hüllte sie der überwältigende Hauch warmen Paraffins ein. Man könnte fast religiös werden, so erhebend war es, in den Bauch der mit Kerzenlicht erleuchteten Kirche zu treten. So ähnlich hatten Gotteshäuser wohl in früheren Jahrhunderten ausgesehen und gerochen. Die zuckenden Flammen warfen sachte tanzende Schatten an die hohen Ziegelmauern.

Das Konzert hatte bereits begonnen. Vier himmlische Stimmen verschränkten sich, mal trat eine in den Vordergrund, glänzte für ein paar Atemzüge und glitt dann wieder sachte in den Hintergrund. Disharmonien vibrierten in der Luft, lösten sich auf und verschmolzen wieder zu einer Einheit.

Yella drückte sich mit Nick und Leo in eine der letzten Reihen. Das Zusammenspiel aus zauberhaftem Licht und melancholischer Musik ließ sie für einen Augenblick vergessen, was ihre eigentliche Mission war. Für die Dauer eines gregorianischen Chorals fiel alle Anspannung von ihr ab. Einen Moment lang fragte sie sich nicht mehr, was gestern geschehen war oder morgen anstand. Ein Hochgefühl ergriff sie. Die Feierlichkeit steckte sogar die beiden Jungen an. Normalerweise ging es in Yellas Familie immer laut zu. Jetzt sogen die beiden überwältigt die einzigartige Stimmung auf.

»Wie viele Kerzen sind das, Mama?«, fragte Leo.

Die Antwort kam aus der Reihe vor ihnen: »1400«, flüsterte ein älterer Herr ihnen zu. »Wir sind seit acht Uhr damit beschäftigt gewesen.«

Wo war Milou? Auf den Stufen zum Altar brillierten vier Sänger mit ihrem Können. Der Bariton, ein Mann um die fünfzig, mit Brille und wenig Haar, sah aus wie jemand, der sich im richtigen Leben nur mit Büchern beschäftigte, daneben wiegte sich eine gleichaltrige Frau mit hochgestecktem Haar und erstaunlich kurzem Kleidchen im Takt der Musik, die jungen Frauen daneben waren kaum zwanzig und dunkelhäutig. Yella hatte schon fast die Hoffnung aufgegeben, als für das Solo eine fünfte Sängerin aus dem Halbdunkel trat. Milou!

Doros Campingplatzfreundin schaffte es mühelos, mit einem komplett schwarzen Outfit und einem simplen Pferdeschwanz herauszustechen. Sie trug einen hautengen dünnen, ärmellosen Rollkragenpullover, auf dem eine goldene Kette mit kreisrundem Medaillon glänzte, und eine weite schwarze Hose, deren schräger Bund einen Hinweis lieferte, wie teuer sie gewesen sein musste. Yella sah sich suchend um. Wo blieb Helen nur?

Vom ersten Ton an verzauberte Milous klarer Sopran die Zuhörer. Milou hatte manchmal bei ihrer Campingplatzgruppe *Doro und der Rest* mitsingen dürfen. Nie war aufgefallen, was für eine schöne Stimme sie hatte. Doro hatte die Soli lieber für sich selbst in Anspruch genommen. Glockenhell klang nun ihr Lied über vergangene Lieben durch die Kirche.

Are you going to Scarborough Fair?
Parsley, sage, rosemary, and thyme
Remember me to one who lives there
She once was a true love of mine

Gänsehaut kroch über Yellas Arme. Die bekannte Melodie schlug die Brücke zwischen gestern und heute. Milou sang sehr langsam, sodass jeder einzelne Ton glänzen und wieder verhallen konnte. In den Pausen, in denen der Hall jede Mauerritze erreichte, spürte man die atemlose Ergriffenheit ihrer Zuhörer. Selbst Nick und Leo ließen sich von der Stimme einfangen.

Als der donnernde Applaus verklungen war, reihte Yella sich in die Schar der Gratulanten und Bewunderer ein, die Milou umschwärmten.

Sie trat auf sie zu und erstarrte. Auf dem riesigen Medaillon an ihrer Kette war gut sichtbar ein Datum eingraviert. Yella erkannte die Ziffern sofort. Milous Kette zierte dasselbe Datum, das sie als Tattoo in der Nähe ihres Herzens trug. Es war das Datum der Unfallnacht.

57. Seemannsgarn

Jan Dekker wusste gar nichts. Der große, schwere Mann war sichtlich aus der Form und wohl schon lange aus dem aktiven Dienst bei der Feuerwehr ausgeschieden.

Der Mann schüttelte traurig den Kopf. »Leider habe ich Ira nicht mitgemacht«, sagte er.

Helen war sich nicht sicher, ob er betrübt war, ihr nicht weiterhelfen zu können, oder bedauerte, den legendären Sturm verpasst zu haben.

»Aber Henk weiß vielleicht etwas.« Von Henk ging es zu Bart, Cees, Frank, zu Karin von der Telefonzentrale, Laurens, Dick, Lola, der Witwe des ehemaligen Kommandanten, und wieder zurück zu Jan Dekker. Helen wurde herumgereicht wie ein Wanderpokal. Es gab Anglerlatein, Seemannsgarn und Feuerwehrgeschichten. Mit jedem Jahr, das verging, wurden die Flammen höher, die Brände dramatischer, die Einsätze legendärer. Jeder aus dem Korps hatte etwas über Sturm Ira zu erzählen. Manche aus erster, viele nur aus zweiter und dritter Hand.

»War das nicht die Nacht, in der die Strandhütte *Parnassia* abgebrannt ist?«

»Nein, das war später.«

»Das war nicht *Parnassia,* das war *Duinroos*. Und das war während des Schneesturms.«

»Der Unfall auf dem Zeeweg.«

»Der Motorradfahrer?«

»Der VW-Bus, der Tage in den Dünen lag, weil alle Bergegeräte im Einsatz waren.«

Die Feuerwehrleute waren unendlich bemüht. Sie wollten alle ihre Geschichten mit Helen teilen. Alle. Jeder. In allen Einzelheiten. Helen war gerührt: Diese großen, mutigen Männer, die ihr Leben riskierten, um anderen in lebensbedrohlichen Situationen zu helfen, waren ganz weich. Jeder von ihnen hatte während seiner aktiven Laufbahn tödliche Dramen erlebt, die Spuren in ihrer Seele hinterlassen hatten. Sie litten mit Helen und ihrer Familie mit. Nach Sturm Ira hatte die Feuerwehr einen Psychologen eingestellt. Das Schicksal von vier Kindern, die den Vater verloren hatten, hatte keinen im Korps kaltgelassen.

»Er muss auf einen Schlag tot gewesen sein«, sagte einer der Männer. »Er hat vermutlich gar nicht mitbekommen, was passiert ist.«

Dass jemand auf der Suche nach den Helfern von einst war, rührte die Feuerwehrleute. Eilig holten sie selbst den wachhabenden Offizier vom Polizeiposten heran. Der wusste den Namen des früheren Pressefotografen.

»Aad war so lange im Dienst, gut möglich, dass er auf dem Zeeweg fotografiert hat.«

Er wohnte gleich um die Ecke und kam sofort vorbei. Informationen über den Unfall hatte er nicht. Er war nur bei dem Trauermarsch dabei gewesen.

An ihrem Gesicht las er ab, dass sie noch nie davon gehört hatte.

»Wusstest du das nicht?«, fragte Aad.

»Der Campingplatz hatte den stillen Marsch organisiert«, sagte er. »Ich habe deiner Mutter Fotos davon geschickt.«

Helen schüttelte traurig den Kopf. Die Mutter hatte die Fotos für sich behalten. Wie so vieles.

58. Wiederbegegnungen

»Yella«, rief Milou aus.

Yella hatte es die Sprache verschlagen. Sie konnte ihren Blick nicht abwenden von dem goldenen Medaillon. Milous Finger tasteten nach ihrer Kette.

»Das ist der Abend, an dem ich meinen Zukünftigen kennengelernt habe«, sagte sie fröhlich.

Noch bevor Yella etwas entgegnen konnte, drängte ein Mann in ihr Gesichtsfeld. Er nahm Milou in den Arm und küsste sie.

»Gefeliciteerd, lieverd«, sagte er. *»Zo mooi.«*

Herzlichen Glückwunsch, Liebes. So schön.

Ein kleines Mädchen mit langen blonden Zöpfen sprang an ihr vorbei.

»Papa, Papa, kijk eens.«

Der Mann drehte sich wie in Zeitlupe um. Yellas Herz blieb fast stehen, als sie Frenkie erkannte. Mit seinem Bart sah er erschreckend erwachsen aus. Der schüchterne Junge von damals hatte sich in einen Mann und Vater verwandelt. Und in den Gatten von Milou.

Über einem leuchtend weißen Hemd trug er eine leichte, blau-weiß gestreifte Anzugjacke, dazu passende kurze Hosen. Seine durchtrainierten, braun gebrannten Beine steckten in teuren Loafers.

»Aurelia«, rief er. *»Ik zoek je overal.«*

Er fing das Mädchen, das in Leos Alter war, auf und schwenkte es herum, bis sein Blick in ihre Richtung fiel. Wie vom Donner gerührt setzte er seine kleine Tochter ab. Einen endlosen Moment lang verfingen sich ihre Augen ineinander, neugierig und befangen zugleich.

»Yella«, rief er und hob verlegen die Hand.

»Wir haben schon gehört, dass ihr wieder in Bergen Urlaub macht«, sagte Milou aufgeweckt. »In der *Villa Vlinder.*«

Yellas Gedanken überschlugen sich. Sie wollte Frenkie in ihrem Kopf bewahren. So wie er als Sechzehnjähriger gewesen war. Ihr Leben war kompliziert genug. Sie war endlich in der Gegenwart angekommen. Einen weiteren Realitätsschock konnte sie wahrlich nicht gebrauchen.

Milou erkannte ihre Verwirrung.

»Wir haben uns im Sturm kennengelernt. Die Nacht war ein einziges Drama. Aber sehr lustig in der Rückschau.«

Frenkie sah aus, als wolle er am liebsten im Boden versinken. Milou bemerkte seinen Blick und realisierte ihren Fehler.

»Ich meine, ich wusste … wir wussten natürlich nicht …«

Die Situation war nicht mehr zu retten.

»Wir haben erst später vom Unfall gehört«, platzte Milou heraus.

Frenkie trat verlegen von einem Bein aufs andere. Milou kleisterte ihren Fauxpas mit weiteren Worten zu.

»Ich mochte deinen Papa. Wir haben einen Trauermarsch für ihn organisiert und sind alle zusammen vom Campingplatz zur *Villa Vlinder* und dann zur Unfallstelle gelaufen. Wir haben Kerzen abgestellt und gesungen.«

Yella hatte noch nie darüber nachgedacht, was in Bergen nach dem Tod ihres Vaters geschehen war.

»Wir waren beide so traurig. Der Sturm hat dafür gesorgt, dass wir uns nähergekommen sind. Ohne Ira gäbe es uns nicht«, sagte sie.

Yella hatte sich nie Gedanken darüber gemacht, dass das Unglück auch außerhalb ihrer Familie Spuren hinterlassen haben könnte. Es war das erste Mal in ihrem Leben, dass jemand nicht ausschließlich negativ über die Sturmnacht sprach. Sie hatte immer nur gesehen, dass an diesem Abend etwas endete. Nun realisierte sie, dass in diesem Moment für andere etwas begonnen hatte. Das Schicksal war ein merkwürdiger Zeitgenosse.

»Ich mochte euren Papa«, wiederholte Milou. »Wir waren alle fix und fertig.«

Sie verstummte wieder. So wie so viele nach dem Unfall verstummt waren. Die meisten Menschen in ihrer Umgebung waren ratlos gewesen, wie sie mit der Situation umgehen sollten, und vermieden den Kontakt mit dem Trauerhaus. Auch Milou hatte sich nie wieder gemeldet. Trotz aller Betroffenheit.

»Ist schon in Ordnung«, sagte Yella.

Frenkie sah wie paralysiert über sie hinweg. Yella drehte sich um und erblickte erleichtert Helen.

Ihre Jugendliebe fuhr sich fahrig durch die Haare, seine Augenlider zuckten nervös. Helen war mindestens genauso verwirrt.

»Helen«, begrüßte Milou ihre Schwester. »Was macht ihr hier? Wie geht es euch? Gut seht ihr aus. Ich habe euch sofort erkannt. Ihr habt euch kein bisschen verändert.«

Helen starrte Frenkie fassungslos an.

»Warum kommt ihr nicht mit zu uns?«, rief Milou in die plötzliche Stille hinein. »Wir müssen unser Wiedersehen begießen.«

Aurelia rannte zur Bank zurück und überreichte ihrem Vater seine Kopfbedeckung.

»Papa, je bent je hoed vergeten.«

In der Hand schwenkte sie einen Strohhut mit einem gestreiften Band. Es war ein Stetson. Auf einmal dämmerte Yella, was Helen so irritierte.

59. Das ungelebte Leben

Frederik Visser, Milou van Beek, Aurelia. Das Schild an der Tür beantwortete mit einem Schlag Helens Frage, warum sie den ehemaligen Surfer nicht hatte finden können. Frenkie war nur ein Spitzname, wie sie schon vermutet hatte. Darunter befanden sich Angaben zu einer ganzen Reihe von Firmen, die darauf schließen ließen, dass die beiden inzwischen vor allem im Finanz- und Investmentbereich tätig waren.

»Kommt rein«, rief Milou.

Das hypermoderne Anwesen an der Eeuwigelaan war von innen noch beeindruckender als von außen. Der schneeweiße glänzende Bungalow wies enorme Fensterfronten auf. Jedes einzelne Zimmer bot einen Ausblick in den kunstvoll ausgeleuchteten, paradiesischen Garten, der parkähnliche Größe hatte.

»Wir sind vor einem Jahr ganz hergezogen«, erzählte Milou. »Nach dem Tod meines Vaters hielt mich nichts mehr in Amsterdam.«

Wie oft waren die Thalberg-Schwestern an den riesigen Anwesen vorbeigeradelt und hatten sich vorgestellt, wie es wäre, in so einer Villa zu wohnen? Helen trat ein in den hochmodernen Glaspalast und fror. Das Wohnzimmer war vor allem eins: kalt. Helen hatte bei Paul genug Wohnzeitschriften durchgeblättert, um die Designklassiker zu erkennen. Hier ein hingeworfener

Lounge Chair von Eames, dort die Liege von Le Corbusier. Neben einem im Boden versenkten modularen Sofa, das Platz für zwei Dutzend Leute bot, stand ein lebensgroßes schwarzes Pferd, das über dem Kopf einen schwarzen Lampenschirm trug. Die offene Designer-Küche wurde dominiert durch einen gigantischen Tisch, der patchworkartig aus recyceltem Altholz zusammengesetzt und mit einer dicken Lage Epoxy übergossen war. Darüber hing die »Comic Explosion« des Münchner Lichtkünstlers Ingo Maurer: eine drei Meter große Skulptur aus Stahl, Aluminium und Kunststoff. Zwischen zerberstenden Acrylplatten, manche verziert mit schwarz-weißen Comiczeichnungen, blitzten knallrote Buchstaben auf, die das Wort *Boom* bildeten. So ein dreidimensionales Lichtobjekt kostete ein Vermögen. Um den Tisch standen Dutzende Plastikschalenstühle von Vitra.

»Ich hätte mir nie vorstellen können, in dem Bunker zu wohnen«, sagte Milou, die ihre Blicke registriert hatte.

»Bunker?«, fragte Helen.

»Zu euren Zeiten war das noch ein Rohbau«, sagte sie. »All diese geraden Betonmauern und die kleinen Fenster. Das Haus sah schauderhaft aus. Wir haben ein Jahr lang Wände rausgerissen und umgebaut.«

»Bunker?«, wiederholte Yella. »Der von der Party?«

Milou nickte: »Erst wollten wir in einen der Bunker in den Dünen. Aber der Weg war im Sturm viel zu weit. Und dann sind wir einfach hier eingebrochen.«

An einen Bunker erinnerte das klinische ballsaalgroße Wohnzimmer wahrlich nicht mehr. Eher an ein Museum. Yella bestaunte vor allem die Kunstsammlung an den Wänden. Originale. Hier ein Braque, da ein Willem de Kooning, dort ein

Karel Appel. Manche Stile konnte Yella unschwer berühmten Malern zuordnen. Andere waren ihr unbekannt.

»Dieses hier ist toll«, sagte sie und wies auf ein abstraktes Kunstwerk.

»Das ist von Aurelia«, sagte Milou. »Die geht jeden Samstag in die Malschule.«

Die Tochter eskortierte Leo und Nick in ihr Kinderzimmer, während Milou einen Willkommens-Drink einschenkte. Frenkie rutschte ungemütlich auf seinem Sitz hin und her und sagte wenig. Helen ließ Yellas alte Flamme keine Sekunde aus den Augen. Sie traute ihm nicht über den Weg. Es verwunderte sie kein bisschen, dass ihr Verfolger jemand war, den sie von früher kannten. Wann immer er Helens Blick auffing, zuckte er merklich zusammen.

Milou breitete die Geschichte ihres Kennenlernens in allen Einzelheiten aus.

»Die Sturmparty war eine einzige Katastrophe. Erst tauchte die Polizei auf, dann wollten sie uns nicht gehen lassen, bis meine Mutter anrauschte und eine Riesenszene veranstaltet hat. Vier Stunden in Polizeigewahrsam. Das hat uns für immer zusammengeschweißt.«

Sie erzählte in leuchtenden Farben von der Nacht, die ihrer aller Leben durcheinandergewirbelt hatte, immer mit einem kleinen Anflug von schlechtem Gewissen.

Frenkie schwieg zu alledem. Helen hatte den merkwürdigen Eindruck, dass er vor seiner Frau nicht offen sprechen konnte.

Milou fing die eigenartige Stimmung auf.

»Ich mache uns einen kleinen Snack«, rief sie und hastete Richtung Küche. Yella folgte ihr. »Kann ich helfen?«

»Ich glaube, wir sind uns vor ein paar Tagen schon mal über den Weg gelaufen«, sagte Helen.

Frenkie schüttelte den Kopf. Seine Augen flitzten in alle Richtungen, als ob er die Fluchtwege überprüfte. Erst als Milou Richtung Küche verschwunden war, konnte er frei reden.

Frenkie ging in die Vorwärtsverteidigung: »Ich konnte es nicht glauben«, sagte er. »Ich war mir nicht sicher, als ich dich radeln sah. Und dann wollte ich am nächsten Tag nach unserem Boot schauen. Wir haben einen Katamaran. Er liegt an der Surfhütte.«

»Du hast Fotos gemacht.«

»Ich war mir nicht sicher.«

Er sah sich nervös nach seiner Frau um. Wohl um sicherzugehen, dass sie ihn nicht hören konnte.

»Sie kann sehr eifersüchtig werden«, sagte er.

Helen schwieg.

»Milou hängt an der Geschichte, wie der Sturm uns zusammengebracht hat. Sie sagt, dass sie sich in der Nacht in mich verliebt hat. In Wirklichkeit sind wir erst Jahre später zusammengekommen.«

In Helens Kopf setzte sich einiges zusammen. Vielleicht war ja alles ganz einfach? Ein schüchterner Mann, der heimlich einer Jugendliebe hinterherlief. Früher war er verlegen, heute verheiratet, in beiden Fällen verbog und verbarg er sich. Das altbekannte Muster: Die Männer, die im Hause Thalberg auftauchten, waren vor allem an ihren älteren Schwestern interessiert. War sie einer Verschwörungstheorie aufgesessen, die sie selbst in die Welt gesetzt hatte? War ihr Verfolger in Wirklichkeit ein Stalker?

Rot op. Der Zettel an der Autoscheibe fiel ihr wieder ein.

Konnte dieser harmlose, freundlich wirkende Mann für die Drohung verantwortlich sein? Was hatte er zu befürchten?

Milou teilte Snacks aus.

»Wie geht es eurer Mutter?«, fragte sie. »Sie war immer der Motor. Ohne sie war es für Mama in Bergen nur noch halb so lustig.«

Aus dem oberen Stockwerk tönte wütendes Kindergeschrei. Aurelia stritt sich ganz offensichtlich mit Nick.

Yella sprang auf. »Es klingt, als würden die beiden sich die Köpfe einschlagen«, sagte sie.

»Ich schaue nach Aurelia«, sagte Frenkie mit Blick auf Milou.

60. Stürmische Nächte

Yella wusste nicht, was sie fühlen sollte. Sie stand in dem enormen Treppenhaus einer Villa, zusammen mit dem Mann, der einmal ihre erste große Liebe gewesen war. Seine grauen Augen blickten sie ebenso neugierig an wie damals. Sie waren gemeinsam am Strand gewandert, hatten Seite an Seite in windgeschützten Dünenpfannen gelegen, wo sie gemeinsam Musik gehört und endlos geredet hatten: über ihre Familien, über Freunde, über das Leben, das sie einmal führen wollten. Er hatte ihr eine Kassette mit seinen Lieblingsliedern geschenkt, die fünf Umzüge überlebt hatte. Neulich hatte David das alte Band gefunden und in seinem alten Kinderzimmer im Potsdamer Haus seiner Eltern abgespielt.

»Derjenige, der das für dich zusammengestellt hat, muss dich sehr gemocht haben«, sagte er.

Worüber sprach man nach so vielen Jahren Funkstille? Als sie sich heimlich geküsst hatten, hatte sie geglaubt, ihre Liebe sei für immer. Der Kuss hatte ihr Leben verändert, aber in einer anderen Weise, als sie sich das erträumt hatte. Frenkie war der Anlass gewesen, warum sie im Streit mit ihrem Vater auseinandergegangen war. Diese letzte Auseinandersetzung hatte dafür gesorgt, dass er sich für immer in ihr Gedächtnis geschrieben hatte.

»Du hast es gut getroffen«, sagte Yella. »Ein schönes Haus.«

Fand sie das wirklich? Es war verwirrend, dass sie den Frenkie, der ihr hier gegenüberstand, kaum in Einklang bringen konnte mit dem relaxten Surfer von früher. In ihren Teenagerträumen war nur von großen Abenteuern, nie vom großen Geld die Rede gewesen.

»Du hast mir damals das Herz gebrochen«, sagte Frenkie.

»Ich?«, sagte sie.

»Ich habe die halbe Nacht auf dich gewartet.«

Yella sah ihn überrascht an. »Bei der Party?«

»Bei der Bushaltestelle«, sagte er. »Bei euch in der Straße.«

»Wieso?«, fragte Yella.

Jetzt war es an Frenkie, verblüfft zu sein.

»Ich wollte dich so gerne sprechen. Ich wusste, dass euer Urlaub bald vorbei war.«

»Woher hätte ich wissen sollen, dass du dort wartest?«, fragte Yella.

»Der Brief. Ich hatte Doro einen Brief für dich mitgegeben.«

Er verstand, was ihr ratloses Gesicht bedeutete.

»Das war die Einladung zur Bunkerparty«, sagte Yella.

»Der Brief war nur für dich«, sagte Frenkie. »Du hattest Hausarrest …«

»Sie hat erzählt, du hättest sie zur Sturmparty eingeladen.«

»Ohne dich wollte ich da überhaupt nicht hin«, sagte er.

»Warum bist du nicht zur *Villa Vlinder* gekommen?«

»Bin ich doch«, sagte Frenkie. »Ich habe Steinchen gegen das Fenster geworfen, aber der Wind hat jedes Geräusch geschluckt.«

»Die Hexe«, sagte Yella unwillkürlich.

Amelie hatte sich das Klopfen nicht eingebildet. Da war wirklich jemand vor dem Haus gewesen.

»Es war unheimlich«, sagte Frenkie. »Die Eiche ächzte und

schwankte. Ich hatte wirklich Angst, sie fällt mir auf den Kopf. Und auf einmal kam diese Frau und klingelte bei euch.«

Yella schluckte schwer. Frenkie war in der Sturmnacht an ihrer Ferienunterkunft aufgetaucht. Er hatte gesehen, was auch sie gesehen hatte.

»Ich habe gewartet und gewartet. Und dann stand plötzlich Doro hinter mir«, sagte er.

»Meine Schwester?«, fragte Yella.

»Sie brauchte Kleingeld«, sagte Frenkie.

»Für den Bus?«

»Zum Telefonieren. Ich habe ihr mein Handy geliehen. Ich hatte es gerade zum Geburtstag bekommen und war furchtbar stolz darauf.«

»Das Nokia«, sagte Yella. »Todschick. Ich habe Jahre darum gebettelt.«

»Sie telefonierte so lange, dass euer Vater mich beinahe erwischt hätte, als er mit der Frau nach draußen kam.«

Yella wurde schwindelig. Bedeutete das nicht auch, dass Doro die Frau gesehen hatte?

»Hast du mitbekommen, mit wem sie so dringend telefonieren musste?«

Er wand sich ein bisschen, bevor er mit der Wahrheit herausrückte.

»Mit eurer Mutter«, sagte er.

Yella schnappte nach Luft. Sie hatte mit allem gerechnet, aber nicht damit.

»Unserer Mutter?«

»Ich habe die Nummer angerufen. Ich war neugierig.«

Er machte eine Pause.

»Sie dachte, es wäre Doro. Sie hat gesagt, ich soll nicht mehr anrufen. ›Mach dir keine Sorgen. Wir haben das im Griff. Ich rede mit deinem Vater!‹«

Derselbe Satz, den auch ihr Vater gesagt hatte. Wir regeln das.

»Ich dachte, sie hat mich verpfiffen. Also bin ich nach Hause gelaufen. Auf dem Weg haben mich ein paar meiner Surfkollegen aufgegabelt. So bin ich doch noch hier gelandet.«

»Doro war nicht auf der Party?«

Frenkie schüttelte den Kopf.

»Du hast nichts verpasst. Die meisten Eltern hatten ihren Kindern verboten, an der Sturmparty teilzunehmen. Wir waren zu zehnt. Und dann kam auch noch die Polizei. Milou und ich haben die halbe Nacht auf der Wache durchgebracht.«

Yella versuchte, im Kopf zusammenzusetzen, was sie eben gehört hatte. Sie hatte die Frau nicht erfunden.

»Ich hatte immer das Gefühl, unsere Geschichte könnte weitergehen«, sagte er. »Ich habe das ganze Jahr darauf gewartet, dass es wieder Sommer wird. Und dann kamt ihr nicht zurück.«

»Du hast Milou gefunden«, sagte sie.

»Milou und ich sind erst Jahre später wirklich zusammengekommen«, sagte Frenkie. »Aber sie liebt die Anekdote mit dem Sturm und der Polizei. Sie besteht darauf, dass wir uns in dieser Nacht verliebt haben.«

Yella schloss die Augen. Das war alles so verwirrend.

»Manchmal frage ich mich, was ohne Ira aus unseren Leben geworden wäre«, sagte Frenkie.

In diesem Moment flog ein Feuerwehrauto durch die offene Tür des Kinderzimmers.

»Ich muss die Kinder ins Bett bringen«, sagte Yella.

»Sehen wir uns noch einmal?«, fragte Frenkie.

Yella wagte nicht, darauf eine Antwort zu geben.

61. Die Kunst der Beobachtung

Helen stand in der Tür und beobachtete, wie Yella die Kinder schlafen legte. Die Routine verschaffte ihr einen Moment der Ruhe, um die Ereignisse des Abends sacken zu lassen. Sie beneidete Yella: Was auch immer in ihrem Leben geschah, die Kinder boten Halt und eine Aufgabe.

»Können wir nächstes Jahr mit Papa herkommen?«, fragte Nick, als Yella ihn zudeckte.

Die Brüder waren sich diesmal einig.

»Lichterabend ist wie Weihnachten«, tönte Leo aus dem oberen Bett.

»Nur ohne Geschenke«, sagte Nick traurig.

»Und mit weniger Essen«, sagte Yella.

Und der Krach kommt noch, dachte Helen.

»Wenn wir wieder da sind, müssen wir einen Drachen kaufen. Du hast versprochen, dass wir einen Drachen zu Opa in den Himmel schicken.«

»Und ich will in richtig hohen Wellen schwimmen«, sagte Leo.

Helen lächelte. Das Nordseefieber hatte die beiden gepackt.

Leo drehte sich glücklich um. Er vergaß sogar, dass er ohne seinen Pinguin nicht schlafen konnte.

Helen eilte in den Garten, nur um festzustellen, dass Rudolf spurlos verschwunden war. Irgendjemand hatte den Terrorpinguin, der den Eingang der *Villa Vlinder* bewacht hatte, mitgenommen.

Ihr Blick fiel auf das unheimliche Haus von gegenüber. Das ganze Dorf war für *Lichtjesavond* zusammengekommen, in dem Hexenhaus wachte diese einsame Seele, der sie sich auf ominöse Weise nahe fühlte. Ab und an hielt ein Wagen einer Supermarktkette vor dem Haus und stellte Einkäufe vor der Tür ab. Sonst hatte Helen noch nie einen Besucher gesehen. Vielleicht freute der Eigenbrötler sich, wenn jemand bei ihm vorbeikam. So wie sie sich gefreut hätte, wenn nach dem Unfall Menschen auf sie zugekommen wären. Milou und ihre Familie waren nicht die Einzigen gewesen, die sich nie wieder bei ihnen gemeldet hatten, weil sie nicht mit der Situation umgehen konnten.

Helen nahm das allerletzte Stück Käsekuchen, das einsam auf dem Teller auf einen Kuchenliebhaber wartete, überquerte die Straße und klingelte. Innen schlug ein wütender Hund an. Es klang nach Rottweiler oder Schäferhund. Nichts geschah.

Als sie das zweite Mal den Knopf drückte, realisierte sie, dass das Gebell an die Klingel gekoppelt war. Sollte die Lautsprecheranlage etwa einen bissigen Wachhund imitieren? Sie kannte keinen Einbrecher, der erst mal höflich klingeln würde. Das ärgerliche Gebell war wohl eher eine Botschaft an ungebetene Gäste.

Helen ließ sich nicht einschüchtern. Beim dritten Klingeln summte die Tür mit einem Mal auf. Vorsichtig drückte sich Helen durch das von Dornen überwachsene Portal. Helen hatte eine Vermutung, wo der Mann sich aufhielt. In dem Zimmer mit der Aussicht auf die *Villa Vlinder.* Sie schlich die Treppe hoch und trat in einen überraschend hohen Raum, dessen Wände mit wundervollen alten Tapeten verkleidet waren. Es roch nach Ölfarben, staubigen Teppichen und alten Möbeln. Der Eigentümer des Hauses war offenbar besessen davon, Menschen zu beobachten. Eine ganze Wand war mit schwarz-weißen Kunstwerken behängt, die an Bilder einer Überwachungskamera erinnerten. Selbst die Timecodes waren auf den Malereien verzeichnet. Wieder und wieder hatte er das Haus gegenüber und seine Besucher gemalt, offenbar seit Jahren. Gerührt glaubte sie, in einer vagen Figur ihren Vater zu erkennen. Er stand mit dem Rücken zum Hexenhaus vor der *Villa Vlinder*, deren Backsteingesicht damals noch hinter einem mächtigen Baum verborgen blieb.

»Die Eiche gibt es schon lange nicht mehr«, sagte eine Stimme in ihrem Rücken.

In der Tür stand ein Mann mit der Statur eines Lkw-Fahrers und dem Gesicht eines Intellektuellen. Er war sehr gepflegt, trug einen korrekten Anzug und ordentlich geschnittene Haare. Auf seinem Handrücken leuchteten die Kratzspuren einer Katze. Er verströmte eine einschüchternde Aura von Dominanz. Wortlos überreichte Helen ihm das Stück Käsekuchen. Wenn er sich über die Zuwendung freute, ließ er es sich nicht anmerken.

»Die Eiche wollte das Gesicht vor dem Wind verstecken. Aber der Wind hat es gefunden. Drei Tage hat es gedauert, bis die Eiche gewichen war. Drei ganze Tage hat sie gekämpft. Dann hat sie dem Haus das Oberstübchen eingeschlagen.«

Helen starrte auf das Obergeschoss, wo sämtliche Schlafzimmer lagen. Sie beobachtete, wie Yella die Gardinen zuzog und das Licht löschte.

»Da war alles kaputt, platt«, sagte er und deutete auf die

Stelle, wo Leo und Nick schliefen. Das waren damals ihre Schlafzimmer gewesen.

Er hatte sichtlich Vergnügen an seiner drastischen Erzählung über die Zerstörung des Hauses.

»Aber der Wind hat nicht gewonnen«, sagte er. »Der Geist ist immer noch da. Und ich auch.«

Er nahm den Kuchen, wandte sich an Helen und drehte sich mit einem kernigen »Auf Wiedersehen« um.

Zutiefst irritiert verließ Helen das Haus. Als sie noch einmal über ihre Schulter zurückblickte, glaubte sie, im oberen Stock Rudolfs glühende Augen zu erkennen. Da hatten sich zwei Katastrophenliebhaber gefunden.

62. Reiner Tisch

Die eigentümliche Stimmung des Abends hielt Yella gefangen. Offiziell sollte der Lichterabend um Mitternacht sein Ende finden, aber selbst jetzt trug der Wind noch immer fröhliches Lachen und Stimmengewirr aus den Gärten zu ihnen hinüber.

Yella packte die *Cosmopolitan.* Bis heute hatte sie es nicht über sich gebracht, den Artikel über ihre Schwester zu lesen. Jetzt zwang sie sich geradezu.

Doro war nach dem Tod meines ersten Mannes meine wichtigste Stütze und Vertraute, wurde ihre Mutter zitiert. *Sie war die Einzige in der Familie, mit der ich über meine Trauer reden konnte. Ich hätte nicht gewusst, wie ich es ohne Doro mit den drei Kleinen geschafft hätte. Ich liebe alle vier Töchter gleichermaßen, aber wenn ich Probleme habe, ist meine große Tochter meine erste Anlaufstelle.*

Stimmte das? Oder war das einfach nur Kitsch? Yellas Gedanken kreisten ununterbrochen um Doro. »Du bist schuld, dass unser Vater tot ist«, hatte sie ihr an den Kopf geworfen. Wie konnte sie es wagen, so einen Mist in die Welt zu setzen? Ihre große Schwester hatte sie in der Sturmnacht belogen und betrogen. Sie hatte sich zwischen sie und Frenkie gedrängt und die Affäre ihres Vaters gedeckt. Und sie schwieg bis heute.

Und wenn schon, schrieb Amelie. *Ich habe an meinem ersten Tag in Bergen alles, was mich belastet, aufgeschrieben und die*

Zettel in ein Gurkenglas gestopft. Wenn es voll ist, werden wir es rituell entsorgen. Nur so kann man neu anfangen.

Yella zermarterte sich den Kopf darüber, was eigentlich mit ihrer großen Schwester los war. Sie hatte von der Sturmfrau gewusst und ihr trotzdem Vorwürfe gemacht. Was hatte sie davon, dieses Geheimnis zu wahren? Vielleicht glaubte sie wirklich, dass Yella sie verraten hatte. Was war ihre Geschichte und ihre Wahrheit? Warum musste sie sich ständig auf diese Art beweisen? Wie wenig sie ihre Schwester doch kannte. Eines war sicher: Yella war Doros Wucht nicht gewachsen. Ihre große Schwester trotzte mit Übertreibungen und Lügen der Schwerkraft der Wirklichkeit. Sie hatte keine Ahnung, wie es zwischen ihnen weitergehen würde. Aber vielleicht lag das Problem vor allem bei Doro. Sie hatte bei der gemeinsamen Arbeit an der »Undine« eine tiefe Unsicherheit gespürt, vielleicht sogar Angst. Angst davor, nicht zu genügen. Es war ihre kreative Stärke, vielleicht aber auch ihre Achillesferse. Weil sie tief im Inneren verletzt war. So wie die anderen Sommerschwestern auch. Aber bei Doro lag die Ursache tiefer. Sie war schon vor dem Unfall schwierig gewesen. Warum konnte ihre Schwester Yella nur als Konkurrenz wahrnehmen?

Wieder dachte sie an das Treffen mit den Leuten vom Theater. Sie hatten am Ende ihre Kontaktdaten ausgetauscht.

»Ich bin sicher, wir hören noch viel voneinander«, hatte der Ersatzmann Martin, der in Wirklichkeit ein Entscheider war, gesagt.

Warum war die Sache dennoch schiefgegangen? Was hatte sie nur falsch gemacht? Warum hatte sie die Situation so verkehrt eingeschätzt? Um keinen Preis der Welt wollte sie sein wie Doro, die die Schuld immer bei anderen suchte und nie Verantwortung für irgendetwas übernahm. Noch weniger wollte sie sich den Rest ihres Lebens vorwerfen lassen, dass sie den Untergang von Doros Studio verursacht hatte. Wenn es auch nur den Hauch einer Chance gab, ihr Versagen wiedergutzumachen, musste sie es noch einmal probieren. Sie wollte nichts unversucht lassen. Sie hatte das Gefühl, dass sie etwas geraderücken musste.

Mit zittrigen Knien wählte sie am nächsten Morgen die Nummer von Ersatzmann Martin.

»Yella Thalberg«, sagte sie.

»Muss mir das etwas sagen?«, bellte ihr Gegenüber.

»Die Ersatzspielerin, *Goudfazant,* letzte Woche«, haspelte sie hervor.

Es blieb still in der Leitung. Sie hörte Geräusche im Hintergrund. Er war immer noch dran.

»Die ›Undine‹. Die Kostüme«, presste Yella heraus.

Eisige Stille. Erinnerte er sich wirklich nicht? War sie jemand, den man innerhalb von fünf Tagen vergessen konnte?

»Ich bin die Assistentin von Doro Thalberg. Das heißt, eigentlich nicht …«

Es blieb immer noch still in der Leitung. Sie redete sich um Kopf und Kragen. Mit jeder Sekunde, die verstrich, fühlte Yella sich unsicherer. Beging sie einen kapitalen Fehler? Bei der »Undine«-Produktion warteten sie augenscheinlich nicht darauf, sich noch einmal mit ihr auseinanderzusetzen.

Panisch drückte sie das Gespräch weg. Nachhaken war keine gute Idee gewesen. Was glaubte sie mit einem einfachen Telefonanruf erreichen zu können?

Eine Sekunde später klingelte ihr Handy. Der Rückruf! Yella fasste neuen Mut. Es war ein sicheres Zeichen, dass er doch interessiert war an dem, was sie zu sagen hatte.

»Es tut mir leid«, begann sie. »Ich sollte mich nicht einmischen …«

Er ließ sie nicht ausreden, sondern bellte sofort los.

»Ich kann es nicht glauben, dass du dich noch mal meldest nach der linken Nummer.«

Benedikt Bergmanns Vertretung hatte offenbar nur zurückgerufen, um sie zu beschimpfen.

»Du hast keine Ahnung, was du mir eingebrockt hast«, sagte er.

Hatte sie nicht. Aber taktisch schweigen konnte sie auch. Bloß nichts Falsches sagen.

»Ich habe mich echt reingehängt für Doro. Ich habe Überzeugungsarbeit geleistet. Und dann so was …«

»Es tut mir leid, wenn ich …«

»Du kannst dir die Entschuldigungen sparen. Mich interessiert eigentlich nur eins: Wer hat uns überboten?«

»Überboten?«

»Doro hat bestimmt nicht abgesagt, ohne einen anderen Deal in der Tasche zu haben.«

Doro selbst hatte abgesagt? Hatte sie das richtig verstanden?

»In der Branche flüstert man, dass das Studio finanzielle Probleme hat, dass sie ihre Leute nicht bezahlt. Ich hatte den Eindruck, sie braucht den Auftrag wirklich dringend.«

Yella konnte unmöglich die finanziellen Probleme ihrer Schwester mit einem potenziellen Geschäftspartner diskutieren.

»Was ich nicht verstehe: Ist es Rache?«

Yella hatte nicht die geringste Ahnung, worüber er sprach. Gleichzeitig hatte sie das Prinzip verstanden. Solange sie den Mund hielt, redete ihr Gegenüber, der wieder in seine alte Arroganz verfallen war, einfach weiter.

»Doro hat sich geärgert, weil wir ihre Vorschläge zerrissen haben, und wollte mich vorführen, oder?«

»Das bestimmt nicht«, warf Yella ein.

»Kein Wunder, dass keiner mehr mit der arbeiten will. Es hat schon im Vorfeld enorme Diskussionen gegeben. Nicht über Doros Entwürfe, die sind immer spektakulär. Es ging um ihre Person. Bergmann war von den ersten beiden Treffen entsetzt. Kein Niederländer verträgt so ein breitbeiniges Auftreten.«

Er redete weiter, ohne Punkt und Komma, und empörte sich leidenschaftlich über Doros divenhaftes Verhalten: »Jeder Änderungswunsch wird als Majestätsbeleidigung aufgefasst und von Ludwig, ihrem persönlichen Beißhund, bis aufs Blut verteidigt. Ich habe ihr sofort geschrieben, wie großartig ich es finde, dass sie eine neue Assistentin eingestellt hat, die die konkrete Zusammenarbeit vor Ort übernimmt. Wir wollten dich im Boot haben und das vertraglich regeln. Dann hat Doro abgesagt.«

Yella versuchte, sich einen Reim auf diese überraschende Entscheidung zu machen. War sie zu weit gegangen, als sie die Präsentation zusammengestellt hatte? Wollte sie unbedingt Ludwig mit im Boot haben? Oder lag es am Ende daran, dass Doro das Scheinwerferlicht auf keinen Fall mit Yella teilen wollte? Auf jeden Fall hatte sie gelogen. Mal wieder. Und eine große Szene veranstaltet.

Yella dachte zurück an den Moment, als sie in Amsterdam in dem Airbnb aufgetaucht war. Sie versuchte, zu rekapitulieren, was Ludwig am Telefon gesagt hatte. Auf einmal fiel ihr etwas ein. Plan B. Hatte Ludwig nicht einen Plan B gehabt, wie das Studio zu retten war? Sie beendete das Telefongespräch, raste nach oben und durchsuchte ihre Sachen. Der Umschlag! Sie hatte doch diesen Umschlag aus dem Papierkorb gefischt. Vor einer kleinen Ewigkeit.

Ihre inneren Moralapostel schwiegen peinlich berührt, als sie das dicke Paket aufriss. Sie fand Aufstellungen über Rechnungen, Schulden, ausstehende Gehälter, unbezahlte Heizkosten und Entwürfe für einen notariellen Vertrag mit einem neuen Investor, dazu handschriftliche Notizen von Doro, geschrieben auf dem Notizblock eines Wiener Nobelhotels. Er hatte ein ungewöhnliches Format und eine eigentümliche Linierung mit grünen Balken. Genauso wie der Zettel, den Helen in ihrer Tasche gefunden hatte. »*Rot op*«, stand auf dem Papier in ihren Händen. War es etwa Doro gewesen, die verhindern wollte, dass Helen weiter in der Vergangenheit grub? Eine Sekunde später begriff sie, was Doro davon hatte, die Geheimnisse ihrer Mutter zu bewahren.

Yella glaubte ihren Augen nicht zu trauen, als sie las, was hinter ihrem Rücken gespielt wurde. Der neue Investor, von dem Ludwig gesprochen hatte, war niemand anderes als Henriette Thalberg. Der Plan war, wie sie jetzt realisierte, dass das Studio in das Haus ihrer Mutter zog, das auf Doro übertragen wurde. »Aus steuerlichen Gründen.« Natürlich mit lebenslangem Wohnrecht für die Mutter und den neuen Ehemann.

»Es ist mir wichtig, dass Thijs keinen Zugriff auf das Vermögen hat«, hatte Doro bei der Hochzeit ihrer Mutter gesagt.

Jetzt hatte sie sich selbst die Kontrolle über den Besitz ihrer Mutter gesichert. Und eine Vollmacht für den Fall, dass es Henriette gesundheitlich schlechter ging und sie nicht mehr in der Lage dazu war, ihre Angelegenheiten selbst zu regeln.

Yella konnte es nicht fassen. Während sie mit »Undine«

beschäftigt war, hatte Doro im Hintergrund mit ihrer Mutter die Finanzen in ihrem Sinne neu geordnet.

Unsere Verbindung ist sturmerprobt, lautete die Überschrift in der *Cosmopolitan.* Was genau verband die beiden so sehr? Yella nahm den ganzen Packen Papier und stürzte in Helens Zimmer. »Schau dir das mal an«, sagte sie.

63. Morgendämmerung

Helen zog ihre Schuhe aus und lief im Spülsaum Richtung Egmond. Einen Kilometer hinter Bergen aan Zee war sie fast alleine an diesem sonnigen Morgen. Die Wellen rollten unbeeindruckt von allen großen und kleinen Katastrophen dieser Welt unaufhörlich an den Strand. Der Wind pustete ihren Kopf durch. Mit jedem Schritt ließ sie den Zeeweg ein Stückchen mehr hinter sich.

Helen versuchte immer noch zu verarbeiten, was in den letzten 24 Stunden geschehen war. Yella war offenbar nicht die Einzige, die das Geheimnis ihres Vaters hütete. Doro wusste ebenfalls von der Affäre des Vaters. Anders als Yella schwieg sie bis heute darüber, ob und was sie gesehen hatte. Hatte sie ein ähnliches Schweigegelübde ihrem Vater gegenüber abgelegt? Oder einen Deal mit der Mutter? Einen Deal, den sie sich am Ende teuer bezahlen ließ? Weil die Mutter nicht wagte, nach so vielen Jahren zuzugeben, dass sie ihren Töchtern nicht die Wahrheit gesagt hatte?

Vielleicht hatte sie die ganze Zeit in die falsche Richtung geschaut. Die Antworten auf ihre Fragen waren nicht in Bergen zu finden. Nicht im Archiv, nicht bei der Feuerwehr und nicht bei Fremden, die einmal Freunde gewesen waren. Sie musste die Antworten in ihrer eigenen Familie suchen.

Als sie am Pavillon *Zilverzand* umdrehte, wusste sie, was sie tun musste. Sie hatte sich in die Unfallgeschichte festgebissen, weil es ihr half, dem wirklichen Konflikt in ihrem Leben auszuweichen. Paul hatte ja so recht: Sie hatte immer nur an den Symptomen herumgedoktert, ohne sich mit der Ursache zu beschäftigen. Ihr Problem war nicht der Vater. Ihr Problem war, wie ihre Mutter mit dem Unfall und den Erinnerungen an einen Mann, mit dem sie selbst abgeschlossen hatte, umgegangen war.

Vielleicht war es gar nicht so wichtig, wohin ihr Vater unterwegs gewesen war. Viel entscheidender für ihr Leben war, wie ihre Mutter sich verhalten hatte. Es war ihr nicht gelungen, das geheime Leben ihres Vaters vollends zu enträtseln. Aber mit den letzten Puzzleteilchen hatte sich der Blick auf die Mutter geschärft. Der Mann vom Beerdigungsinstitut hatte gut daran getan, die Wahrheit unmissverständlich und ohne Raum für Spekulationen auszusprechen.

Warum war sie nie auf die Idee gekommen, ihre Mutter zu fragen? Sagte diese Vermeidungsstrategie nicht genug? Sie hatte jede Irritation runtergeschluckt, weggedrückt, rationalisiert, sich eingeredet, dass ihre Mutter in ihrem Leben keine Hauptrolle spielte. Sie hatte immer gedacht, es läge alleine an ihr, dass sie sich so fremd in ihrer Familie fühlte. Jetzt spürte sie nur noch unbändige Wut.

Helen hatte sich so sehr danach gesehnt, einen engeren Kontakt mit ihren Schwestern zu knüpfen. Aber wie sollte eine Annäherung gelingen, wenn es im Hintergrund jemanden gab, der sie permanent gegeneinander ausspielte? Mit Liebe, Geld, Aufmerksamkeit. Mit Informationen über die Krankheit, mit ihrer Abwesenheit.

Es ließ sie vollkommen kalt, dass ihre Mutter ihr Eigentum

nur einer Tochter vermachte. Doro hatte alles dafür getan, ihr Atelier zu retten, und dabei auf niemanden Rücksicht genommen. Vielleicht hätte sie dasselbe getan. Was ihr nicht egal war, war, auf welche Weise ihre Mutter Zwietracht säte unter den Schwestern. Sie verbündete sich im Hintergrund mit Amelie, scheuchte Yella herum und flüsterte Doro Geheimnisse ins Ohr. Ihre Heimlichkeiten und ihre Willkür waren toxisch für die ganze Familie. Und möglicherweise kalkuliert. Sie hielt die ganze Familie in Geiselhaft. Ihre Mutter brauchte ständig das Gefühl, dass man sich um sie bemühte. Sie liebte es, wenn man ihr hinterherlief. Sie liebte das Rampenlicht und den Beifall. Es waren nicht die Schwestern, die ihr Leben so kompliziert machten. Es war Henriette.

»Unsere Verbindung ist sturmerprobt«, hatte Doro zu Protokoll gegeben. Vielleicht war ihre älteste Tochter das einzige Kind, zu dem sie wirklich einen Bezug hatte. Weil sie Geheimnisse teilten. Damals und heute. Dafür verwöhnte sie ihre Älteste mit großzügigen Geschenken. Vollkommen uneigennützig war auch Letzteres nicht. Sie liebte es, sich gemeinsam mit ihrer erfolgreichen Tochter im Scheinwerferlicht zu sonnen.

Solange die Zwillinge klein und niedlich waren, hatte sie gerne mit ihnen geglänzt. Die schwierigen Teenager wurden aufs Internat geschickt, die erwachsenen Frauen an der langen Leine gehalten. Helen nahm ihrer Mutter zutiefst übel, dass sie nichtssagende Gespräche führten, die alle wichtigen Themen im Leben ausklammerten. Ständig vermittelte sie einem das Gefühl, ihr und ihren Ansprüchen nicht zu genügen.

»Das ist eine Sache zwischen mir und deiner Mutter«, hatte ihr Vater in der Sturmnacht zu Yella gesagt.

Das Gleiche galt auch für sie. Sie tat das, was sie schon längst hätte tun sollen. Sie griff zum Telefon und rief ihre Mutter an.

»Helen«, sagte Henriette mit einem Anflug von Ironie. »Was verschafft mir die seltene Ehre?«

»Du wusstest alles«, sagte sie. »Yella hat die Frau nicht erfunden.«

»Ich weiß nicht, wovon du sprichst«, sagte ihre Mutter.

»Doro hat dich in der Sturmnacht informiert.«

»Ach, Helen«, sagte sie nur.

»Ich will die Wahrheit wissen, Mama.«

»Ich bin müde«, sagte sie. »Wie soll ich mich jemals erholen, wenn ihr im Hintergrund dauernd die Nase in Angelegenheiten steckt, die euch nichts angehen?«

»Es geht mich etwas an.«

»Es ging mir nur um euch«, sagte Henriette Thalberg. »Ihr solltet euren Vater in guter Erinnerung behalten.«

»Und deswegen schweigst du ihn tot? Seit über zwanzig Jahren?«

Sie lachte laut auf. Die Priorität ihrer Mutter waren nie ihre Töchter gewesen. Nicht in jenem Sommer, nicht in der Trauerzeit, nicht in den letzten Jahren.

»Ich will einen Namen«, sagte Helen.

»Das kann man nicht am Telefon besprechen.«

»Jetzt«, sagte Helen.

»Die Frau hat genug gelitten, Helen. Sie ist fast verrückt geworden, weil sie sich die Schuld am Tod von Johannes gegeben hat.«

Da war es: das Geständnis. Helen atmete scharf ein.

»Ich habe ihr längst vergeben, Helen. Vergebung ist wichtig. Wenn man nicht vergibt, wird man bitter.«

Warum glaubte sie ihrer Mutter diesen Anfall von Großmütigkeit nicht? Wieso war ihre Loyalität zu einer Fremden größer als die zu ihren Töchtern? Henriette Thalberg tat nichts ohne Grund und ohne Eigennutz.

»Ich werde dir nicht vergeben«, sagte Helen.

Zu viel war zwischen ihnen passiert. Diese Hochzeit, die Halbwahrheiten über Thijs, die unterschlagenen Fotos, die Lügen. Sie wollte lieber als liebevolle und trauernde Witwe durchs Leben gehen als als betrogene Ehefrau.

»Ich verstehe überhaupt nicht, warum du böse auf mich bist«, sagte Henriette Thalberg. »Ich kann nun wirklich am allerwenigsten dafür.«

Helen glaubte das sofort. Ihre Mutter unterschätzte grundsätzlich ihren Anteil an familiären Konflikten.

»Ich weiß, dass ich dich in letzter Zeit vernachlässigt habe. Aber ich kann nicht so viel Anteil an eurem Leben nehmen, wie ich es mir wünsche. Es geht mir einfach nicht gut.«

Sie fing an zu weinen. Helen fühlte nichts.

»Ich kann doch nichts dafür, dass ich krank geworden bin. Ich unterstütze euch, wo ich kann. Jede auf ihre Weise. Du bist immer so stark. Ich bin nicht so stark wie du.«

Ihre Mutter schaffte es immer wieder, sich als Opfer zu inszenieren und das Thema auf ihre Befindlichkeiten zu lenken.

»Ich will einen Namen«, wiederholte Helen.

»Thijs hat mir verboten, mich auf solche Diskussionen einzulassen. Er weiß, wie sehr ich mich sonst aufrege. Ich kann seit Tagen nichts mehr essen.«

Ich, ich, ich, dachte Helen. In der Welt ihrer Mutter ging es nie um andere. Es ging immer nur um sie. Ihre Gesundheit, ihre Befindlichkeit, ihre Launen, ihr Leiden.

Am Horizont sah sie ein paar bunte Punkte in ihre Richtung kommen. Nick und Leo rasten auf sie zu. Dahinter liefen Amelie und Philomena. Sie hatten Yella in ihre Mitte genommen.

»Lass uns zusammenkommen. Lass uns sprechen. Ihr kommt nach Köln und dann reden wir in Ruhe«, schlug Henriette Thalberg vor.

»Ich will einen Namen«, sagte Helen. »Jetzt.«

»Ich habe versucht, euch alle zu beschützen. Damals wie heute.«

Sie hatte Yella beobachtet, die sich liebevoll um ihre Jungen kümmerte. Sie hatte am eigenen Leib gespürt, wie es sich anfühlte, wenn man sich aufrichtig Sorgen um jemanden machte. Wenn man jemandem eine Freude bereiten wollte.

»Der Name«, wiederholte sie.

»Ich lade dich ein. Dich und Paul. Wir haben uns viel zu lange nicht mehr gesehen. Es gibt da ein großartiges neues Restaurant.«

Helen drückte das Gespräch weg und verstaute das Handy in ihrer Hosentasche. Sie brauchte ihre Hände, um Nick aufzufangen.

Amelies Telefon klingelte. Sie sah auf ihr Display.

»Mama«, sagte sie.

Keine der Schwestern wusste so genau, wie sie damit umgehen sollte. Das Klingeln erstarb. Einen Moment später meldete sich Henriette Thalberg bei Yella. Keine von ihnen hatte Lust, sich mit ihr auseinanderzusetzen. Am Ende war wieder Helen dran. Sie drückte zögernd den grünen Button.

»Wie kannst du mir das nur antun …«, hörte sie, bevor sie das Gespräch endgültig beendete.

»Vielleicht hat Doro Zeit«, sagte sie und blockierte die Nummer.

Nichts hatte sich je besser angefühlt als dieser eine kleine Swipe auf dem Telefon.

»Ich rufe sie vielleicht später an«, sagte Amelie.

Helen nickte einfach nur. Jede der Schwestern musste ihren eigenen Weg finden. Mit ihrer Mutter und mit Doro. Es hatte ihr unendlich gut getan, endlich einmal Nein zu sagen. Jetzt ging es darum, sich auf das zu konzentrieren, was schön war in ihrem Leben.

»Wer kommt mit ins Wasser?«, rief sie.

Leo und Nick waren begeistert, ihre Fähigkeiten auszuprobieren.

»Ich komme mit«, rief Yella.

Es wurde ein wundervoller letzter Strandtag. Helen fühlte sich wie befreit. Sie ließ mit den Kindern einen Drachen in den Himmel steigen und amüsierte sich über Philomenas Versuche, den wütenden Hund zu dressieren.

»Ich nenne ihn Lotte«, sagte Philomena. »Er ist genauso starrköpfig wie meine Hühner.«

»Es ist ein Männchen«, gab Amelie zu bedenken.

»Kein Wunder, dass man ihn so schlecht dressieren kann«, sagte Philomena.

Lotte riss sich los. Philomena rannte hinterher.

»Ich habe immer von einem anderen Leben geträumt. Nur wusste ich nie, wie das wirklich aussehen soll«, flüsterte Amelie. »Ich glaube, es sah aus wie Philomena.«

Sie stießen mit Aperol Spritz und Fristi auf ihren letzten Urlaubstag an.

»Willst du ganz hierbleiben?«, fragte Helen, während Philomena sich an dem kleinen Hund abarbeitete.

Der Zweifel trieb ihre Zwillingsschwester voran: von Abenteuer zu Abenteuer, von Beruf zu Beruf, von Wohnung zu Wohnung, von Zwischenlösung zu Zwischenlösung. Sie schwebte immer noch, wirkte jedoch nicht mehr ganz so zerbrechlich wie früher.

»Ich brauche Abstand«, sagte Amelie. »Und ich bin gerne unter Leuten, die sich für was anderes interessieren als Geld. Ich habe nicht das geringste Interesse daran, für ein Auto oder eine Einbauküche zu arbeiten.«

Helen staunte, wie Amelie die Unsicherheiten ihres Daseins aushielt. Sie selbst machte sich nicht viel aus Besitz. Sie brauchte keine neue Couchgarnitur, keine Designermöbel, keine Juwelen oder eine ausgebreitete Kleiderkollektion, aber sie brauchte das Gefühl, all das kaufen zu können, wenn sie es nur wollte. Nicht zuletzt deswegen hatte sie sich für einen Beruf entschieden, in dem sie immer Arbeit finden würde.

»Bist du dir sicher?«, fragte sie.

»Ich bin nicht wie du«, sagte Amelie. »Ich bin ein Projektmensch. Ich bin nicht dafür gebaut, irgendetwas auf Dauer durchzuhalten.«

»Und im Winter?«, fragte Helen nach.

»Das wird sich zeigen«, sagte Amelie. »Ich denke nicht nach vorne. Meine Kraft reicht gerade mal aus, mich im Wind auf der Stelle zu halten.«

Für jemanden, der nicht wusste, was sie wirklich wollte, klang Amelie enorm entschlossen. In den vergangenen Jahren hatte sie immer so zerbrechlich gewirkt, aber vielleicht war sie die Stärkste von ihnen allen.

»Man hat mich als Kind aus meinem Leben gerissen«, sagte

Amelie leise. »Vielleicht wachse ich deswegen nirgendwo mehr richtig an.«

Ähnlich wie Helen fühlte Amelie sich als Außenseiterin, wo immer sie war.

»Philomena ist wunderbar«, sagte Helen. »So jemanden können wir gut in der Familie gebrauchen.«

Amelie nickte aufgeregt: »Und ich bin anders mit ihr. Diese Amelie gefällt mir besser.«

Helen umarmte Amelie: »Ich bin froh, dass du mein Zwilling bist.«

»Ich auch«, sagte ihre Schwester. Ihre Augen glitzerten glücklich.

Philomena tauchte mit knallrotem Kopf auf. Ihre Kleider hingen klatschnass an ihrem Leib. Den Hund trug sie auf ihrem Arm.

»Lange Geschichte«, sagte sie. »Oder eigentlich ganz kurz. Was mit einer Pfütze, einer Möwe und einem Hund, der sie küssen will.«

Ihr Blick wanderte zu Nick und Leo.

»Jemand Interesse an einem Haustier?«

64. Zeichen und Wunder

Als sie in die *Villa Vlinder* zurückkehrten, fanden sie auf der Türschwelle den leeren Kuchenteller. Ihr Nachbar von gegenüber hatte auf dem Teller ein winziges Geschenk platziert, kaum größer als ein Stück Käsekuchen. Aus dem recycelten Packpapier kam ein Gemälde zum Vorschein, das den zerstörten Dachstuhl der *Villa Vlinder* zeigte. Das Backsteingesicht sah aus, als hätte ihm die Eiche den Schädel eingeschlagen.

»Gruselig«, sagte Yella.

Als sie das Gemälde umdrehte, sah sie das Datum. 04.08.2001. 23.45 Uhr.

»Das wäre unser letzter Urlaubstag gewesen«, sagte Yella erschrocken.

Erst jetzt begriff Helen, was ihr Nachbar von gegenüber ihr hatte mitteilen wollen. Sie war wirklich die Letzte, die an übersinnliche Mächte glaubte, aber hier in Bergen waren Kräfte am Werk, die größer waren als sie selbst. Häuser hatten Gesichter, Rudolf brachte Unglück, und der Unfall hatte ihr womöglich das Leben gerettet. Was für ein merkwürdiger Zufall. Hätte ihr Vater in der Nacht nicht sein Leben gelassen, wäre die ganze Familie in dem Haus gewesen. War ihr Vater in Wirklichkeit ihr Schutzengel gewesen?

»Vielleicht hat uns unser Vater zweimal das Leben geschenkt«, sagte Yella.

Die Sommerschwestern hatten den Unfall immer als schreckliche Erfahrung in Erinnerung behalten. Wahrscheinlich gäbe es sie gar nicht mehr, wenn ihr Vater das Haus nicht verlassen hätte. Ira hatte auf eine verquere Weise Frenkie und Milou zusammengebracht, der Sturm hatte bei der Feuerwehr etwas verändert. Vielleicht wäre Aurelia ohne den Unfall nie geboren worden. Ohne das Unwetter wäre sie eine andere. Aber es war nicht alles schlecht in ihrem Leben. Es gab viele Dinge, für die sie dankbar sein konnte.

»Mama hat eine falsche Entscheidung gefällt«, sagte Helen. »Es wäre nicht nötig, unseren Vater totzuschweigen. Er hat Fehler gemacht. Wie wir alle. Ihre Ehe war am Ende. Wie viele. Aber er hat uns auch schöne Dinge hinterlassen.«

»Die Liebe zu Holland.«

»Und Schwestern.«

65. Wieder zu Hause

24 Stunden später waren sie wieder zu Hause. Yella verspürte eine merkwürdige Spannung, als sie die Tür öffnete und den Koffer im Flur erkannte.

»Papa«, schrien Nick und Leo beinahe gleichzeitig.

Ihr Herz machte einen gewaltigen Sprung. Wenn man zusammenlebte, gab es keine Geheimnisse mehr. In der Zeit, in der sie getrennt waren, hatte sich eine eigentümliche Spannung zwischen ihnen aufgebaut. Sie fühlte eine seltsame Nervosität, als sie ihm jetzt gegenüberstand. Er war ihr fremd und vertraut zugleich. Veränderungen waren am Anfang immer hart, in der Mitte eine riesige Überforderung und am Ende das reinste Glück. Sie war neugierig, an welchem Punkt sie gemeinsam angekommen waren.

»Wieso bist du hier?«, fragte sie.

David, der beide Söhne auf dem Arm hatte, schob sie in die Küche, wo der Tisch feierlich gedeckt war.

»Haben wir etwas zu feiern?«, fragte sie.

Er wies auf ihren Teller, auf dem ein Papier lag. Eine Seite aus seinem Roman. Er hatte das Wort *Ende* geschrieben. Mitten im Satz auf Seite 124.

»Es macht mir keinen Spaß mehr«, sagte er. »Ich fühle mich wie zwanzig. Ich will die ganze Nacht durcharbeiten. Aber mein Körper liegt um neun auf dem Sofa und schnarcht.«

»Wir sind älter geworden«, sagte Yella. »Und viel weiser.«
»Ich verpasse mein Leben«, sagte er.
»Du hast dein Stipendium hingeschmissen?«, fragte Yella ungläubig.
»Ich habe herausgefunden, wo das Problem liegt«, sagte David und klang so fröhlich wie seit Langem nicht mehr.
»Das klingt gut«, sagte sie zögerlich.
»Es ist nicht die Zeit, es ist nicht die Konzentration, es ist nicht die Familie«, erläuterte David. »Ich bin einfach nicht mehr der, der diese Geschichte einmal angefangen hat. Mit dir und unseren beiden Jungs ist alles anders geworden.«
Die Fotos vom *afzwemmen* hatten den Ausschlag gegeben. Das einsame Leben in einer Schriftstellerresidenz war nicht mehr erstrebenswert für ihn.
»Ich will nicht mehr getrennt von dir sein. Weder gedanklich noch räumlich. Falls du mit einem Loser zusammen sein willst.«
Yella nahm ihn einfach in den Arm, bis die Jungen die Geduld verloren.
»Ich kann jetzt schwimmen«, rief Leo.
»Ich will Kuchen backen«, brüllte der Kleine.
»Ich muss noch was erledigen«, sagte Yella.

Während aus der Küche allmählich der süße Geruch von Käsekuchen strömte, erinnerte Yella sich an das Ritual, von dem Amelie ihr berichtet hatte. »Du musst alle negativen Erfahrungen notieren und vernichten. Sie fing an, sich die gesamte Geschichte des Sommers von der Seele zu schreiben. Und die Konkurrenzsituation mit Doro, die bis zum heutigen Tag andauerte. Am Ende lief es immer wieder auf Doro hinaus.

Sie schrieb über den Streit mit dem Vater und den Schmerz über die abwesende Mutter. Über glückliche Momente mit ihrer Sommerliebe, über die Sturmnacht, über alles, was sie von Frenkie erfahren hatte. Und dann zeichnete sie Linien, und aus den Linien wuchsen die Gesichtszüge, so wie sie sich vor zwei Jahrzehnten auf immer in ihr Gedächtnis gebrannt hatten. Nur würde sie ihre Erinnerungen nicht verbrennen. Sie hatte andere Pläne. Sie würde reinen Tisch machen. Mit allem.

Wenn sie eins gelernt hatte, dann, dass es keinen Sinn ergab, Fragen aufzuschieben. Das ganze Elend in ihrer Familie rührte ausschließlich daher, dass niemand wagte, die richtigen Fragen zu stellen, weil niemand wusste, ob sie die Antworten aushielten.

Noch in der Nacht schickte sie alle Informationen an Helen.

Ich will Dinge nicht länger für mich bewahren, schrieb sie.

Ähnliche Umschläge hatte sie auch an Doro, Amelie und ihre Mutter gesendet. Dann konnte jede Sommerschwester und jedes Familienmitglied für sich entscheiden, wie sie mit den unbequemen Wahrheiten umging. Sie wollte keine Verantwortung mehr übernehmen für die Taten von anderen. Und für deren Geheimisse.

Das Schreiben enthielt nicht nur den Text, sondern auch eine Zeichnung. Yella hatte versucht, das Gesicht der Sturmfrau und den roten Haarschopf aus ihrem Kopf aufs Papier zu bringen. Keine der Skizzen schien ihr wirklich treffend, aber besser bekam sie es einfach nicht hin. Noch nicht. Sie würde weiter daran arbeiten. Keine Lüge sollte mehr zwischen ihnen stehen.

Ich kenne da eine gute Zeichenschule in Bergen, schrieb Helen zurück.

Sollen wir wieder?, schrieb Yella.

Immer, antwortete Helen.

Sie hatten die nächsten Monate Zeit, herauszufinden, was das Wort »wir« bedeutete.

Dank

Ein besonderes Dankeschön an Jelle für seine Geschichten aus Bergen, und Arved und Lothar für die Nachhilfe in Chemie und Medizin.

Danke an all die Buchhändler:innen und Leser:innen, die die *Sommerschwestern* so liebevoll aufgenommen haben.

Und wie immer ein dickes Dankeschön an Mona Lang, Kerstin Gleba und die gesamte Mannschaft von Kiwi. Danke für eure Anregungen, das offene Ohr, die Diskussionen, den Enthusiasmus, für schöne gemeinsame Stunden und die Freundschaft. Mit euch zu arbeiten ist ein Fest!

FSC
www.fsc.org
MIX
Papier | Fördert
gute Waldnutzung
FSC® C014496

1. Auflage 2024

Covergestaltung: Barbara Thoben, Köln
Covermotiv: © Silke Schmidt
Gesetzt aus der Adobe Garamond Pro und der Brandon Grotesque
Satz: Buch-Werkstatt GmbH, Bad Aibling
Druck und Bindung: GGP Media GmbH, Pößneck
ISBN 978-3-462-00661-2

Die Sommerschwestern-Trilogie

Seit ihr Vater damals im Urlaub an der holländischen Küste ums Leben kam, driften die vier »Sommerschwestern« und ihre Mutter auseinander. Noch immer ist unklar, was wirklich geschah. Alle scheinen etwas zu wissen und zugleich zu verbergen.

»Gefühlvoll, berührend und doch leicht – Monika Peetz kann's einfach!« *Emotion*